阿沙不魯

起毛子

斯不哩 嗆

奧援

做

落 瑣 個個

哲 起桌

不四鬼

袂曉駛船 嫌溪狹

孝孤

阿巴斯拉

台語原來是這樣

仔厝內踏

大礐

展風神

穢涗

雞仔腸肚

反抗

雙面刀鬼

容質

梨仔假蘋果

恁媽做度晬

糖霜丸仔

懶賴趖

爽勢

強巴拉

生毛帶角

孤獨

張

帕哩帕哩

阿不達

尖尖頭殼
娘嬭
掠龜走鱉
扶扶挺挺
沖沖斯斯
買鹹魚放生
戇的教巧的
噴雞胿
粉紅色
絞鬃
烏魯木齊
食力
貧惰骨
應應喙舌
鉸孤枝
拖土
去了了
古老潮古
冒壁鬼
馬西馬西
案內
氣身惱命
八珍

台語
原來是這樣
TÂI GÍ
guân-lâi sī án-ne

大郎頭 著
Da Lang

禾日香 繪
Phang-Phang

前衛出版社
AVANGUARD

原來是按呢
自細漢揀所
想的聽的
做似雖然只
是家己[已ㄅ]
但上起碼
院已經紀錄起來ㄟ ah 原來按

[遮ㄐㄧㆩ tsiah]歡喜

呢 唸liàm 趨趨趨能 可參tshàm 講的將

獻給
所有曾經使用過
這個語言的
每一個人

哦！此本書原來是這樣！

前陣子聽說有一本《台語原來是這樣》要出版，說還有提到許多新派台語歌的歌詞，包括我的，真是不好意思。

拿到書稿，哇！一看不得了，漂亮的繪圖、有趣俏皮的說明及縱貫古今的例證，從幾百年前的老台灣到最新年輕樂團的歌詞到許多本土電影，甚至還有新加坡電影、網路上的外國影片，反正只要有用到「台語」的各種相關文化藝術，都在這本書裡。

作者顯然跟我小時候一樣，狂熱台語廢寢忘餐，後繼有人！臨表涕泣！

不管您是想要學台語、要學有趣的台語、要學台語的趣味、或者想知道當今各種文化藝術如何使用台語，這本書都能夠讓每一種不同興趣的讀者津津有味。而這本書的編排寫作方式，也全然是一種前所未見的新生代手法，不只狂熱台語後繼有人、創新寫作也後繼有人。

看了此本，保證台語功力大增，從「低路」到「浮浪貢」、跨「烏魯木齊」再「生毛帶角」金光閃閃啦！

真勞力！

承蒙安茲謝！

　　大家都聽過新加坡人說話例如：「晚上阿嬤帶我去甲 ice cream。」中台英文夾雜流利，對此他們當地人十分自豪，同樣情形在台灣，台語如同英語音系之美語，就是美國話（American English），經過百年的演進已經孕育出本身獨具的風格，與閩南音系語言已有不同，兩者不可混為一談。早期台語人祖先，自漳州、泉州、廈門各地移居來台以後，漳泉廈三音系大交流，「不漳不泉」、「亦漳亦泉」之台語於此生焉。鄭成功開台初期略受荷蘭人影響，今天台灣丈量土地面積之單位稱作「甲」（kah）即源於荷蘭計算田畝單位。近代受日本人五十年統治，衍生源於日語的外來語，如「混凝土」台語叫控固力或是「心情」台語叫起毛，源於日語氣持 kimochi。

　　台語一度是台灣普遍使用的語言，但在統治者的壓迫下卻屈居下風成為聊備一格的語言，日治時期推行皇民化和國家單一語言政策，強調「說國語是愛國的表現」，使年輕一代會說國語者達九成以上，而且穿透家庭領域，也使得弱勢的鄉土語言變得岌岌可危。

　　1949年國民黨退到台灣後，為了讓台灣人根除奴化（日本化）心裡，儘早中國化，其首要任務乃是推行國語、禁止方言、根除日語，以「言語不統一，國家不能團結」為口號；同時透過法令限制、教育掌控、媒體宰制等手段，建立官方語言的合法權威性，以達成語言統一的目標。由於公權力全面介入推行，使得鄉土語言在公開場合完全退出公領域，而遁入家庭。

近年來，本土意識逐漸高漲，台灣的語言政策出現另一番新景象，壓抑四十年的鄉土語言，隨著解嚴鬆綁，大有一飛沖天之勢，九年一貫鄉土語言課程在 2001 年在國民中小學開始實施，帶動了母語融入教育的契機。可是，國語教育政策早已行之有年，對於母語的使用和歧視態度實已造成影響令人憂心，根據調查：1. 年紀越輕，台語的能力就越差。2. 台語使用場合縮減。 3. 台語的傳承意識薄弱，大多數台語籍家長認為全球化下，英文對於下一代比較重要，子女會不會說台語並不重要。4. 台灣與中國的互動日益頻繁，促使中文的普遍性並取代台語的現象也是不容置疑的。

　　「語言是民族之母」，母語如果消失了，文化也會消失，很高興粉紅色小屋為我們台語教育的推廣貢獻一己的力量，本書透過生動活潑的敘述旁徵博引，加上精緻可愛的插畫，特別的是內容引用流行的甚至獨立音樂中的台語歌曲，帶大家去了解許多台語的根源和用法，感受它的優美和豐富內涵，更希望一般人對台語的使用態度與認同感，讓母語文化在年輕世代中，繼續流傳下去，重建台灣文化的尊嚴。

　　我跟大郎頭有著相似的台語學習背景，雖然出生在一個 Hoklo 人組成的家庭，但他們擔心我上學後因講華語帶有台語腔而被人家嘲笑，因此從小跟我都用華語溝通。好佳哉自己生長的地方是在台北城裡最傳統的區域艋舺，這裡的小孩母語能力比起台北其他地方好上許多，也讓自己在校園中獲得了講母語的機會，不過還是常常被父母吐槽說我的台語有「外省腔」。

　　從來沒想過父母口中那個台語不輪轉的囝仔，如今卻成為一個「台語創作歌手」，寫出來的歌詞，更被台語教學書籍「台語原來是這樣」收錄，確實讓小弟備感榮幸。大郎頭透過有時看似天馬行空、有時又富有科學精神的推測（包括從殖民統治者的語言，如日語、華語，以及台語的近親如東南亞福建話、潮汕話甚至客語、粵語裡面分析跟台語的互動關係），帶領大家解開一些熟識或不熟識的台語詞彙身世之謎。讀完每一則小故事之後，的確會讓人發出：「喔！原來是按呢喔！」的驚嘆。

　　大郎頭、禾日香透過詼諧逗趣的文筆與插圖，喚醒了我們這群 30 歲左右的熟男熟女許多台語使用的共同經歷，作者與繪者之間一些爆笑的對話場景，相信多多少少都曾出現在你我的生活中。這本書最可愛的地方，在於作者保留許多對話空間，讓讀者也能試著去提出自己的觀點，而不是以一副「恁爸就是權威」的姿態在說教，要大家全盤接受自己的論述。

非常開心能夠看到愈來愈多我們這一輩的同好，用不同的方式為母語文化努力，「台語原來是這樣」充滿韻律感的文字與圖像，相信不只能讓更多朋友了解台語的精神所在，更可以激發新一代少年家用台語來創作的動力！

終於寫到了這一頁。

幾年前的自己，肯定想不到會有這樣一個名字「大郎頭」。其實一直以來，「大頭」才是我的綽號，之所以中間安插一個「郎」字，是期許自己宛如大榔頭一樣的堅韌頑強，也能夠替台灣這塊土地的文化、語言，敲出一陣漣漪。從小我就對繪畫跟文字有濃厚的興趣，但特別和台灣或是台語牽連到關係，要說到國小六年級的某個夜晚，無意間在電台聽到獨立樂團「濁水溪公社」的歌曲〈卡通手槍〉，之後陸續購得了其專輯《台客的復仇》，漸漸開起了我腦中關於草根、本土的這扇窗。所以要說我是先用耳朵聽，聽到了源自於台灣這塊土壤的呼喊聲，一點也不為過，而後來的日子裡，也陸續接觸到豬頭皮、流氓阿德、閃靈樂團、拷秋勤等音樂創作作品，難以計數...我就像原本矇著雙眼站在黑暗房間裡，隨著各種源自於台灣本土的聲音，將我引領、張開雙眼一窺這塊美麗島嶼的花花草草。

所以我相信，要開啟腦中某個開關，拉開矇著雙眼布幕，得以一窺美麗台灣的樣貌，可能是觸動人心的音樂、可能是一塊美味的麵包，一句真誠的言語或笑容，也有可能會是溫暖心靈的文字跟圖畫。這就是為什麼，我們會決定用文字紀錄台語的點點滴滴，再一筆一劃用圖畫將這些詞彙成像，希望我們所作的這些事情，也可以間接開啟大家心裡那個開關。

台語是這塊土地孕育出來的美麗語言，也在我心裡情感濃度佔有極大成份，這個從小圍繞在我身邊的語言，除了關於長輩、父母，被稱之

為母語或父母話，「阿公剛剛講的話叫做台語。」這句話是我腦中對這個美麗語言的初次認識，透過爸媽的嘴說出口。也和同儕、生活有著各種觸動記憶的影響，在整理這些文字的時候，腦海中的影像不斷倒帶，所有的一切歷歷在目，更增強了我一定要完成這些圖文紀錄的信念。這些詞彙用語，都是源於家庭跟生活環境的吸收，絕對原汁原味，這些文字圖畫紀錄，肯定也是絕無僅用的，包括一些我與禾日香在討論過後，覺得非常有趣的、或是特別的外來語，都是我們覺得務必替這些詞彙作為記錄。若是數十年過後這個語言仍持續存在著，那麼這就會是紀念，若到時候這個語言消失了，那麼也會是可供追憶的痕跡。

　　之所以會用粉紅色兔子「大香香」做為創作角色，說起來很簡單，也很無厘頭，是源自於禾日香有陣子每晚的連續夢境，可愛的兩隻粉紅色兔子出沒，我說：「那就把她們畫出來吧！」我也終於透過禾日香的畫筆，見其真面目了。一開始只是無意識地畫著這些粉紅色的兔子，但到後來便覺得既然粉紅色兔子這麼討喜，不如就讓她們跟大家介紹這些台語詞彙，以漢字、注音、羅馬拼音作為設計。我們也知道，注音符號有其極限、或許也會有爭議，無法完美傳達台語的發音，但最起碼能夠透過注音略微瞭解發音，再進一步認識台語漢字跟羅馬拼音。禾日香也是用這種注音標記的方法，讓台語從宛如在聽外語的狀態，到現在起碼日常的溝通無礙，所以我們也戲稱這樣用注音學習台語的方式叫「禾日香度量衡」，如果她可以這樣學的會，那麼相信大家也都可以看得懂。

　　最後，當然要感謝前衛出版社給我們這個機會，以及這麼大的空間，

可以讓我們設計編輯這本書（所以打定主意，既然有這麼好的機會，那就好好打造出一本夢想中的書吧！），也要感謝父母及長輩們的支持包容，以及幫我們寫推薦序的各位前輩們，當然還有所有編輯們的耐心及大力相助！以 及臉書社團「台語社」諸位前輩們所分享的意見。所有的事情及發生皆屬環環相扣，也都是最美好的安排，這本《台語原來是這樣》也才得以和大家見面，再次感謝所有曾經幫助過我們的人，還有支持及鼓勵我們的人！

繪者序　粉紅色小屋　禾日香

　　小時候不會台語，更別說媽媽的美濃客家話，現在想起來，在阿嬤與外嬤走之前，從來沒有好好跟她們說過話、聊過天，這是我最遺憾的事。後來向大郎頭學台語（也開始跟香媽學習客家話），台語聽說程度慢慢進步，某次發現與大郎頭的麻豆阿公、外公、外嬤聊天，不需要他在一旁翻譯了，當下心底非常感動。大郎頭曾問我：「聽不懂台語的感覺到底是怎樣？」我覺得就像「在電影的重要鏡頭上打上馬賽克，要不就忽略、要不就自己猜想」，現在聽得懂了，所以影片慢慢被解碼了，終於能親眼看到完整畫面啦！

　　我認為台語最困難的地方就是發音跟變調。香爸小時候住古坑，台語是中部口音、而大郎頭則是標準的南部口音，「唱歌」這一詞，香爸發ㄑㄩㄥˋ，但我總是發不標準，所以大郎頭便建議我發ㄑㄧㄜˋ，聽起來就像「笑歌」；另外，至今很多轉音我仍搞不清楚，例如：「頭拄仔狗王撞（ㄉㄨㄥˋ）到桌子」、「頭拄仔險險予狗王撞（ㄉㄨㄥˇ）到」，一樣「撞」字，用在不同情況，發音就不同。諸如這樣的轉音，台語還有很多，大郎頭也是常聽我說錯，才注意到原來台語比他本來認知的還要複雜。

　　在學任何陌生語言時，我都習慣用最親切的ㄅㄆㄇ去標記，所以我學台語跟客語也是以這種方法。起初，大郎頭也覺得很怪，畢竟台語的七音八調實在難以用注音拼出百分百的準確音，但有注音的輔助，確實幫助我的發音和記憶。而《台語原來是這樣》中的內文詞彙，很多幾乎都是我第一次聽到，所以便是以「禾日香度量衡」編寫而成，也就是說，只要我可以用注音拼出、又可讓大郎頭了解我在說什麼詞，那這個注音

就算通過。也許這種形式不成正規，但我真的發自內心感到她是一本有趣的書，因為她可讓完全不熟悉台語的台灣人，依注音念出最道地的台語詞彙。

　　我們常認為櫻花、富士山等符碼可代表日本；中國則有龍、鳳、萬里長城等圖像可象徵他們，但其實台灣自身也有豐富的文化符碼、圖像及物件可詮釋我們的文化與風土民情。這本書的創作，從文字到繪圖，大約花了近兩年的時間，我因繪製插圖，所以必須常不斷地思考及觀察我們的國家、土地到底有哪些素材可以運用，「圖窮」的時候，就聽一些台灣音樂作品來刺激靈感，後來慢慢體悟這些令我撼動的音樂，都是說自己的體驗、唱自己國家社會裡發生的故事，所以才會這麼有力量、且富有生命力。所以，能表現台灣的圖像或符碼其實就在我們身邊，也許就是這麼常民，以致於我們忘了她們，忘了承認她們就是這塊土地上的精神及生活象徵物，希望藉由這本書，可以把人們與土地重新連結。台灣，也是有自己的文化的。

　　我相信一個語言的失傳，將會連帶致使某一部分的文化及文明氣質消失或改變，因此，我們更希望能經由這本書的誕生，激盪台灣這塊土地上其它父母話的復興與創作。

　　最後，要感謝前衛出版社給我們這出版機會，讓《台語原來是這樣》得以與大家見面；更感謝親愛的香爸媽、頭爸媽、親戚五十、朋友一百的支持與包容，以及幫我們寫推薦序的先輩們，你們的音樂作品都是我跟大郎頭的創作靈感來源及推動力，以及所有支持粉紅色小屋的人，勞力！

目次

台語原來是這樣

色水色緻

若食若講

看一本好冊
甘願孤（tak）獨

揀一本好冊，
開始家己的旅行。

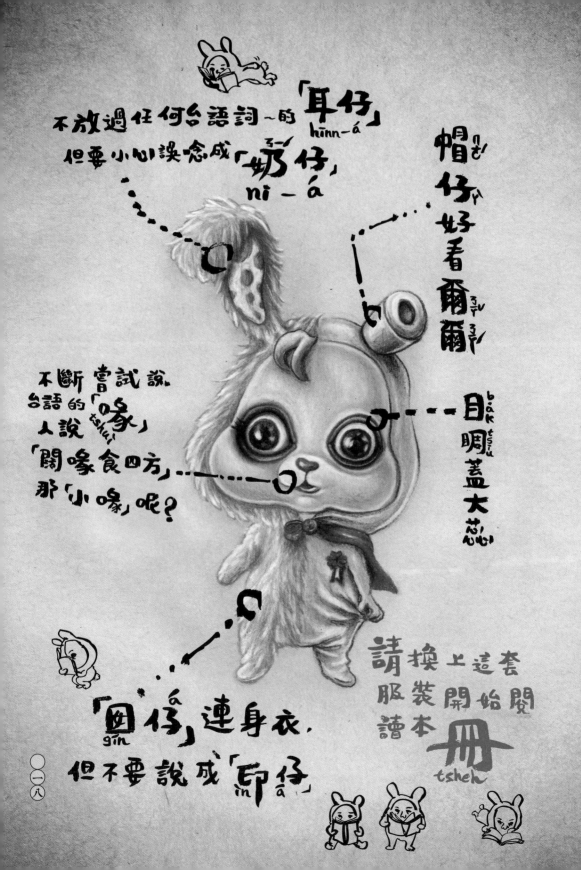

不放過任何台語詞~的「耳仔」
hīnn-á
但要小心誤念成「奶仔」
ni-á

帽仔好看爾爾
tst tsu

不斷嘗試說
台語的「喙」
tshuì
人說
「闊喙食四方」
那「小喙」呢？

目睭蓋大蕊
bak tsiu

請換上這套
服裝開始閱
讀本
冊
tsheh

「囝仔」連身衣，
gín-á
但不要說成「卯仔」
ín-á

○一八

寵物家人
代表

溜逗

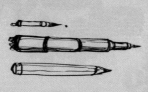

Lóo Lát

辛勞

基

粉紅色
小屋

國王

剛

跤仔

大香香

福祿壽

○一九

無講

看 就 嘛母 是

〔覓〕 知影

閣 koh

按 知影

loh 〔呢 neh〕 是有影

逐 家 正看 做 伏來 看毛

毋 知台語

抑 〔iah〕

是無影 影

台語 原來 是這樣

lóo-la̍t

釋義

勞力　是一句很道地的台灣答謝用語，
其程度遠高於謝謝或感謝及道謝。

2011 年，受到電影《賽德克巴萊》的啓蒙，燃起了一股關於母語、土地以及對於「根」的情感追溯，禾日香開始想找回母語，於是在日常生活中慢慢跟著我學習台語，並且在外面買東西，都會盡量開始跟老闆以台語溝通對話，但這看似簡單的事情，對於禾日香來講，卻是一大挑戰。

　　「欲飯無？」（需要白飯嗎？）自助餐店的老闆娘親切的以台語詢問。

　　「一碗糜。」（一碗粥。）

　　「一碗半的飯嗎？」老闆娘動手拿起飯匙準備盛飯，這其中的誤會，可能是將「糜」跟「半」的台語發音聽錯或唸錯，又或者是關於「糜」字本身腔調的差異熟悉度也落差，所產生的誤會。

　　總之，諸如此類似的事件在生活中難免會出現，也成爲許多有趣的插曲，也是台語在台灣目前現況一種縮影。

　　我跟禾日香是所謂的七年級生，經歷到的是受「國語推行運動」之後而蘊育我們成長的家庭背景，也就是說，我們究竟是否會講台語，幾乎變成了碰運氣的事。以我爲例，雖然在進入小學之前的幼稚園時期，父母並沒刻意教我台語，而是以國語學習爲主、台語爲輔做溝通，但進入小學之後，由於同學之間都以台語做交流，以至於我的台語因此有大幅度的進步成長。 而禾日香，在我們開始進行這一系列的台語創作之前，只要聽到台語、甚至客語，她腦部的防火牆就會自動阻擋，所以不要說講，恐怕連聽對她來說都很困難。

　　有學者指出，世界上的語言流失之快，每十四天就有一種語言消失。台灣學者則預言了，台語若不加強教學等補救措施，也將在２１世紀末消失。若台語是如此，那台灣其它母語的狀況呢？

這也是為什麼，後來我們討論的結果一致認為，學校的母語教育是非常重要的。一套有系統的母語教育，可以讓孩子在穩定的情況學習該語言，而非純粹碰運氣讓孩子到學校找個「母語小老師」東學一塊、西湊一個，再加上口耳相傳的承載這套龐大的語言，照這種稀釋速度，總有一天會走味、乃至於消失。

大約是看完《賽德克巴萊》後的某個假日，我們去一間台南老字號的牛肉快炒店用餐，除了在地特色牛肉湯之外、此間的炒牛肉跟牛腩湯更是一絕，只見高朋滿座、人聲鼎沸的店內，位子喬了老半天才喬出了個位子，一位阿姨在百忙中幫我們擦桌子，嘴巴不停笑著說：「歹勢、歹勢，予恁等遐久⋯（抱歉、抱歉，讓你們等這麼久⋯）桌子一定要擦乾淨，擦乾淨就是要擦得又乾又淨！」只見她用濕布擦完後，連忙又換一條乾的抹布再擦一次，如此「厚工」的清潔功夫以忙碌不已的店內情景做對比，更顯得店家對清潔的堅持。於是禾日香見狀，連忙用台語的「多謝」（ㄅㄛ ㄒㄧㄚ to-siā）答謝她，她笑笑的回了一句當時禾日香聽不懂且陌生的詞彙，等阿姨走後，禾日香小聲的問我：「她剛剛說的是日語嗎？」

「沒有，她剛講的是台語啊！」我說。禾日香驚訝：「最後那個詞ㄋㄟ！那個是台語？」我有點傻眼：「就是『勞力』（ㄌㄡ·ㄌㄞ lóo-la̍t），有點類似『有勞您了』這種說法。」

禾日香不死心的說：「可是剛聽起來好像是日文，這個發音很好聽。」之後，她便愛上了這個詞或者說是發音，於是之後在外面買東西或受到幫忙，都會聽到她逮到機會，逢人便說：「勞力！」以表達感謝。這簡短的兩個發音，似乎承載了台灣人敦厚、有禮及文化歷史背景，每當講這詞，似乎亦感覺到人與人在日常生活中那種隨手幫忙一下的真善

美交流；即使是商業間的買賣交易，向店員說「勞力」，也代表對物品及其服務的肯定。

由此學說台語，不僅對文化表示認同，在用字發音間的美學和傳統，更是一種族群精神的延續。

好巧不巧，在同年有一則新聞報導，一位在台十幾年的美國人「丹・布隆」，因為一次的偶然，讓他聽到了台語的「勞力」，讓他因此決心要推廣這個傳統又優美的詞彙，甚至還下定決定心推廣一萬人說出這個已經逐漸離開台灣人生活的「勞力」，甚至還編了一首「勞力歌」放在網路上，其行動力著實令人感佩不已。

不曉得直至目前為止，這位有心發揚推廣的丹布隆先生，進行的如何了，相信有許多台灣人應該因為這則新聞，會稍微勾起這個詞彙的回憶吧？

「勞力」，又寫作撈力、努力，這是一句很道地的台灣答謝用語，其程度遠高於謝謝或感謝及道謝，所以如果要表示濃厚的感謝之情時，可以使用這個詞彙。

為什麼「勞力」會是一句感恩的話語呢？

因為過去勞力密集的年代，尤其是在汽機車尚未普及的時代，許多工作都是靠人力運作的，無論是人力車或是三輪車、挑夫或各式大大小小的工作，當對方替我們流了滿身大汗、汗流浹背的完成一件事情後，我們不免發自內心真誠感恩對方的勞心勞力，而說一句「勞力」給予最真誠的感謝。

這句「勞力」若想做「有勞您了」，不禁讓我聯想到廣東話的「唔該晒」（ㄇㄨˇ ㄍㄞ ㄙㄞˋ m4 goil saai3），亦有太感謝您了、太勞駕您了的

意思，這種詞彙的斟酌之精妙，讓人不禁遙想過去台語使用者，對於一來一往的感謝用語，其實掌握的非常之精準。

之所以會如此聯想，也是有理由的，我跟禾日香有段時期熱衷於看港情境劇，不知不覺也就對廣東話產生了興趣，也就常常拿廣東話跟台語對對比，有意無意間也品嘗出了其中的妙趣。

廣東話目前是保存及流通最爲完整的古老漢語之一，若從廣東話借鏡，多少可以推敲出台語在過去交流頻繁的時代，是否有著極爲相似的情景呢？譬如在廣東話的感謝詞，分爲「多謝」、「唔該」及「唔該晒」，當接受了人們的饋贈，說「多謝」；受到人的幫忙，則說「唔該」；若非常之感謝對方的相助，則說「唔該晒」。之所以舉這段爲例，便是聯想到台語的「勞力」一詞，是否代表著在過去，意等同於最高級的用法呢？現今台語的感謝用語，使用最爲頻繁的是「多謝」（甚至連多謝也漸漸少用，因多謝的台語音，如同刀射，造成部份使用者的忌諱）以及近似國語音的「謝謝」，而那句「勞力」，也就是如同廣東話的「唔該晒」，似乎漸漸退出了台灣人的生活圈。

2010 年，有一則網路新聞吸引了我的注意，標題是「香港有大學辦潮州方言課程吸引不少人報讀」，不過重點是新聞內文的某一段，一位香港女士接受訪談的內容：「…人們給你東西，你就說多謝，但如果人們替你做事，你很想說謝謝，不是說多謝，是說『勞你』…」這邊提到的「勞你」是否就如同台語的「勞力」呢？又或者台語的「勞力」根本就是過去在台灣的潮州移民、所遺留下來的殘存影子呢？畢竟過去台灣的確有潮州移民，帶來語言、飲食文化及宗教習俗，雖然至今因爲在台使用的「潮州話」接近台語、而語言被消失同化後，在台的潮州人似

乎就此隱身至台灣人的群體內部，對於族群的認同也跳脫了潮州人的文化認同，潮州話至今在台灣也已不復存，假設潮州話的「勞你」爲眞，那麼或許今天我們所說的「勞力」，眞的就是過去台灣社會，語言文化交流時，所保存的珍寶，也由此可見、語言對於身份跟文化的影響是非常直接的。

一句「勞力」，似乎可以遙想到那可能的過去，那個充滿人情交流，斟酌著用字遣詞的台灣社會，之後再說著「勞力」的時候，或許感受到的不只是台灣人的那股古早人情味，更有一種喚醒被遺忘的歷史族群記憶。

那麼，就姑且讓大郎頭與禾日香以這句「勞力」的圖文，做爲開場白，不只感謝各位看到這，並從這裡繼續看下去，也代表著我們對於台語跟過去傳承培育這文化的土地，獻上最大的致意。

阿ㄚ 沙ㄙㄚ 不ㄅㄨ 魯ㄌㄨ
a sa puh luh

阿沙不魯　a-sa-puh-luh

釋義

通常用來指稱形容人或事物粗俗、
不入流或者是不好的東西。

小時候，最常聽到這樣的一句話：「你莫作遐阿沙不魯的代誌。」（你不要做那麼阿沙不魯的事情），當時的頭腦語言接受似乎沒有極限，即便我的台語腦是在國小一年級，進入學校後，透過同儕的洗禮交流後才開通的，但在我一句台語都聽不懂的小小年紀，也能透過自己的行為舉止，加上「阿沙不魯」（ㄚ ㄙㄚ・ㄅㄨ・ㄌㄨ a-sa-puh-luh）這句話經由說話者的表情，能夠體會到其負面意涵。

　　身處於台語做為母語的家庭，其實在進入國小之前，家裡的人都是用國語與幼小的我溝通，當時的社會氣氛已瀰漫著「不要讓孩子輸在起跑點上」的論點，我的記憶還依稀記得，讀幼稚園的我，正坐在地上，而一旁的媽媽正打開一盒紅透的注音符號教材，教導著我國語注音。

　　也或許如此，對於台語的記憶一直都是空白的，這空白記憶一直持續到某天幼稚園即將要升國小一年級的早上，隔壁鄰居阿姨正對媽媽用著一種我聽不懂的語言溝通交流，這讓我的印象一直記憶至今，之所以印象深刻，乃至於我當時的小小腦袋正在思考：「為什麼媽媽說的這種語言，我會聽不懂呢？」

　　接著記憶便跳躍到國小一年級，開始陸續在校園聽到充斥著當時那種聽不懂語言，也漸漸對於台語有了具體的印象，原來在當時，許多家庭已經逐漸有了這樣的約定俗成觀念「台語讓小孩到學校自然學會就好」，不過也或許是小孩的學習能力快，又加上台語環境在當時還算不錯，從不懂到懂，似乎只花了不到半學期便能夠掌握了，只是這種學習方式有其風險。那就是，若是大家普遍抱持這種心態，那麼這個語言便沒人帶入學校，久而久之，每個父母若是抱持著「先在家裡教孩子學國語或英文」、「台語留給學校的同學教」這種心態，那麼最後這語言將

逐漸稀釋再稀釋，淪至邊緣化的可能。

話再說回「阿沙不魯」吧。

當時先學會的台語，脫離不了諸如此類的詞彙，據說學習語言最容易被記憶的便是負面詞彙，接著是讚美的言談，或許跟情緒的記憶多少有影響？還記得幾個排前幾名台語隊伍進入我幼時腦袋的詞彙分別為「阿沙不魯」、「烏魯木齊」（ㄡ ㄌㄡ ㄇㄛˇ ㄗㄟˇ oo-lóo-bók-tsè）、「浮浪貢」（ㄆㄨˇ ‧ㄌㄨㄥ ㄍㄨㄥˋ phû-lōng-kòng）、「跛跤」（ㄅㄞˋ ㄎㄚ pái-kha）以及「中風」（ㄅㄩㄥˋ ㄏㄨㄥ tiòng-hong），接著便是堪稱台灣國罵的三字經及六字真言。在這些詞彙進入腦袋後，便開始勾勒出一系列成串的句子，包括過去那段國小之前在腦中曾經有印象的那些，關於阿公阿嬤、外公外婆等親戚，曾經在言談交流間傳遞的台語記憶，越來越明白，原來他們在對孫子輩對話的國語之間，曾在親戚間有著不斷出現的台語，只是身為小小孩的我們，如果沒有特別使用台語進行對話教育，在幼小還在學習語言的腦袋進行輸入，是很可惜的一件事，也不是每個孩子都會特別意識到國台語，這兩種語言的不同，錯過了就過了。

耳熟能詳的「阿沙不魯」，通常用來指稱形容人或事物粗俗、不入流或者是不好的東西，現今仍多少能夠聽到，甚至直接被拿來置入進國語的句子裡。

在 2007 年台灣饒舌團體「拷秋勤」在合輯《生命之歌》裡的第十首曲目〈黑心肝〉也有應用到此詞彙，饒舌歌詞緊扣著黑心商人如何大賺黑心錢的現象，並善加運用了「阿沙不魯」這個詞彙，可以說達到畫龍點睛的效果，從這段歌詞的運用上，不難發現，若是把「阿沙不魯」替換成其它詞彙，似乎便很難傳神的掌握這其中的語感，更不用提到關

於饒舌在字裡行間的押韻了，在此突顯了台語詞彙的音韻獨特之處，運用作爲饒舌元素，更有畫龍點睛之效。

記得有一次轉電視看到日本台，旁白及字幕正講到日本的「風呂」（ふろ），也就是所謂的泡湯、溫泉，於是便直覺聯想到「阿沙不魯」的「不魯」發音，或許跟後來的訛傳有關？於是便上網搜尋了一番。

果不其然，對於這詞彙，有此一說是日治時期，由日語「朝風呂」的發音而演變來的，若依字面而言則是早上洗澡、泡湯的行爲。對於這件事，看在都是晚上洗澡的台灣人眼裡，被當成一件很奇怪的事情，或許也就這樣，在當時台灣的時空背景下，進而演變延伸爲形容雜七雜八、奇怪行爲的「阿沙不魯」台語音譯。

當然持否定見解的論述也有，譬如認爲這句話講給現在的日本人聽，沒人能夠明白意義或者有什麼貶意。但對於這種見解，我的感想卻不是如此，就譬如說北京官話一定也有許多古老的詞彙，若講給現代人聽，會是完全無法理解的詞彙，畢竟語言是不斷演變轉化甚至消失的，但我們不能就此說它不曾存在、或不可能，畢竟凡事都有可能。再者，或許以當時台灣，或許也有發展出所謂的台灣方言（類似今日的日語方言—京都話），一種屬於在地方言的日語結構及語法，再加上當時的時空背景，台灣形式的日語方言，假設「阿沙不魯」真的是因爲「朝風呂」而演變而來，或許也不足爲奇了。

當然，關於這個詞彙的來由看法不一，但可以確定的是，它是一句經過訛傳之後、逐漸演變成今日這擁著屬於自己意涵的詞彙。

同樣的道理，也可以在許多用台語音去讀日文漢字的案例嗅出端倪，例如：口座、便所、注射、浮浪貢等等。以及大家耳熟能詳的「阿

達嘛控骨里」（腦袋裝水泥），以台語結構代入日文單字，日本人聽了肯定會「霧沙沙」（ㄇㄨˋㄙㄚˋㄙㄚˋ bū-sà-sà），但就跟「阿沙不魯」一樣，普遍的台灣人聽了，肯定都能會心一笑吧？

於是我把這件事拿來跟禾日香聊了一下，想看看她的意見，畢竟從所謂「文化覺醒」之後，她一直都對台語的興趣提升了不少，不料她理所當然的反應，倒讓我在意料之外。

「阿沙不魯，這個詞很常見啊。」禾日香很稀鬆平常的說著，看樣子過去就算以國語為主要溝通的她，也聽過及使用過這個詞，「這小時候就常聽我爸媽跟朋友講了，而且他們是用全程台語講。」她特別補充最後這句。

「那妳聽得懂？」我好奇。

「當然，簡單的聽還可以，講就沒辦法了。」她回。

「那妳覺得為什麼…」我話還沒說完，便被她的話語打斷。

「我去翻了教材，包括我媽媽的客語教材也有嘗試過，但一翻開不論是台語或是客語，全都是標註羅馬拼音，完全看不懂，直接跳過，譬如說台語的『面』…」禾日香一邊說一邊隨手查尋了網路上的台語音標，「面的拼音為 bin，但我會直接習慣用英文發音拼音為『ㄅㄧㄥ』或是『ㄅㄞˋ』。」

「妳的發音滿特別的。」我如此回答之餘，不免靈光一現，「或許可以試著用注音去標記台語讀音？」我異想天開的說。

「注音我就看的懂，大家都看的懂。」禾日香舉雙手贊成。

「那就是『禾日香度量衡』啦！只要連妳都看得懂、可以唸出來的話，那肯定就沒問題了，哈哈哈！」我說。「最好搭配可愛的圖……我就可以好好學台語了。」禾日香兩眼放空的說，此時正值進行手邊插圖工作的休息時間。

「那何不我們自己來做？」我突然眼睛一亮。

就這樣，一個有點「阿沙不魯」的概念雛型漸漸完成，當時雖然只有這個念頭，但我相信這張圖，早已等待著我們、與台語一同將它喚醒了。

起毛子
斯不哩喨
khí-moo-tsih-suh-puh-lín-liang
釋義
意指心情非常好、暢快。

自從燃起了用注音標示台語詞彙的念頭後，這件事便被擱置在一旁，直到某天與禾日香搭乘捷運，看到了車廂內的一幅用日系商品表示的平面廣告，看到了使用平假名、片假名、漢字以及羅馬拼音所構成的平面設計，原本簡單的構圖似乎產生了一種難以形容的美感。

　　我在想是一種距離的美感吧？漢字的部份，讓人若有似無看的懂；平假與片假名讓人感受到圖像化的存在；羅馬拼音的部份，感覺像是做為填補空缺位置的設計。那如果台灣呢？注音符號、漢字、羅馬拼音這三個條件，如果拿來應用在台語上面，幾乎是完全俱備啊！注音宛如假名的圖像化存在，台語漢字一樣有距離的美感，至於羅馬拼音一樣是同等的地位。

　　「我們來做吧！利用這個方式，傳達一些台語詞彙。」由於太興奮，以致於在捷運車廂內便迫不及待跟禾日香講到這個概念，「希望可以透過這個方式，也能夠分享我們印象中，那些成長記憶中有趣的台語。」於是在一陣討論之後，我們取得共識要將這系列的台語創作出來。

　　「只單純用字體當平面設計不夠，我想要用那兩隻粉紅色兔子當主角。」禾日香說。

　　其實在當時，我們正在創作一套以兩隻叫做「大香香」的粉紅色兔子做為插圖主角的故事，當時我們手邊除了平常的平面設計工作外，一邊寫小說、畫故事插圖也是生活的一部份。

　　「那很好，這兩隻兔子就讓人感覺 kimochi spring young ！」我非常同意，這兩隻兔子實在太可愛了，可以讓她們就此登場，相信應該很討喜吧？

　　「沒錯，kimo young 啦！」禾日香大表贊成，不就此之餘，倒讓

她想起了一個問題，「到底爲什麼心情好要叫 kimochi spring young ？以前就常聽過了。」

　　我低頭思考了一下，於是這件事便成爲在捷運車廂，接下來的話題，其實這個詞彙的三二事，說來話長啊…

　　「你今天 KIMO 了嗎？」不曉得還有多少人記得這句廣告台詞呢？這句廣告台詞，源於 1997 年創立的台灣入口網站「奇摩站」（KIMO）的廣告標語，KIMO 諧音如同台語中的心情之意，而 KIMO 站對於當時許多人來講，一聽便直覺能聯想到「KIMO 讚」，也就是「心情及情緒很讚！」的意思，也是經歷台灣網路撥接時代的難忘回憶。

　　就如上述，「起毛子」（ㄎㄧ・ㄇㄛ・ㄐㄧ khí-moo-tsih）是一句從日語所衍生而來的台語，省略了日文「氣持ち」（kimochi）的尾音，而保留了前半部份，之所以如此，乃因爲台語會習慣直接在「起毛子」後面冠上好或壞，譬如「起毛穤」（ㄎㄧ・ㄇㄛ ㄅㄞˋ khí-moo-bái），意指心情不好；而反義就是「起毛喨」（ㄎㄧ・ㄇㄛ ㄌㄧㄤ khí-moo-liang），意指心情好。也之所以如此，才有了「起毛子斯不哩喨」（ㄎㄧ・ㄇㄛ・ㄐㄧㄥㄅㄨ ㄌㄧㄥ ㄌㄧㄤ khí-moo-tsih-suh-puh-lín-liang）的誕生，這句話曾經是長輩們朗朗上口的一句順口溜呢！意指心情非常好、暢快，這句話便是由三個詞彙「起毛子」、「斯不哩」、「喨」所構成，不過根據網路爬文結果，現在也有許多人直接寫作「kimochi spring young」或「奇蒙子 spring young」，哈哈，非常顯而易懂。

　　還記得小時候，常可以聽見長輩們如此的言語交談，「起毛子有喨無？」（心情有爽快嗎？）有時候會聽見爽朗笑聲，搭配一句回答，「當然！起毛子斯不哩喨！」（當然！心情超級爽快的啦！）

後來在台灣本土連續劇，也曾聽過這樣的台詞，讓我不禁眼睛為之一亮，就個人而言，我真的覺得這句話真是一句非常有喜感，又多元文化融合的句子，看看有怎樣的一句話，竟然包藏了日文、英文、台語在內，重點是以台語音唸出來時，完全沒有違和感啊！根本就是語言交融的最佳案例。

　　「喨」（ㄌㄧㄤ liang）這個詞，是鈴鐺或電話聲響所發出的聲音，套用在心情狀態上，非常傳神，彷彿一邊手舞足蹈不夠，還得搭配鈴鐺聲響，才能傳達出此時此刻不亦快哉的心情。而「喨仔」（ㄌㄧㄤ ㄚˋ liang-á）或稱「鈃仔」則是指響鈴、鈴鐺的意思，而鈴鈃仔花便是台灣百合花之意，又稱之為「司公鈃仔花」（ㄙㄞ ㄍㄨㄥ ㄌㄧㄤ ㄚˋ ㄏㄨㄟ sai-kong-liang-á-hue）、「鼓吹花」（ㄍㄨ ㄘㄨㄟˇ ㄏㄨㄟ kóo-tshue-hue）皆是因為其花朵的外觀而來。另附帶一題，對於道士除了「司公」（ㄙㄞ ㄍㄨㄥ sai-kong）的說法外，亦又另稱「鈃鈃仔」（ㄌㄧㄤ ㄌㄧㄤ ㄚˋ liang-liang-á）也是因為外觀特徵的描述而來，形容著道士手持鈴鐺搖晃的動作，所發出的聲響。所以無論是從鈴鈃仔花的花朵外貌或道士搖鈴所發出的聲響，最終都逐漸成為台語形容的狀聲詞，由此可知，這都是前人透過細心觀察萬事萬物，衍生出來的形容詞彙。

　　至於「斯不哩」音同 Spring（春天），擺放在「喨」之前，是不是感覺這個「喨」的聲音更大、更響了呢？所以這句話，包含了日語、英語跟台語，表達心情就像春天一樣，像電話鈴般，大聲地響了起來，更能傳達出心情暢快的情境了。

　　討論至此，捷運車廂的播音系統播放著即將到站廣播。

　　「我覺得讓這兩隻兔子，在這個討論之下定案，滿不錯的。」我一

邊說、一邊準備和禾日香走出車廂。

　　「對啊，在一句這麼充滿文化融合的詞彙下，我大概可以看到這張構圖，大香香這兩隻粉紅色兔子的可愛表情了⋯」

ōo-iàn

奧援

釋義

本身的意思有聲援、支持、
捧場、加油的意思。

「奧援」（ㄨˋ一ㄢˋ ōo-iàn），與日語的「応援」（ouen）發音相似，本身的意思有聲援、支持、捧場、加油的意思。

根據《新唐書・卷一七四・李逢吉傳》：「鄭注得幸於王守澄，逢吉遣從子訓賂注，結守澄爲奧援，自是肆志無所憚。」我們可以發現，「奧援」這個詞彙自古即有，只是究竟是日語「応援」從唐代近似河洛話的官話得來，還是台語「奧援」從日語演變而來，就不得而知了。

不過台語的「奧援」除了有日語本身的涵義外，似乎也演變成一種暗中支持、巴結的意思，例如：「後禮拜爸爸做生日，共伊奧援奧援。」從這個例句裡，可以多少會意這是要討爸爸歡欣的語感，由此可知，台語的「奧援」在應用的層面有著和日語稍微不同的地方。

這張插圖的創作內容，便是想傳達這種有著「応援団」般的加油精神，或許有些人對於何謂「応援団」還有著些許的陌生，那麼在此就姑且簡略說明一下，日本有著獨特的「応援団」文化，所謂的「応援団」，中文直接寫作應援團。簡單講就像是男生組合而成的啦啦隊，但卻是日本傳統的加油隊伍，若觀看他們的加油聲氣勢，無論是隊型或是呼喊口號的節奏張力、包括隊伍的服裝，顯然已經將應援團文化，發展出獨樹一格的特色了。

2002 年，日本漫畫家「久保ミツロウ」（久保美津郎）的作品《3.3.7 應援男》（3.3.7 ビョーシ!!），便是一部在講述關於應援團的故事，而 2005 年，日本遊戲公司亦在遊戲機平台上發表了《押忍！戰鬥！應援團》（押忍！闘え！応援団）的遊戲，這款遊戲甚至還推出了第二代呢！由此可見這個關於「爲某人加油」而延伸而出的啦啦隊，竟也成爲了間接催生各種週邊文化的契機，所以各種在乍看之下、好像舉無輕重的小物細節，

或許都會是富涵文化價值的關鍵。

　　從日本的應援團，除了看到振奮加油聲的熱情，整齊劃一的隊伍跟所謂週邊經濟效應的商機外，或許更該學習的還有那種延續傳統文化，將其包裝精緻化的生命張力。

　　這邊再提一個，關於「奧援」，這個詞彙的一個小故事。

　　有一次，聽到長輩如此的對話，從這個對話中，不妨再推敲一下關於這個詞彙的語感吧。

　　長輩：「誠久無去恁店內坐矣，揣一工來去共奧援、交關一下。」
（好久沒去他店裡坐了，找一天去捧場一下。）

　　我：「敢有需要買一寡伴手過去？」（有需要買一些禮物過去嗎？）

　　長輩：「當然嘛愛，這嘛才是應援。」（當然需要，這才是應援。）

從如上的對話，不難發現，這個詞彙除了捧場之外，也帶有一點人之常情、禮尚往來的弦外之音。而對話中的「交關」（《ㄠ 《ㄨㄢ kau-kuan）便是買賣、惠顧之意，在台語中對於捧場或拜訪，有著許多特別的形容，譬如「蹔蹔咧」（ㄗㄤˋ ㄗㄤˋ ㄌㄧㄝ tsàm-tsàm-leh）就是指踩腳、踩踏之意，「有閒著來阮兜蹔蹔咧。」（有空就來我們家踏一踏。）意思就是在笑談之間，邀約對方來家裡增添人氣閒聊；另外也有「行踏」（《ㄧㄚˊ ˙ㄅㄚ kiânn-tàh）的說法，意指與人往來互動，或者是具體的行動行為，「三不五時，有閒著來去公園行踏一咧。」（偶爾有空閒時，就去公園溜搭閒晃一下。）而無論是「交關」、「蹔蹔咧」、「行踏」這三個詞彙，也都可以與「奧援」交互使用，誠如上述的對話案例。

時至今日，「応援」或「応援団」這個詞彙仍或多或少出現在媒體版面，但已經漸漸改以國語「應援」或「應援團」唸出表示，以台語唸出的比例越來越少，甚至或許也很少人瞭解，這個詞彙曾經也能以台語音唸出來呢！不過不管如何，看來無論時代跟環境如何演變，人們需要被加油的渴望，仍持續不會退燒。

簡單的一個詞彙，就包含著如此豐富的意義，真是有趣，所以在此我們也得說上一句：「感謝恁的奧援支持！」（感謝你們的捧場支持！）

鱉十
pih-tsit

pih-tsit

鱉十 本義為擯龜,後來引申為很衰、失敗,
也用來形容長相古怪的樣貌。

　　當兵時，某天聽到學長的一句：「哈哈…表情變得超 BG 的。」突然在腦海中快速想起關於「BG」的相關瑣事，特別是一段早已經忘記的旋律，那是台灣搖滾樂團「董事長樂團」首張專輯《你袂了解》裡，第四首曲目《BG》，還記得在 2000 年，當時聽到 BG 時，腦中快速思考之餘才回想起這個詞彙，當時 BG 這個詞彙尚未轉化為國語流行詞，亦沒密集參雜在國語句型裡或網路上的字裡行間流傳。BG 這個台語詞彙，在過去就僅是再平凡不過的口語罷了，尤其是在網路還尚未如此蓬勃的年代，根本就難以想像後來 BG 也能一躍成為網路常見的用語。

　　2012 年，網路上有一段名為「潮汕話有用嗎？」的影片，片中一群年輕人講著潮汕話，進行一場簡單討論，分別是：針對潮汕話是否有用，有用有價值的部份在哪，說一句覺得經典的潮汕話，是否應該大力推廣潮汕話等等的問題，在這之間有位女學生說了一句她認為最經典的潮汕話，字幕寫作：「逼七！」姑且先不論這字幕寫作「逼七」的同音字，其正字為何，但這音同台語 BG 的「逼七」，的確引起了我的注意。在一聽到這個詞彙時，便不由得聯想到潮汕話與閩南語之間的關聯，不過根據說明，「逼七」在潮汕話則有很煩的意思。潮汕話事實上是近來出現的新名稱，普遍視為潮州話，由於在廣東範圍內，常被當成廣東方言的一部份，但另一方面又被認為是閩南語的分支，當然這無論是熟悉閩南語或廣東話的使用者，或許都能夠略微理解的潮州話、潮汕話，亦也被當成是獨立的存在個體。提出這一段，主要是針對潮汕話中「逼七」，來反思台語中的 BG 一詞，畢竟兩個語言多少有異同之處，這也是對照語言彼此關係的樂趣所在。

　　那麼究竟台語的 BG，這個常被用英文簡寫指稱的詞彙，是什麼意

思呢？

　　「鱉十」（・ㄅㄧ　・ㄐㄧ　pih-tsit），又常用國語寫作「逼機」，後來多唸爲近似 BG 的發音，一開始的意思和「摃龜」（ㄍㄨㄥˋ　ㄍㄨ kòng-ku）其實是差不多的，後來都引申爲很衰或失敗的意思，至於爲何不是唸作「鱉十」（・ㄅㄧ　・ㄒㄧ pih-si̍p），是否那個「十」字後來音轉而成了現在的發音，這點則未知。不過可知的是，最早的起源是從擲「十八豆仔」（・ㄒㄧ　・ㄅㄚㄅㄠˊ ㄚˋ si̍p-pat-tâu-á）而來的術語，這邊附帶一提，若仔細觀察，便會發現、無論是「鱉十」或「十八豆仔」的「十」（・ㄒㄧ si̍p）字發音，與一般我們日常生活中講到數字時的「十」（・ㄗㄚ tsa̍p）字發音不同，講到數字時，我們會用白讀音唸台語，而講到專有名詞時，則使用文讀音來唸台語。那爲何擲骰子又稱爲「十八豆仔」呢？因爲「十八豆仔」一次共擲三顆骰子，一顆骰子 6 點，三顆就是 18 點，而將骰子上的點稱之爲「豆仔」，於是才稱之爲「十八豆仔」。

　　在早期擲三顆骰子的「十八豆仔」遊戲規則中，擲出後的兩顆骰子必須一樣，之後再看另一顆骰子幾點，進而比大小。若擲出的三顆骰子都一樣，台語稱爲「一色」（・ㄧ　・ㄒㄧㄜ it-sik）爲最大，若三顆骰子都是六點就是「十八仔」了，另外若擲出的骰子都是不同點數，又以台語稱爲「無面」（ㄇㄛˊ ㄇㄧㄣ bô-bīn），最後要說明的就是，若擲出一、二、三點，則代表最小點，也就是「鱉十」，代表失敗、什麼都沒有，由此可知，其實一開始就只是類似「摃龜」的語感而已。

　　不過現在「鱉十」已經衍生出更多解釋，譬如形容一個人長相古怪、外貌很難看倒楣，或者是衰尾道人的樣貌，也都會用「鱉十」這個詞。若說到「鱉十」變成 BG，不由得聯想到許多台語詞彙，由於各種因素、

進而轉化變成英文簡稱，譬如台語的「羼葩」（ㄌㄢˇ ㄆㄚ lān-pha）簡化爲 LP，「膣屄」（ㄐㄧ ㄅㄞ tsi-bai）簡化成 GY，以及早期網路數據機撥接時代的「會氣死」（ㄟˇ ㄎㄧˇ ‧ㄒㄧ ē-khì-sí）簡化爲 AKS，「老硞硞」（ㄌㄠˇ ‧ㄎㄡ ‧ㄎㄡ lāu-khok-khok）簡化爲 LKK，「倯癖癖」（ㄙㄨㄥˇ ㄆㄧㄚˋ ㄆㄧㄚˋ sông-phiah-phiah）簡化爲 SPP 等等，當然這種把台語簡化爲英文的，若台灣尚且如此，更不用提以英文爲主要通行語言的新加坡了。新加坡的華人過去以福建話（新加坡人對於閩南語的稱呼）爲主要母語，是故現今在新加坡仍多少可見到許多福建話的影子，在 2013 年初，新加坡部落客 Greg Gung 在網路發表了一段名爲「Singapore Teenager's Acronym」的影片，片中介紹了新加坡年輕人時下最流行的英文縮寫語言，其中

福建話的「放生」（ㄅㄤˋ ㄙㄟ Pangseh）簡化為PS，「怪膦」（ㄍㄨㄞˋ ㄌㄢ GuaiLan）則簡化為GL。在此特別解釋一下，對於「怪膦」這個詞彙，等同於台灣過去習慣以台語稱呼的「怪潲」（ㄍㄨㄞˋ ㄒㄧㄠˊ kuài-siâu），若單純以字面上翻譯，「怪膦」為怪異的男性陰莖，而「怪潲」則意指怪異的男性精液，兩個詞彙皆衍生做為形容一個人怪里怪氣，看起來樣貌或行為古怪之意，這樣說起來，又回到主題的「鱉十」了。

還記得小時候曾經有一段印象深刻的對話，或許可以再從中體會，關於「鱉十」、BG這個詞彙的意思。

國小的一次運動會中，班上的大隊接力、丟沙包成績接二連三出爐，有些沒參賽的同學，從操場另一邊緩步走到集合位置就定位，大家開始紛紛打聽詢問賽事的結果。

一位外號叫小博士的同學，認眞地問：「比賽結果怎樣？」他說完話，還推了下鏡框。

此時，滿身大汗的同學柚子搖搖頭：「阿需要閣講？全『鱉十』啦！」（還需要說嗎？全BG了！）

這時旁邊紛紛有笑聲出現，開始紛紛出現此起彼落的「鱉十」聲，不成調的節奏成為永遠難忘的記憶。

浮
浪 phû-lōng-kòng
貢

意指無所事事、
一事無成或遊手好閒的人。

知名劇團「金枝演社」創團20週年，在2013年推出台語音樂劇《浮浪貢開花》，精彩詮釋了屬於六十年代的台灣味，更讓網路上又興起一陣關於「浮浪貢」的意思及使用方式等相關討論。「浮浪貢」（ㄆㄨˊ・ㄌㄨㄥ ㄍㄨㄥˋ phû-lōng-kòng），是一種貶義詞，意指無所事事、一事無成或遊手好閒的人，又常被國語借音寫作「噗龍共」。

關於這個詞彙有此一說，是源自於日語「浮浪者」（ふろうしゃ furousha），意指流浪漢、居無定所的人。至於日語的「浮浪者」又是怎麼演變爲台語的「浮浪貢」呢？或許我們可以從「貢」（ㄍㄨㄥˋ kòng）這個詞來看。

台語在形容一個人的時候，如果用「貢」就有蔑視的意味，若翻成國語則有「傢伙」的意思，譬如「彼貢」（ㄏㄧ ㄍㄨㄥˋ he kòng）、「這貢」（ㄐㄧ ㄍㄨㄥˋ tsit kòng）就是指「那傢伙」、「這傢伙」。所以也就不難理解，爲何「浮浪者」會變成「浮浪貢」了，或許這也是台語與日語融合演變之下的特色吧？另外除了使用「貢」來做爲蔑稱之外，也有使用「齒」（ㄎㄧˋ khí）或者是「箍」（ㄎㄡ khoo）同樣也是如此運用，「彼齒」、「這箍」都是輕視稱呼對方的用語，使用這種量詞來橫量一個人，還眞是活靈活現。

甚至還有一種說法，叫做「彼幹」（ㄏㄧ ㄍㄢˋ he kàn），當然這是一句更加貶損對方的說法，「幹」在台語爲事物的本體，譬如「幹事」（ㄍㄢˋㄙㄨ kàn-sū）、「幹線」（ㄍㄢˋㄙㄨㄚˋ kàn-suànn），但亦與「姦」（ㄍㄢˋ kàn）字同音。眾所皆之的髒話「幹」，其實台語漢字爲「姦」之意，也或許台語這兩個字的同音，於是發展出雙關語指稱「彼幹」、「彼姦」，是否因爲如此才成爲貶低用語、這點則未知，但可以肯定的

是，現在無論是「彼幹」或「彼姦」都是一句用來稱呼第三人稱，非常負面的用語。

　　記得高中一年級，某次剛換完新座位，大家正準備適應新的左右鄰居，這時坐在我身旁傳來一個聲音：「…你敢欲交這箍換位？這箍…」（…你要不要跟這傢伙換位子？這傢伙…）轉頭一看，坐在我隔壁座位、外號賓士的同學，正對著他的「麻吉」說話，而手則不忘指著坐在他身旁的同學，哎呀、不過就是旁邊坐了個不熟悉的同學，有必要用「這箍」來稱呼人家嗎？不過倒也讓我印象深刻，畢竟這詞彙在當時我比較少聽到，在更小的時候、大多聽到的是「這貢」或「這齒」，當時聽到「這箍」倒讓我想起一首經典童謠《大箍呆》（ㄉㄨㄚ ㄎㄡ ㄉㄞ tuā-khoo-tai），恰好被他用「這箍」稱呼的同學，屬於胖胖溫吞的外型，不禁讓人聯想到這首童謠的我，莞爾一笑。

　　雖然說是童謠，但無論我怎麼唸，永遠也都只會那句：「大箍呆，炒韭菜，燒燒一碗來，冷冷我無愛。」不知道是不是多數這一輩的孩子，也都只有這段主要歌詞的記憶呢？而且還是用唸誦的、不是用唱的，哈哈！後來我查了一下資料，才知道原來這由施福珍老師創作的台灣童謠〈大箍呆〉，已收錄至《台灣大百科》，在當時台灣社會熱門的程度，可不亞於現在的當紅流行語，這整串口白唸誦幾乎已成為台灣老中青三代的珍貴記憶了，相信只要隨機問路人，大多能夠承接上下句吧？這樣珍貴的寶藏，真的很需要我們無論是口說或是利用文獻來好好給予典藏珍惜。就連詞末最後那句「到今你才知」，也都一直傳誦之今，多少也都能聽見有人使用，特別的是那個「今」（ㄉㄚ tann）字讀音，不但特別又古樸，稱之為語言中的瑰寶，一點也不為過。

從「這箍」想到「大箍呆」，那麼我想「浮浪者」會變成「浮浪貢」好像也不奇怪了，只是為何沒演變成「浮浪齒」或「浮浪箍」呢？又或者原本有，只是不順口或經時代快速變遷而消失了呢？當然這只是我的個人臆測，畢竟以國語流行語來說，也都有汰舊換新的過程，好比過去小時候曾經短暫出現過的國語流行語「瓦綠」跟「亮妹」，幾乎都已成為死語。在此順道一提，「瓦綠」就是日語「気持ち悪い」（きもちわるい kimochi warui）後半段的「わるい」（warui）以國語借音而來，就變成了形容臉色難看的「瓦綠」；而「亮妹」則是源於廣東話的「靚妹」因國語借音而成了「亮妹」後來短暫在綜藝節目時行一陣子，後被現存至今的「正妹」所取代。所以「浮浪貢」是否就是戰到最後勝出的詞彙、又或者我們可以反思，有多少詞彙是早已經消失而從未被及時記錄下來的，想到這裡，不免大嘆可惜。

　　「浮浪貢」就像是生命力堅韌的語言活化石般，經歷了這麼久的時間洗禮，至今仍持續被使用著，無論是隔壁住了個惡鄰居、惹事生非、講五四三的八卦等行為，都可以派上用場，簡直就是萬用語啊！下次如果遇到不開心的事，先收起三字經跟六字真言吧，改派我們的「浮浪貢」登場吧！

烏ㄨˇ 龍ㄌㄥˊ 踅ㄒㄩㄝˊ 桌ㄉㄜˊ
oo liông sėh toh

烏龍
踅桌 oo-liông-sėh-toh

釋義
意指推卸責任、顧左右而言它。

還記得小時候，曾祖父母還在世時，鄉下有棟三合院的古厝，每逢過年過節時，這棟古厝前的空地便成了我們這群小孩子的遊樂場所。當時最夯的遊戲是什麼呢？絕對不是電視遊戲器跟掌上型電動，而是拿起裝滿水的罐子、塑膠袋在空地尋覓那坑坑洞洞的影子，當看到有可疑的細小坑洞，便拿起預備好的水注入，此時同伴們在週邊的洞口守株待「蟲」，沒錯、這個童年記憶便是俗稱的「灌肚伯仔」（ㄍㄨㄢˋㄉㄛˇㄅㄟㄚˋ kuàn-tōo-peh-á）。

　　不過可不要亂灌一通、小小空地裡的世界精彩的很，除了「肚伯仔」以外，也有所謂的「草蜢仔」（ㄘㄠ ㄇㄟ ㄚˋ tsháu-meh-á），以及一種叫做「烏龍仔」（ㄡ ㄌㄩㄥˊ ㄚˋ oo-liông-á）的昆蟲，一直到今天，都還能夠記得牠們的台語稱呼，以及當時「灌肚伯仔」手忙腳亂的拿著樹枝跟水，到處灌水插枝，也難怪台語在形容人牛飲的型態時，也會用「灌肚伯仔」來形容了，還真是有夠貼切，若喝東西太猛太急、常會引來一句：「你是咧灌肚伯仔喔？」（你是在灌蟋蟀嗎？）另外，關於「肚伯仔」有的地方似乎稱為「肚猴」（ㄉㄛˇㄍㄠˊ tōo-kâu）。在 2004 年，台灣饒舌歌手 JY 所獨立發行的專輯《私釀》，曲目第五首〈你放屁〉歌詞也有提到「大猴」，而且還提到了「灌大猴」跟「大猴走路」這樣的動作，這裡的「大猴」顯然是指「肚猴」，且「灌大猴」這個行為，應該是等同於「灌肚伯仔」這件事，可見得在台灣對於這項遊戲的稱呼包括昆蟲名稱，是有兩種不同的稱呼方式，但我肯定小時候我們在玩這個遊戲時，無論是長輩或同伴們都是說「灌肚伯仔」。

　　那麼與「肚伯仔」常會讓我聯想在一起的，便是「烏龍仔」了。

　　講到這裡，既然前面都已經提到灌肚伯仔以及烏龍仔了，那麼就

不得不提這句經典的「烏龍踅桌」（ㄡˊ ㄌㄩㄥˊ ㄙㄟˋ ‧ ㄉㄜ oo-liông- seh -toh）啦！相信這個形容詞一講出來，很多人都不會感到陌生吧？無論是在新聞報導或是網路搜尋這四個關鍵字，肯定都會出現許多與「烏龍踅桌」有關的相關運用，甚至在一些台語歌曲中，也多少能夠看到它出現的足跡，那麼這句「烏龍踅桌」又與「烏龍仔」有關聯嗎？光是看字面上的意思，好像又跟桌子扯上什麼關係了呢？究竟是代表了什麼意思呢？其實我們從字面上，多少就能夠看出些許端倪囉！

「烏龍踅桌」意指推卸責任、顧左右而言它。「烏龍」又稱爲「烏龍仔」，是一種黃斑黑色蟋蟀，過去常把公蟋蟀被用來鬥蟋蟀。此句諺語又寫作「烏龍繞道」、「烏龍旋桌」等等，不過都可以從字裡行間，看到烏龍從這一頭到另一頭靈活的奔走的鮮明動作，就像是一個人忙著替自己辯解時，口沫橫飛的形象。

這個「繞」字在台語常被寫作「踅」或「迺」，關於「踅」這個台語詞彙，相信無論懂或不懂台語的人，肯定一定聽過。在 1990 年，台語歌手李嘉的專輯同名歌曲〈迺夜市〉，這首膾炙人口的歌曲，至今仍傳唱不已。這個「踅」字，便是有轉動、來回走動、繞行、盤旋或是散步的意思，所以也有一個詞彙叫做「踅玲瑯」（ㄙㄟˇ ㄌㄧㄥ ㄌㄨㄥ sèh-lin-long）或「玲瑯踅」，意指繞圈子、團團轉之意，無論是「踅玲瑯」或「玲瑯踅」都極爲生動，所以許多經典台語歌曲，不乏見到這兩個詞彙的搭配使用，透過旋律表現更顯傳神。而 2013 年，台灣饒舌團體「勞動服務」在網路上發表的歌曲〈核邪〉，末段也如此唱道：「阮未願擱乎汝拖咧玲瓏踅…」意思便是我們不願再被你牽著轉來轉去的，有搞不清楚狀況、被牽著鼻子走的感覺，剛好兩首歌，顯示出同一個詞卻完全相反的情境狀態。

如此一來，是否更能體會，當「踅」置入於「烏龍踅桌」內，那個靈巧不已的描述了呢？

這句「烏龍踅桌」其實也有上下句做押韻使用，「烏龍踅桌、無影無跡」，不但押韻且雙關，每當聽到這個詞彙，似乎還有記憶同伴們大呼：「緊看！彼隻烏龍仔，走到無看影！」（快看！那隻黑色蟋蟀，跑到沒看見影子了！）

不四鬼 put-sú-kuí

形容一個人好色、不三不四的意思。釋義

「不四鬼」（ㄅㄨㄥㄨ丶《ㄨㄧ丶 put-sú-kuí），現在已普遍用來形容一個人好色、不三不四的意思，這句話若在報章雜誌中出現，又常寫作「不士鬼」、「不死鬼」、「不速鬼」等等。

著名的台語經典老歌〈三輪車伕之戀〉的口白，女生的口白部份便有提到「不死鬼」，這段歌詞裡，女生的口白部份，可謂是形容的恰到好處，畢竟這裡若說「燥伯仔」（ㄙㄜ丶ㄅㄟ丶ㄚ丶 sò-peh-á）或「色龜」（ㄒㄧㄜ丶《ㄨ sik-ku）以及「豬哥」（ㄅㄧ《ㄜ ti-ko）好像力道都太過了。「燥伯仔」的「燥」字，原意指上火燥熱，通常以國語諧音字寫作「色伯仔」，記得國中時，班上同學很愛把這個詞彙掛在嘴邊，用來形容男人很好色的模樣，這時就會用到「燥伯仔」、「燥伯」來形容，或者直接說：「你就燥矣。」、「齁！你有夠燥。」；至於「色龜」則也有類似的效果，甚至還與「燥伯仔」混合使用，記得在高中時還聽同學說過：「色龜伯仔」，感覺根本就有加強版的效果啊！另外「豬哥」這個詞彙，最常聽的就是「豬哥神」或「痟豬哥」，但這個說法感覺力道也不適合在這首歌出現，畢竟這男人也沒做出多誇張的行為。

看來看去、想來想去，在這首歌曲的口白裡，能夠符合貼切其意境的，好像只有「不四鬼」是最適合的了。

根據徐福全教授編著的《福全台諺語典》裡的註解為「不士鬼」，意指行為不端正、毛手毛腳的好色鬼；而在董忠司教授所編著的《簡明台灣語字典》與洪宏元教授主編的《學生台華雙語活用辭書》裡的註解皆寫作「不四鬼」，註解分別則為不要臉或好色鬼之意。

在參考以上的著作之後，我與禾日香討論之下，決定在這張構圖以「不四鬼」做為台語漢字的呈現，所以圖畫中，一到六的號碼牌、唯獨

少了三跟四，至於為什麼，且讓我娓娓道來。

我們都曉得這句詞彙「不三不四」（・ㄅㄨ ㄙㄢ ・ㄅㄨ ㄙㄨ ˇput-sam-put-sù），其實在台語裡，還有類似「不三不四」的說法，例如「不八不七」（・ㄅㄨ ・ㄅㄚ ・ㄅㄨ ・ㄑㄧ put-pat-put-tshit）。這個「不八不七」後來常讀作「不答不七」（・ㄅㄨ ・ㄉㄚ ・ㄅㄨ ・ㄑㄧ put-tap-put-tshit），都是形容介於兩個連續數字之間，一個不存在又虛無的暗喻，一個不存在的東西又是什麼呢？就是暗批對方，不是人，什麼都不是！由此可知，這是一個非常狠毒的迂迴形容。

或許「不三不四」又因中文常有「…鬼」的負面詞彙組合使用方式，譬如：「大頭鬼」、「骯髒鬼」等等。後來或許因口語化、簡化，因而成為「不四鬼」，至於為什麼只有「不三不四」口語化為「不四鬼」，而「不八不七」並沒有同樣口語化「不七鬼」呢？這就不得而知了。也或許有，只是後來流失也說不一定，總之歸結上述參考資料及個人見解，最後將之寫作「不四鬼」，從以上種種，不得不佩服前人這種罵人不帶髒字的藝術。

袂曉駛船 bē-hiáu-sái-tsûn-hiâm-khe-eh
嫌溪狹

指一個人怪東怪西、推卸責任，
似乎永遠錯都不在自己。

　　猶然記得，就讀研究所的時期，所上有一位不諳台語的同學，一日他問：「窄的台語要怎麼講？」有位同學隨即反應：「狹！」（ㄟˋ èh）。當然，這個回答引來了一陣討論，其中包括了，爲什麼「窄」的台語會唸作「矮」？最後在七嘴八舌之下、蹦出了這句久違的諺語「袂曉駛船嫌溪狹」（ㄇㄨㄟˋ ㄏㄧㄠˋ ㄙㄞ ㄗㄨㄣˊ ㄏㄧㄤˊ ㄎㄟˋ ㄟˋ bē-hiáu sái-tsûn hiâm khe èh）。

　　其實這也突顯了思考台語，不能夠以國語做爲單純思考的出發點，其實在學習任何語言也都是如此，如果我們用國語的角度去推敲，便會產生「爲什麼窄會唸作矮？」諸如此類的疑問，就譬如人人聞之色變的「蟑螂」，台語絕對非兩個字的文讀直翻，而是唸作「虼蚻」（ㄍㄚ ㄗㄨㄚˋ ka-tsuàh），記得小時候第一次瞭解蟑螂的台語唸法後，有好一陣子將其誤解爲「鉸紙」（ㄍㄚˇ ㄗㄨㄚˋ ka- tsuá）也就是剪紙之意，後來在同儕之間口耳相傳、認爲非常生動，好像大家多少都親眼目睹過什麼都吃的蟑螂，品嘗書本紙張的情景，再長大一點、聽聞蟑螂一詞的台語，可能是語源自古漢語，不免聯想到一個誇張的場景，幾個古人皺著眉頭、追著這黑漆抹烏的蟑螂大吼著：「共絕！」（‧ㄍㄚ ㄗㄨㄚˋ kā-tsuàt）也就是將牠滅絕，給之鏟除的意思，這音與現在蟑螂的台語讀音多少都有點類似吧？不論是古人或現代人，看到如此威猛的生物，恐怕都會在驚慌之餘、手忙腳亂想將之消滅，這就是當時在我腦海中，天馬行空的聯想之一。總之，若照國語思考模式去推敲、稱之爲「張郎」（ㄉㄧㄡ ㄌㄨㄥˊ Tiunn-lông）的台語讀音，那絕對會成爲錯之離譜訛讀，不禁令人莞爾想到，武俠小說《倚天屠龍記》第40章〈不識張郎是張郎〉，若拿來類比，則希望未來的台語不要凋零到讀音淪爲「不識蟑螂是張郎」囉！

據說「虼蚻」就是保留了古越語成份的例子之一，也就是所謂的百越族所使用的語言，粵語的漢字寫作「曱甴」（ㄍㄚˇ ㄗㄚˊ gaat6 zaat6），可見其音的近似度，又與國語的發音有著極大差異，從這裡不難理解，台語與國語的差異，難以單純用國語詞彙直翻。

話說說回從「窄」的台語「狹」，再令人憶起關於「袂曉駛船嫌溪狹」的這句諺語吧。

電視廣告中的一句台詞：「無內才閣嫌家私歹。」（沒有內涵還嫌工具不好。）傳神的雙關語形容，讓人印象深刻。其實這句話跟「袂曉駛船嫌溪狹」都有著差不多的意思，都是指一個人怪東怪西、推卸責任，似乎永遠錯都不在自己。而「袂曉駛船嫌溪狹」，照字面上的解釋為，自己不會駕駛船，反怪罪溪流狹窄，後來引伸為只懂得怪東怪西、不懂得反省。類似的還有，「袂生，牽托厝邊」、「睏袂去，嫌床歪」、「人大箍，嫌衫小領」等等。

後來這句話，下聯承接了「袂曉泅水牽拖膦葩重」，皆意指自己本身的問題使然，卻不會自我檢討反而責怪別人或環境。看樣子無論是怎樣的詞彙演變，但怪罪他人的本意仍始終不變，或許也多少反應了人的天性，還真是一路走來都始終如一。

話說回同學討論「窄的台語要怎麼講？」之後，不禁又出現幾個關於台語專有名詞與國語差異的例子，譬如我們說一個人食量小，台語會說「小口」（ㄒㄧㄛˋ ㄎㄠˋ sió-kháu）或「小喙」（ㄒㄧㄛˋ ㄘㄨㄟˋ sió-tshuì），若照字面上思考可能會誤以為是指小嘴巴，又或者直接把食量小用台語直翻，但其實每種語言，多少都有屬於它自己本身的專屬用法，跳脫既定框架的思考局限時，更能夠體會或瞭解各種語言的深沉意涵，否則當

別人問起「台語是否有這個字時？」、「○○○的台語怎麼講？」當我們回答不出來，就擅自以單一語言的角度，下定論認為「台語沒有這個字」又或者「台語這樣唸很奇怪」那就太武斷了。畢竟，不是該思考台語有沒有這個字，而是有可能只是我們自己不會，如果在溝通為前題下，又該怎麼唸出來，效仿過去的人們用台語唸出新式器具「冰箱」、「電腦」、「手機」、「扣機」的創新腦袋，來面對語言的新詞彙，如此一來，這個語言才能更有彈性、有生命力。

最後再說回蟑螂吧，雖然這個話題有點驚悚。

某日與一位友人阿胖聚餐，他的台語有著鮮明的南部特色，譬如很好吃，他會講「朔好食」（ㄙㄡˋ ㄏㄜˊ ㄐㄧㄚˋ sok-hó-tsiáh），跟他提起上述我那個關於蟑螂台語讀音的多年想像，不料他聽畢後哈哈一笑、若有所思的說：「那麼或許再過幾百年後，會有人說蟑螂的台語是因為『共濺』（˙ㄍㄚ ㄗㄨㄢ kā-tsuānn）而來的，音還更像咧！」

我不解的問：「…『共濺』也就是將它噴下去、噴它的意思，音像是像啦…但又能有什麼意思嗎？」

阿胖笑答：「就是噴殺蟲劑啊！『共濺』蟓仔水，朔強的啦！」

哇！聽完不禁伸出大姆指，或許百年後，真有人會做此解讀也不一定？希望到時候，台語不要真的成為「天書」囉！

孝ㄒㄧㄠˋ 孤ㄍㄨ
hàu　koo

hàu-koo

孝孤

釋義

原意指祭祀無主的孤魂野鬼，
後來常被用來當做貶意詞使用。

有聽過「孝孤」（ㄏㄠˋ ㄍㄡ hàu-koo）嗎？這句話是在我的台語詞彙排行榜裡，排名五名內的詞彙啦！

「孝孤」跟「祭孤」（ㄗㄟˋ ㄍㄡ tsè-koo）是同義詞，原意指祭祀無主的孤魂野鬼。後來常被用來當做貶意詞使用，後來演變成是一句相對張力十足的批判性詞彙，吃東西，進行某件行為時，若是想要表現比較負面的情緒時，就可以用「孝孤」來加強所批評的事物。

例如，當我們要形容某樣食物不美味時，便可這麼說：「這款物件，敢會當孝孤？」（這種東西能吃嗎？），意指某食物難吃到連孤魂野鬼也不願意吃；此外，也常被用於質疑事情的可行性，例如：「你做這款頭路，敢會當孝孤？」（你做這種工作，像話嗎？）也就是說某事情令人不看好、不稱頭。

原來的意思是指祭祀孤魂野鬼，沒想到卻意外演變為一種負面的指稱，不得不佩服以前的人聯想力及罵人不帶髒字的語言能力啊！

這時可能會有人問了，罵人不帶髒字？這「孝孤」不就是一句粗俗的話嗎？

嗯、也是，不過請各位先冷靜思考一下，將時光拉回那個過去純樸的歲月時光，那個台語社會，想想看，如果有人一句話裡使用「孝孤」或「祭孤」這種意指連孤魂野鬼都不敢領教的詞彙，來形容人事物，那會是多麼驚天動地、缺乏禮貌的事啊？簡單講就是，這威力僅次於明目張膽的三字經或六字真言，也難怪會被定義成不中聽的話。

在我的認知上，這詞彙只能算是屬於不中聽的話，而且還得從句子的語意判斷才能下定論，畢竟它們本身就有自己的意思。至於把「孝孤」直接定義為粗俗的詞彙，我反倒覺得太武斷，而且也是一件很奇怪的

事，就像國語的「屌」已經變成一句流行語而不是粗話，畢竟在廣東話及客家話裡，「屌」這個字絕對是粗話，換句話說，如果能夠接受「屌」，那又為何不能接受「孝孤」呢？

　　當然我們不能否認，每一個語言都有粗話跟粗俗的成份存在，誠如光明與黑暗的關聯，但話再說回來，即便是粗話又如何呢？從各種詞彙也能夠看出一個語言、在當時社會環境下的文化背景，就以「孝孤」來講，顯然在當時是基於敬天地鬼神而發展出來的詞彙。1931年，有著「台灣語言學先驅」、「台灣語言學之父」之稱的小川尚義，所編著的《台日大辭典》即有收錄「孝孤」（ハウコオ），註解為「祭拜無緣佛、餓鬼」由此可知，拿這句在當時非常傳神、貼近人們生活的詞彙來做各種置入形容，是再合適不過的。

再反過來講，當今不也有一堆符合現代時空背景的各種詞彙嗎？譬如上述提到的「屌」或「牛屎」、「草泥馬」等等。台語的「孝孤」與今天許多已不被認為是粗俗的流行用語相比，憑良心講，顯然要文雅多了，也不足為奇了。

之所以要介紹這個詞彙，最主要是想好好藉此來討論關於所謂台語粗話，其實我不會特別排斥各種語言的粗話，相反地、粗話是語言的精華之一，這不分各種語言，否則為何人們常說學一種語言，學髒話是最快的呢？我甚至可以大膽推測，從髒話的流失、也可以旁敲側擊一個語言是否正走向衰弱之路。

沒錯，一個語言不會因為百分之百的沒有髒話或負面語言而茁壯，相反地，反而會突顯其正迅速走下坡的趨勢。這點正是我發現到，越來越多人搞不清楚「苴懶」跟「滕蔓」的意思，另外關於「懶西」這個詞彙，不曉得還有多少人記得呢？這裡並不是說，推廣粗話或是所謂負面用語，但我們似乎可以從語言走下坡與髒話的流失找出某程度的關聯性，畢竟，情緒的語言發洩是人之常情，當某語言的發洩詞彙逐漸降低時，我可以聯想到的是，不是這個語言使用族群特別溫文儒雅，要不就是該語言快消失了，所有情緒用語要不是越來越口語直白，不然就是根本已習慣用另一個語言交流了。

回到上段提到的，「懶西」的台語漢字為「懶屍」（ㄌㄢˇ ㄒㄧˉ lán-si），意思為懶惰、懶洋洋之意。2007年，香港出版了一本名為《小狗懶擦鞋》的書，乍看之下，若以國語思考去看書名，似乎沒什麼特別，又或者會摸不著頭緒；其實，這五個字便是廣東話粗口的諧音「屌、尻、撚、柒、屄」，皆有性器官的意思。而這本書，便是以研究廣東話粗口為題材的

專書，從此便可知，若仔細整理這些被定義的粗口，可還眞是一門學問，更何況，我們該思考的是粗口背後的發生意義，該問的是爲什麼生氣？而非單方面指責因爲生氣而產生的不禮貌。

2004 年，歌手豬頭皮的專輯《搖滾主耶穌》，曲目第十三首〈天公伯仔〉歌詞之中也有提到「孝孤」，並且生動唱出造橋鋪路，起廟造醮等行爲，整個畫面跟立體感都活靈活現，裡面的「孝孤」搭配整首歌曲的旋律，可謂是驚彩絕倫、生動貼切，把孝孤拿來做雙關，一來將指稱祭拜孤魂野鬼的詞彙套用在天公伯仔，二來則是把孝孤做爲事情不稱頭的迂迴譬喻，眞是經典啊！如果那句話變成「食飽閒閒」恐怕力道就沒這麼強了吧？

每個詞彙都有它的位置，除了要擺對位子，也得看我們是以什麼角度去評論它，這也是在進行台語詞彙整理時，一個自我思緒及價值觀整理的激盪，希望這個浪濤，有一天可以越捲越高。

佇 tī 厝 tshù 內 lāi
跍 khû 大 tāi 學 ha̍k

佇厝內
跍大學

tī-tshù-lāi-khû-tāi-ha̍k

釋義

指閒置在家、無所事事或不學無術，
來演變為國語雙關語「家裡蹲大學」。

2011 年，一趟日本關西之旅除了見識到日本傳統文化的保存，讓最新與最舊的軟硬體同時兼俱，卻也意外的喚起台語詞彙記憶。

　　導遊蘭姐是位道地的在日台僑，整趟行程中，她不時用著道地親切台語與我們交流，還記得在第一天，蘭姐便大概介紹了關於日文漢字與我們熟知的中文差異，接著話鋒一轉便說到：「…親像便所，日本話嘛誠濟講法，這馬攏直接講トイレ，卡早閣有講お手洗い、中文翻做『御手洗』，啊若台語的便所，嘛是日本話翻過來矣。」（就像廁所，日語也很多說法，現在都直接唸 toire，以前還有說 otearai、中文翻成御手洗，台語的便所，也是日語翻過來的。）

　　蘭姐說到這裡的部份，我之前就多少有瞭解，台語「便所」最特別的是，它是用台語音去唸出日文漢字，進而形成台語中獨特的日文外來語，其它相似的例子還有「案內」、「口座」、「注文」、「注射」、「見本」、「病院」、「寄附」等等不勝枚舉，皆用台語去讀音念出，譬如「病院」（びょういんbyoin），以台語讀音唸出而成「病院」（ㄅㆤˉ ㄧˉ pēnn-īnn），可見發音差異。而另一種台語中的日文外來語，則是直接置入日語詞彙，而非直接用台語音讀出，譬如眾所周知的「歐巴桑」、「歐吉桑」、「踏踏米」、「歐兜拜」等等，以上皆為國語諧音字，也就是說，當我們上述這類日文外來語時，與原日文發音是差不多的，起碼和台語直讀日文漢字比較之下，這類日文外來是在台語甚至國語出現時，多半以直接置入的情況使用。

　　有趣的是，在台灣習慣講「便所」，而在當兵時，認識一位金門的朋友，他則跟我表示，他從小到大，家裡都習慣說「廁所」（ㄘㄟˋ ˙ㄙㄡ tshè-sóo）從這微妙差異，也更能感受到日文外來語在台語中的影響，另

外也可以從金門的用語中，理解透過直譯來唸出各種詞彙，亦是很自然的事。

接著蘭姐繼續說：「這馬的日本少年仔，大部份攏講トイレ卡濟，著親像台灣嘛仝款，化妝室、洗手間…像我攏慣勢講便所，若細漢時，阿嬤攏講屎礐仔咧！哈哈…」（現在的日本年輕人，大多都講 toire 比較多，就像台灣也一樣，化妝室、洗手間…像我都習慣說便所，以前小時候，阿嬤都說茅坑咧！哈哈…）語畢，在場的人皆哄堂大笑，紛紛點頭同意，也似乎勾起了關於「屎礐仔」（ㄙㄞˋ‧ㄏㄚˋ sái-hȧk -á）的一些趣事，一時之間討論聲四起。

不過我所想到的除了「屎礐仔」之外，還有另一個說法，以前也曾聽過，那就是「大礐仔」，意指更大的茅坑，也就是糞坑或化糞池啦！而這句話也演變為一句玩笑話，那就是「佇厝內跍大礐」（ㄅㄧˋㄘㄨˋㄌㄞˊㄎㄨˊㄉㄞˋㄏㄚˋ tī-tshù-lāi-khû-tāi-hȧk），多半用來自我解嘲，指自己閒置在家，無所事事或不學無術之意，也因為「大礐」音同「大學」的讀音，所以這句話後來被拿來做國語直譯，稱為「家裡蹲大學」，成

為一句極緻的雙關語，除了諧音雙關外，擬態的雙關也很到位，在家裡蹲糞坑與苦熬在家拼大學，再說若大糞坑出現在家裡，如此驚奇誇張的畫面，更顯得這句話的趣味啊！

「跍」（ㄎㄨˋ khû）這個字是台語形容蹲下、蜷坐的動作，「莫跍佇土腳。」（不要蹲在地上。）又或者說「跍便所」，也就是蹲廁所的意思，所以若聽到這句「家裡蹲大學」或「佇厝內跍大礐」，就是在笑指閒閒沒事在家蹲廁所的玩笑話。

記得第一次聽到這句話，是國小一位鋼琴老師開玩笑說：「我在家裡蹲大學。」雖然她這句話是用國語說出來，多少也能感受到有趣的點，但還是覺得有那麼一點不對勁，這個謎題就一直到了國中才聽到有同學以：「芋仔紙借一咧，我欲來去大礐種芋仔。」（芋頭紙借一下，我要去大學種芋頭。）當然這裡有一堆雙關語，待我一一解釋。「芋仔」（ㄡˊㄚˋ ōo-á）被隱喻是大便的形狀，於是乎，「芋仔紙」就是衛生紙的意思，而「種芋仔」就是指大便這件事了，同學的一句「去大礐種芋仔。」幽默的說要去大學種芋頭，此「大學」非彼「大學」，而是因台語諧音而指的「大礐」，只是沒想到經這麼一個語言提示，反倒讓我回想起那句「我在家裡蹲大學」家裡蹲大學的前因後果了。

這不免讓我異想天開，或許這句「佇厝內跍大礐」，可以演變為「佇厝內種芋仔」或者「去大學種芋仔」呢！

順道一提，那次同團的一位歐巴桑，一面讚美著日本多美好，沒想到下一句竟然說「哪像台灣，就是沒文化。」這也是激勵我們創作這本書的動力之一，誰說台灣沒文化，這麼多種父母話不就是文化嗎？不過，若繼續以這般心態對待台灣，恐怕十幾年後，真的就會沒自己的文化了。

展　ㄉㄧㄢ
tián

風　ㄏㄥ
hong

神　ㄒㄧㄣ
sîn

展
風神
tián-hong-sîn

逞威風、臭屁神氣的意思。

2013 年，台南市的三級古蹟風神廟與接官亭，經由國際知名照明大師周鍊先生的設計，以燈光照明重新詮釋了 1739 年的傳統古蹟樣貌。也因此，成就了以「光之廟宇」風神廟為起始，一路到神農街及台南在地人以台語稱為「五層樓仔」（‧ㄍㄨㄜ ㄗㄢˋ ㄌㄠˊ ㄚˋ gōo-tsàn-lâu-á）的林百貨，再一直到赤崁樓，形成了台南舊市區夜間燈火明媚的遊覽新軌跡。

　　一天夜裡，與禾日香在造訪過風神廟的光影氣氛之後，便轉往赤崁樓去欣賞每週都會在台南市各主要古蹟地點舉辦的露天「古蹟音樂沙龍」，現場可見許多民眾散步前來駐足聆聽，又或如同我們專程前往欣賞的聽眾，在燈光及悠然的〈阮若打開心內的門窗〉音樂演奏陪襯下，禾日香似乎按捺不住疑問、開口問了一個問題。

　　「風神廟讓我想到一個問題。」她說。

　　「妳說吧。」我似乎已經可以猜出來，她大概要問什麼了。

　　「為什麼台語的『風神』既是風神，也是炫耀威風的意思？」她果然問了，只是沒想到她竟也知道「風神」（ㄏㄨㄥˊ ㄒㄧㄥˊ hong-sîn）的意思啊？

　　還記得，我第一次聽到「風神」這個詞彙，是三個字的「展風神」（ㄅㄧㄢ ㄏㄨㄥˊ ㄒㄧㄥˊ tián-hong-sîn），在 1995 年，歌手豬頭皮的專輯《豬頭皮的笑魁唸歌 (二) 外好汝甘知》中，曲目第八首〈公的母的〉，其中在音樂末有段精彩的模擬夫妻台語對話的唸歌，在這段精彩的夫妻對話間，便提到「展風神」三個字，尤其這類不是國語直譯的台語詞彙都相當有特色，以致於到現在我還非常地印象深刻。當時買了許多豬頭皮的專輯錄音帶，在還是國小學生的我，對照著歌詞跟語意前後文，也自

然而然的學會了諸如此類的許多詞彙。「展」（ㄅㄧㄢ tián）這個詞，有誇耀、展示的意思，單獨使用亦可，「你實在有夠愛展。」（你實在有夠愛炫耀。）一個字便充份表達，真是簡單明瞭、言簡意賅。另外說到「風神」二字，的確有著逞威風、臭屁神氣的意思，其實台語裡，有許多類似的詞彙，包括從最基本的「臭屁」，再到「臭煬」（ㄘㄠˋ ㄧㄤ tshàu-iāng），以及較有語言張力的「聳鬚」（ㄘㄤˋ ㄑㄧㄛ tshàng-tshiu），原本的意思是指鬍鬚亂七八糟、是非常生動的譬喻，還有鵤趒」（ㄑㄧㄛ ㄅㄧㄛˊ tshio-tiô）常以國語借音寫作「秋條」，也是非常耳熟能詳，記得國小班上同學很愛把「秋條」或「蕭條」用國語掛在嘴邊，藉以雙關暗諷別人「鵤趒」呢！

這個「鵤」字說來有趣，本意是指雄性動物發情，而「趒」字則有跳動、跳躍之意，兩個字合在一起使用，也難怪如此臭屁囂張了，「鵤趒」又常各自獨立拆解「鵤」、「趒」來使用，意思與國語的「跩」很接近。再來是批判力道十足的「囂俳」（ㄏㄧㄠˊ ㄅㄞ hiau-pai）相信大家多少都聽過這句台語「囂俳無落魄的久」吧？意指風水輪流轉、再得意也只是一時的啦！以上都是「風神」的同義詞，也都可以彼此交叉使用。

說了一大串，禾日香歪著頭說：「可是我還是不知道，為什麼『風神』會變成台語裡臭屁的意思啊？」

「或許是過去看天吃飯的時代，如果自比為風神，在那邊『展風神』，可見得非常囂張臭屁吧？」我如此猜測著，只是為什麼不是雷神、灶神？還是因為風神可以使勁的吹氣，好來「噴雞胿」（ㄅㄨㄣˊ ㄍㄟ ㄍㄨㄟ pûn-ke-kui）膨風到把牛皮吹破呢？這又很難以解釋了，只能感嘆台語的奧妙，以及語言的流失、缺乏系統的典故整合，許多詞彙雖仍保留當下的意義，但為何而來，似乎漸漸只能以口耳相傳或是旁敲側擊去聯想，這是非常可惜的地方。

就譬如，說到台語裡臭屁驕傲的形容語，其實還有一個讓人摸不著頭緒的用語，那就是「瀨嗓」（ㄌㄞˋ ˙ㄙㄤ laih-sangh）也就是形容一個人很「昂聲」驕傲臭屁說大聲話的意思，就可以說：「你免佇遐展風神、瀨嗓！」（你不用在那邊，驕傲臭屁兼大聲！）

只是為什麼要說「瀨嗓」呢？這個發音如同老一輩的台灣人，習慣以台語姓氏加上一個「桑」（さん）來稱呼先生，此習慣正好產生了一種語言雙關，譬如李先生就會稱為「李桑」，而賴先生不就稱為「賴桑」了嗎？恰巧與「瀨嗓」的發音兩者雷同，那麼為何會出現「瀨嗓」一詞呢？是台語中的外來語、亦或是一個非常古老的用語呢？恐怕這已經難以考究了。

uè-suè

釋義

穢浞　有礙觀瞻、猥瑣礙事。

「穢涗」（ㄨㄟˋ ㄙㄨㄟˇ uè-suè），意指污穢髒亂、噁心猥褻，尤其是偏向心理上的形容，台語有一句話「穢涗兼鎮地」（ㄨㄟˋ ㄙㄨㄟˇ ㄍㄧㄤ ㄅㄧㄥˋ ㄅㄟˇ uè-suè kiam tìn-tè），意思近似於有礙觀瞻、猥瑣礙事。

2006 年有則新聞話題，大意是北宜高命名為「蔣渭水高速公路」，一度引發網路上熱烈討論，有網友認為「渭水」聽起來像是台語「穢涗」的諧音。其實，若以國語發音的思考角度，的確才有可能會把「渭水」做台語詞彙的聯結，但事實上若照字面的漢字「渭水」（ㄨㄟˋ ㄕㄨㄟˋ uī-suí）來做正確的台語讀音，跟「穢涗」則是風馬牛不相及的兩個音，只能說是台灣現今的國台語雙聲帶，台語文讀音的失落，造成字彙上形成特殊的雙關，若往好處想，或許運用得當，可以形成一種屬於台灣特色的語言魅力或創作元素吧？

2013 年初，台灣《人人有功練》的饒舌歌手懂伯在網路上發表了一首饒舌歌曲〈你那ㄟ甲渭水？〉，饒舌部份及副歌分別都有提到「渭水」這個關鍵字，而這整首歌為台語饒舌，所以當聽到「渭水」這兩個字，很快便直覺聯想到是台語的「穢涗」。由此可知，「穢涗」這個被用國語湊音成「渭水」的詞，被用來形容心理層面的猥瑣或是不知羞恥，不過在影片評論底下，或網路大型論壇，亦可見對於這個詞彙不理解的疑問，也多少顯示了，台語詞彙一方面雖然正以各式作品的面貌呈現，但另一方面也正在流逝中。

其實這個詞彙，早在 1931 年，由有著「台灣語言學先驅」、「台灣語言學之父」之稱小川尚義的著作《台日大辭典》即有收錄，編寫為「穢撒」（ㄝㄝㄙㄝ），當時的發音，似乎偏向目前收錄在教育部臺灣閩南語常用詞辭典的「穢涗」（uè-suè），不過無論發音為何，都可以理解，

這個詞彙並非無中生有、或是單純是近代的流行語彙。

　　在網路上聽到那首關於「穢涗」的饒舌歌曲後，我便開始了幾天關於這個詞彙的小實驗，比較有意思的是，某次與友人阿胖外出時，在言談之間，終於逮到一個機會，於是我隨意說出這句話：「你的表情，哪會遮穢涗？」（你的表情，怎麼如此猥瑣？）得到的反應是：「啊？蔣渭水？」我想或許跟台灣的國台語並行習慣也有關係，所以把台語的「遮穢涗」（ㄐㄧㄚ ㄨㄟˋ ㄙㄨㄟˇ tsiah-uè-suè）聽成「蔣渭水」了，我想若是在 1931年日治時代過世的「臺灣新文化運動之父」蔣渭水，知道在八十年後的台灣，竟然開始把它的名字國台語音混淆，應該會哭笑不得吧？另外我也透過詢問的方式，問幾位朋友是否聽過這個詞彙，得到的答案：「哦…就是卡早人講的…誠久無聽著矣。」（哦…就是以前人講的…好久沒聽到了。）接著當我試著解釋這個詞彙的意思之後，原本不理解的人，似乎變得很感興趣，而原本就聽過卻漸漸忘記的人，更是會心一笑，彷彿找回了一個失去之物般。下一次，如果有人問你猥褻的台語怎麼說，那你就可以大聲的回答：「穢涗！」搞不好也因此勾起他遙遠的記憶呢。

話說，當阿胖聽到我如此解釋之後，他才笑著說：「你講『遮』穢涗，莫怪我聽毋著，聽成『蔣渭水』。」（你說這麼猥瑣，難怪我聽錯了，聽成『蔣渭水』。）

　　我笑：「無欲按怎講？你『莫袂曉駛船嫌溪狹』。」（不然要怎麼說？你不要牽拖一大堆。）

　　「我攏講『迄』穢涗。」阿胖認真的說。

　　原來我說的「遮」跟阿胖所說的「迄」，雖然意思一樣，但發音卻略微不同，一個是「遮」（ㄐㄧㄚ tsia），一個則是「迄」（ㄏㄧㄚ hia），不過兩種都是正確的讀音，只是使用習慣上的差異，卻造成諧音誤聽，也從這裡得知，台語的語彙之豐富真的可見一斑。

落個　lok-kò-sok-kò
瑣個　雜七雜八、零落瑣碎之事物。 釋義

「落個瑣個」（˙ㄌㄡ˙ㄍㄜ˙ㄙㄡ˙ㄍㄜ lok-kò-sok-kò），意指雜七雜八、零落瑣碎之事物。

　　這個詞彙又寫做「橐個束個」，其實它忠實記錄了早期台灣人將物品裝袋時的動作，台語在形容將物品裝進袋子裡的動作為「橐」（˙ㄌㄡ lok），把東西全都「橐入去」兼「束起來」，這句話也就是傳神敘述著、丟進去跟綁袋的動作，所以袋子又稱為「橐仔」（˙ㄌㄡ ㄚˋ lok-á）；而為了更慎重其事，則會用條繩子將袋口封起來，這動作為「束」（˙ㄙㄡ sok），所以後來漸漸演變出「落個瑣個」的說法，用來形容瑣碎物，感覺是不是很生動呢？

　　關於零落瑣碎之物，還有其它的講法，譬如「有的無的」（ㄨㄟˊ ㄇㄜˇㄟˇ ū-ê-bô-ê）、「哩哩硞硞」（˙ㄌㄧ˙ㄌㄧ˙ㄎㄡ˙ㄎㄡ li-li-khok-khok）都有著與「落個瑣個」同樣的意思，其中「哩哩硞硞」又常寫作「哩哩扣扣」，在形容各種零碎細小物品時，更加貼切傳神。

　　記得 2011 年，那趟精彩的日本關西之旅，在做出國前的準備時，便準備了一堆「落個瑣個」兼「有的無的」外加「哩哩硞硞」的瑣碎雜物塞進行李箱，總感覺這個也很重要、那個不帶絕對不行，總之胡里胡塗準備了滿滿一箱大行李之後，又再一次去蕪存菁，整理變成一小箱行李，事後證明，出國旅行的行李是重質不重量，一來是考量自行拖拉的累贅問題，二來也請顧慮到歸國時大包小包的戰利品、土產禮品等等，那些「落個瑣個」的東西就不要再「橐入去」、「束起來」了吧！

　　說到土產禮品，其實在過去曾聽外公外婆說過這樣的一個詞彙，用來形容伴手禮的，那就是日文的「お土産」（omiyage），不過這個詞彙已經越來越少聽到，現在則以台語的「伴手」（ㄆㄨㄚˇ ㄑㄨㄥˇ phuānntshiú）、「等路」（ㄉㄢˇㄌㄡˊ tán-lōo）為主了。不過說實在的，無論是「伴手」或「等路」照字面上意思，皆都能夠體會到它傳神又禮尚往來的迂迴意境，想必古早時代的人，會有以下的對話吧？

主人：「人來著好，若遐厚禮數？」（人來就好，怎麼這麼多禮？）

客人：「無啦！就等路、伴手爾爾。」（沒有啦！就只是隨手的小意思而已。）

這樣想像著那樣的情境對話，似乎可以感受到那一來一往，問答之間而形成的說話藝術，而非只是照字面上的「禮物」、「送給你們的東西」如此直白了。其實「等路」的由來是，過去客人至遠方的友人家時，未到友人住所，便會見到許多孩子在路口處迎接，這時候客人便會給予這些可愛有禮的孩子們一點小禮物，久而久之，這句「等路」就等同於隨手的小意思，引伸為禮物的謙虛說法了。

另外在廣東話裡，對於土產伴手禮也有類似的一個詞彙，叫做「手信」（ㄙㄠˇㄙㄨㄣˇ sau2 seon3），顧名思義，便是謙稱是信手捻來的小禮物，與台語的「伴手」或「等路」有著異曲同工的意思。

說回「落個瑣個」吧，那趟日本關西之旅，出發前的確沒有帶上一堆「有的無的」的行李，不過回程卻帶回一堆「哩哩釦釦」的「等路」兼「伴手」，舉凡吃的用的無一不包，當把所有的東西硬塞進行李箱時，瞬間激起體內的收納術潛能，這時才赫然體會到那個「囊入去」兼「束起來」還真的是貼切，真不愧是一堆「落個瑣個」的東西，哈哈！

雙面 siang-bīn-to-kuí
刀鬼

釋義

比喻陰險狡猾，善耍兩面手法，
也就是雙面人或牆頭草。

「雙面刀鬼」（ㄒㄧㄤ ㄇㄧㄥˋ ㄉㄜ ㄍㄨㄟˋ siang-bīn-to-kuí），比喻人陰險狡猾，善耍兩面手法，也就是雙面人或牆頭草的意思。

相信這句經典的台語詞彙，大家多少都有印象吧？無論是戲劇內的台詞對白、音樂歌詞的創作上，甚至就連在新聞議題中，竟然都能見到這句詞彙的蹤影，簡單來講，「雙面刀鬼」就等同於國語的「雙面人」之意，只不過無論是從字面上的感受或是意境的體會，我似乎可以想像一個手持大刀、頭戴假笑面具的身影，正準備出其不意的發動攻擊，「雙面刀鬼」簡直可以說是全然獲得語言張力的壓倒性勝出啊！

根據許極燉教授編著的《台語漢字讀音詞典》記載，這句話寫作「雙面刀鬼」，表示狡猾、兩面討好之意，據其編著內容指出，台語「鬼」（ㄍㄨㄟˋ kuí）與「精」（ㄐㄧㄚ tsiann）這兩個字本身皆有機智狡猾之意，例如：「伊眞鬼」、「伊眞精」。不免讓我聯想到 1995 年，有一部美國電影《鬼馬小精靈》上映，當時我不但看了電影，也買了原著小說，但有一點讓當時的我，完全無法理解，就是爲何要取名爲「鬼馬小精靈」呢？劇中的小精靈叫作「卡士柏」（Casper），爲何要冠上「鬼馬」二字？看完整齣電影，整本小說仍是不明究理。最後好奇心使然，將這段疑問一直保留到了高中上網查詢，才赫然發現，原來「鬼馬」（ㄅㄨㄞˇ ㄇㄚˊ gwai2 maa5）二字乃是廣東話，有古靈精怪、小聰明狡猾之意，這也難怪、香港會有這麼多以「鬼馬」開頭的相關影視作品名稱了。當我破解這多年疑惑之後，心頭不免有爽快之感，也因此間接理解到台語跟廣東話之間，多少有著共通之處，以「鬼」來詮釋心性，的確能夠非常到位。

關於「雙面刀鬼」的使用方式，常常與做人處世耍心機，行事作風不夠光明磊落做爲聯結，所以在本土連續劇常常出現，可以看到單元角

色用激動地語氣斥責對方是「雙面刀鬼」，接著免不了又是一場唇槍舌劍。相信只要有多留意相關戲劇的朋友，肯定對這樣的情境相當有畫面，腦海中要照樣照句也不成問題；然而這句「雙面刀鬼」也是台語有別於國語的專屬形容用法，簡單來講，就是台語限定啦！若是用台語將國語的「雙面人」直譯，恐怕這個形容的力道要減低許多了吧？再換句話說，如果用國語直接講出「雙面刀鬼」這四個大字，則又會有說不上來的彆扭。那麼究竟這樣一個特殊又生動的詞彙到底是怎麼來的呢？又為什麼一個是「雙面刀鬼」，一個是「雙面人」，如此這般「人鬼殊途」，若照字面而論，雖都有著同樣的形容，但還真是天差地遠啊！

其實這個詞彙的由來，或許跟布袋戲的角色有關，早在光興閣鄭武雄金光布袋戲裡，便有一位叫「鬼燈」的角色，其外號因有著兩張面孔，加上行事宛如兩面討好兼理外不是人的下場，便稱為「雙面刀鬼」。或許以當時台灣時行布袋戲的社會氣氛底下，「雙面刀鬼」的詞彙應用，因此不徑而走也不一定？就好比「黑白郎君」的著名台詞：「別人的失敗，就是我的快樂啦！哈哈哈…」以及直到今日，仍被拿來作譬如的「藏鏡人」一詞，還有大家多少都能模仿個兩句的「怪老子」或「哈買二齒」說話腔調，其它還有以形容人怪里怪氣的「必雕」等等，由此推敲，因為布袋戲而生成一個台語專屬詞彙，並非不可能。

總而言之，「雙面刀鬼」真的是一句極為生動的譬喻，好像真的可以看到一個雙面人正磨刀霍霍、心懷鬼胎的樣貌，著實分不清真假難辨的人心。

最後說一段小插曲，當這幅作品完工之後，我搔搔頭問禾日香：「妳這樣畫雙面刀鬼，的確滿傳神的，不過…」

　　「不過怎樣？」禾日香已經準備做「序仔夾」（ㄒㄧˊㄧㄚˊ·ㄍㄟ si33 a55 geh3）的動作了，聽我這麼一說，似乎眼神充滿一股殺氣。

　　附帶一提，「序仔夾」是台語中的日語，通常用來指收尾、修飾的工作，日文寫作「仕上げ」（しあげ shiage）。

　　我說：「這個『雙面刀鬼』畫的太傳神了，我剛一度認為粉紅色兔子的真面目就是這個怪人咧！」

　　「哦？這樣啊…」禾日香頓了頓，見她沒有反駁，倒大出我意料，「嗯？搞不好喔？嘿嘿…」

　　啊？不會吧？請不要破壞我腦中對那粉紅色兔子的想像啊！如果是真的，未免也太名符其實的「雙面刀鬼」了啦！

雞仔 Ke-á-tn̂g-tōo

腸肚 形容肚量狹小、缺乏氣度。

釋義

　　「雞仔腸肚」（ㄍㄟ ㄧㄚˋ ㄉㄥˊ ㄉㄡ ke-á-tîg-tōo），形容人肚量狹小、缺乏氣度，類似國語「鼠肚雞腸」，都是可以從字面上理解的生動譬喻。

　　這句話原為「雞仔腸，鳥仔肚」，雞的腸子、鳥的肚子窄小，從這裡不難瞭解，「雞仔腸，鳥仔肚」所要表示的意思，利用動物的特徵，做為描述一個人的性格。無論是原句「雞仔腸，鳥仔肚」，還是後來簡稱為「雞仔腸肚」的說法，都是在形容這種個性，真的非常生動。也難怪多少還是會在戲劇或是新聞出現這個詞彙。

　　同樣的形容，也可以用「無量」（ㄅㄛˊ ㄌㄩㄥˊ bô-liōng）來指一個人肚量狹小，「你有夠無量，和囡仔咧窮分這？」（你有夠沒肚量，和小孩在計較這個？）當長輩和晚輩為了一點小事計較的面紅耳赤時，這時候用「無量」來形容，真是再適合不過的了。至於跟腸與肚有關聯的詞彙，印象深刻的還有一詞，叫做「儉腸凹肚」（ㄎㄧㄤˋ ㄉㄥˊ ㄋㄟ ㄉㄡ khiām-tîg-neh-tōo）意思是縮衣節食、省吃儉用，當然這邊的腸與肚是指自己的「腹肚」（ㄅㄚ ㄉㄡˋ pak-tóo），所以形容簡省到肚子都凹陷下去了，看有多麼節省飲食開銷啊！記得高中某天上課，閒聊之餘，某天有位老師開啟了這個話題：「…你們有沒有覺得很有趣？台語的『儉腸凹肚』那個『腸凹肚』到底是什麼？」這時候底下發出竊笑聲，班上有位叫強伯的同學笑著解釋：「老師，『腸凹肚』不是一個東西，是腸跟肚子啦！」這時老師才恍然大悟，不過在坐在底下位子的我也因此印象深刻，不過跟老師把「腸凹肚」當成一個物體來節省般的會錯意，當時我聯想到的，倒是這句「雞仔腸，鳥仔肚」。在那之前，我一直以為「儉腸凹肚」是在節省雞的腸與鳥的肚，也就是說，雖然在當時我都瞭解這兩個

詞彙的意思，但對於它所具體形容的詞彙，卻是如此一知半解，只不過是有邊讀邊般的誤讀，而歪打正著罷了。

所幸一直以來，也都因緣際會的逐漸搞懂各個台語本身詞彙的意涵，以及它可能代表的漢字，對我與禾日香來說，都是非常有意義的一件事。

記得讓我最驚豔的台語漢字，當屬「清彩」（ㄑㄧㄥˋ ㄘㄞˋ tshìn-tshái）也就是隨便的意思，一直以來都被國語用諧音字寫作「青菜」，寫成「青菜」也還真的在腦海中一直都「青青菜菜」被擱置在旁。直到後來逐漸去尋找關於台語的漢字之後，這才發現這個詞彙被寫作「清彩」，又有此一說、寫作「請裁」，總而言之，無論是「清彩」或「請裁」，認知到台語漢字的奧妙跟特殊美感之後，讓我對台語漢字這件事不再「清彩」了。

就好比廣東話的「是但」（ㄒㄧˇ ㄉㄢˇ sih daahn）就等同於台語「清彩」的意思，在國語中都翻譯作「隨便」沒錯，但問題在於，台語跟廣東話也都可以分別直接唸出「隨便」，也就是說，雖然意思都是隨便，但若通曉台語者便能體會，那個「清彩」跟「隨便」的語感似乎不太一樣，真的是只可意會，不可言傳。所以如此別具特色跟詞彙意涵，若能理解它漢字的意思，那不就是一件更美好的事情嗎？就好比香港的口語文字一樣，台語漢字一樣能夠表現出每個詞彙所代表的意思。

香港有著一種叫做「是但噏」（ㄒㄧˇ ㄉㄢˇ ㄚ sih daahn ap）類似單口相聲的表演，該詞彙源於外國的 Stand-up comedy 表演形式，一開始翻譯為「棟篤笑」，但後來有了這種近乎於英文的音譯兼意譯，「噏」字有說的意思，照字面上來講，就是隨便說說的意思。不禁讓我試著聯想

台灣，若是也有這種類似的單口相聲藝術，不曉得若翻作台語要怎麼詮釋才傳神呢？或許「清彩搬」（ㄑㄧㄥˋ ㄘㄞˋ ㄅㄨㄚ tshìn-tshái-puann）還不錯吧？意指隨便演演、隨興演出之意。

　　看著廣東話的「是但噏」，還真期待有那麼一天，台灣會也會產生台語的單口相聲秀，畢竟語言牽涉的笑點成份不同，若是全程台語的相聲，恐怕會有出乎意料的表演效果，對於這件事，衷心期待著。

**漚梨仔
假蘋果** àu-lâi-á-ké-phōng-kó

用來形容事物裝模作樣、弄虛作假。 釋義

　　從 2000 年開始，台灣有線電視的本土劇氣勢漲到最高點，除了劇中角色的經典對白是家喻戶曉、朗朗上口外，對於各式戲劇角色的對白或運鏡走位，似乎也成為一時的討論話題。

　　由於本土劇是以台語做為演出主要語言，是故參雜了不少經典的傳統台語諺語或是歇後語在內。其中這句，用來形容人裝模作樣的「漚梨仔假蘋果」（ㄠˋ ㄌㄞˊ ㄧㄚˋ ㄍㄟ ㄆㄨㄥˊ ㄍㄛˋ àu-lâi-á-ké-phōng-kó）便成為一句算是必備款的對白台詞，尤其當用來形容劇中女性角色時，這句罵人不帶髒字的形容，除了可以掌握情緒外，似乎又能省去許多不必要贅詞的情形。

　　在 2012 年，有一則社會新聞，吸引了我與禾日香的興趣，大意是房東與房客之間的糾紛，因一句「紅高假赤鯮」（ㄤˊ ㄍㄛ ㄍㄟ ㄑㄧㄚˋ ㄗㄤ âng-ko ké tshiah-tsang）而鬧上法院，在新聞末的說明解釋道，「紅高假赤鯮」與「漚梨仔假蘋果」有著相似的意思，只是若照字面上解讀，較為隱諱斯文，紅高與赤鯮都是屬於一種相似的魚類，但價格上卻有高低差異，於是便成了形容以低扮高的狀態，另外也有「盤仔魚假赤鯮」（ㄅㄨㄚˊ ㄚ ㄏㄧˊ ㄍㄟ ㄑㄧㄚˋ ㄗㄤ puânn-á-hî ké tshiah-tsang）的說法。另外在同年的台灣搖滾樂團「濁水溪公社」的專輯《鬼島社會檔案》裡，曲目第三首的〈鬼扮仙〉開頭便出現「漚梨仔假蘋果」，另外後面還陸續出現了「豬哥做佛陀」等相關類比的用語。若是仔細品嘗整首歌的歌詞，不難發現這之間不斷充滿類比的譬喻手法，把 A 跟 B 兩者之間搭上一個模糊類比，又像是正版與盜版之間的對照，這之間又加上押韻則更顯趣味，會心莞爾、話不帶髒字，正是台灣諺語的智慧精妙所在。這樣的創作方式，2007 年台灣饒舌團體「拷秋勤」在合輯《生命之歌》裡的第

十首曲目〈黑心肝〉也有應用到此詞彙，饒舌歌詞中便提到了「漚梨仔假蘋果」，用來形容黑心商品，讓大家無所適從的心情。簡而言之，就是正版與盜版，山寨之間的關聯，用一句「漚梨仔假蘋果」便形容的恰到好處。

「漚梨仔假蘋果」作爲一個嘲諷的詞彙使用，但亦可用來形容事物，亦有裝模作樣、弄虛作假的意思。

「漚」（ㄠ丶 àu）這個詞，常被套用在形容腐敗或負面詞彙中，例如：「漚貨」、「漚步」、「漚少年」等等。若冠於名詞前，等同形成一個專有名詞，「漚梨仔假蘋果」變成一句相當傳神，諷刺意味極高的一句話。

這句話也因爲聲調押韻，最後又與「落翼仔假在室」（ㄌㄠ丶 ·ㄒㄧㄚ丶 ㄍㄟ ㄗㄞˇ ·ㄒㄧ làu-sı̍t-á ké tsāi-sik）承接爲上下句，也因此陰錯陽差地成爲形容女性的貶抑詞彙，或許是始料未及的吧？也可能是因爲這樣，這句「漚梨仔假蘋果」好像刻板印象中，比較常被用來形容女性。

不過從「紅高假赤鯮」、「盤仔魚假赤鯮」到「漚梨仔假蘋果」一直到所謂「落翼仔假在室」，就個人感想，似乎這類諺語有一種隨著時代推移，語彙越來越淺顯直白的變化，從食物的隱諱指稱、到透過更直接的置入「漚」字，最後連「落翼仔假在室」都出來了，是否語言隨著時代推移，除了風俗習慣跟各種資訊刺激的交互影響作用下，人們的話語也越來越大膽開放，說話的藝術似乎已經越來越難點到爲止，所以我們也都已經越來越習慣「食重鹹」（ㄐㄧㄚˇ ㄉㄤˇ ㄍㄧㄤˊ tsia̍h-tāng-kiâm）了呢？

其實這也不只是台語如此，國語方面也是如此，在語言的演變上，似乎成語的創造，好像在某一個時代就逐漸趨緩它的創造活力了，而後出現的新式詞彙則越來越直白易懂；不過換個角度想，國語成語或台語

諺語，某個程度或許算是過去那個時空背景下的「流行語」，想想、若是當時能夠朗朗上口個幾句，應該是個頗受矚目的吧？而時至今日，這個時代則有著屬於當代的流行語，那又不禁讓我胡思亂想一番，如果再把時間推移五十年後，不曉得那個時代的流行語，又會變得有多直白了。

談到語言的創造力，不免得想到關於台語常會出現在網路或現實生活中的問題，「○○○的台語怎麼說？」，最常見的案例，則是2011年、2012年新聞陸續報導的「巨蛋的台語怎麼說？」這類議題討論，究竟是要以文讀音直接唸出「巨蛋」（ㄍㄧˇㄉㄢˋ kī-tàn）亦或是用直白的翻譯方式唸成「大粒卵」（ㄉㄨㄚˇ·ㄌㄧㄚㄋㄥ tuā-liáp-nñg）呢？附帶一提，在教育部臺灣閩南語常用詞辭典查詢，其實早已有答案。這不免讓我想起過去那個媒體資訊還不是如此發達的年代，台語使用者可以用台語創造出各種新式產品，諸如「電視」、「冰箱」、「電腦」、「手機」、「熨斗」等等新式產品名稱，這些都成功的利用台語唸出來，進而一直延續使用至今天，畢竟這些產品也不是過去原本就存在的東西。但沒想到，時代越來越進步，相關字典跟網路資源看似便捷的今日，我們對於語言的創造力似乎反而趨緩了不少，這不免讓人大感意外啊！

或許就跟上述推測的一般，語言演變越來越口語直白，我們越來越懶得再去深入思考說話藝術，也越來越懶得去想該怎麼用台語把它唸出來，直接用國語，甚至英語講出該物品名詞，或許就變成最終的方便選擇了。可能很多人，對於台語的印象是低俗、沒有文字甚至跟不上時代的，但事實上從「滬梨仔假蘋果」等相關諺語，我們不難發現，台語不但有著極高明的說話藝術，更顯示了彈性跟生命力，絕對不是「○○○的台語怎麼說？」、「台語有這個詞嗎？」如此簡單的結論而已。

嗑 ㄎㄟˋ 質 ㄐㄧˊ
khe   tsit

khe-tsit

喀質

小氣、斤斤計較的意思。

　　日劇《求婚大作戰》的第一集，女主角長澤雅美在劇中穿著婚紗、對著伸手要求婚禮致詞回報的男主角山下智久，笑著說了一句：「ケチ！」（Kechi）也就是小氣的意思，之後在劇中後面，也有再出現這樣的語彙。而另一齣日劇《女人四十》裡，男主角藤木直人飾演在劇中常以「ケチ」（Kechi）一詞套用在台詞內，搭配情節，更讓人印象深刻。當時聽到這個關鍵字，不由得腦中響起「啊！這個詞不就是？」的驚嘆之聲，只可惜當時一同觀看日劇的同學們，似乎皆一臉疑惑、露出不解的表情，唉，無人分享的感覺，還真是寂寞。

　　在我印象中，台語沿用了這句日文，稱之為「喀質」（ㄎㆤ˙ㄐㄧ khe-tsit），發音近似「K 擊」，也就是小氣、斤斤計較的意思，後來我為了釐清究竟這個腦中的模糊印象，是否是我錯誤的想像，是否真的有這麼一回事，特地詢問了家人，是否小氣真的有此一說？好加在，家人給予的回答是：「有啊！較早定定講，親像你就誠喀質。」（有啊！以前常常講，像你就滿小氣的。）雖然這句話讓我有點無言兼傻眼，不過總算是得到一個滿意的回答，只是不免讓我聯想起一些問題。

　　關於小氣這個詞，現在即使是以台語為交流，大多常聽到的是「凍霜」（ㄉㄤ˙ ㄙㄥ tàng-sng）但這說法似乎到非常節省吝嗇的程度了，所以好聽一點會說「無量」（ㄅㆤˊㄌㆭˊ bô-liōng）意指小氣，也可以用在形容沒有肚量；若再加強力道則會說「攝屎攝尿」（˙ㄌㄧㄚ ㄙㄞˋ ˙ㄌㄧ

ㄚ ㄌㄧㄝ liap-sái-liap-jiō）字面上意思爲忍住便意及尿意，引申爲小氣到一毛不拔；但無論是「凍霜」、「無量」、「攝屎攝尿」以上三個詞彙的哪一種，似乎照字面上聽起來，指稱一個人小氣的力道程度都滿強的，不曉得是否因爲如此緣故，現在漸漸許多人講到小氣，即便是講台語的句子，也會直接以國語詞彙「小氣」直接置入。

小時候常可以聽見家人以台語形容人小氣時，會用「喀質」，感覺就比「凍霜」、「無量」、「攝屎攝尿」這三種來的程度適中，而又比國語的「小氣」來的傳神，只是隨著時間的流逝，家人彼此間的台語交流也逐漸降低了使用「喀質」的頻率，也是直接以國語小氣置入居多，國台語穿插的機會也增加不少，或許在各種因素的交插影響之下，也讓這類台語中的日語詞彙，漸漸淡出台灣人的生活圈了。

另外還有一種個台語詞彙，叫作「硞」（ㄎㄡˋ khok）也是形容一個人吝嗇之意，有個形容詞爲「硞仔頭」（khok-á-thâu）音同國語「扣阿桃」，就是在形容這類的人，而「硞」這個台語詞，最後也被轉化爲國語的「摳」字讀出，譬如「這個人好摳，小氣巴拉！」是說，爲什麼會有「小氣巴拉」呢？不禁讓我聯想到台語另一個詞彙「阿斯巴拉」跟「強巴拉」，所以不免驚奇，怎麼又是「巴拉」？看樣子台灣的語言跟「巴拉」還眞有緣。

附帶一題，「硞」與另一個台語詞「苛」（ㄎㄜˋ khô）對於不理解的人，或許還滿容易混淆的，就連發音也很容易突然搞混，「苛」是高傲自大的意思，又有一種說法叫做「苛頭」（ㄎㄜˋ ㄊㄠˋ khô-thâu），音同國語「殼桃」，若是以國語思考角度，我相信會被聯想成、有著硬如核桃般大頭的人吧？

　　一天，我跟禾日香提到這個詞彙：「你有聽過『喀質』嗎？台語的喀質。」

　　只見禾日香露出一付勝利者的笑容拍手說：「哈哈！我知道哦！你是指『K機邦』吧？就是台語撲克牌的意思。」

　　對於她的回答，我反倒覺得詫異，沒料到她竟然知道台語在指稱撲克牌，過去常以「K機邦」做形容，至於為什麼呢？其實以前小時候我曾玩過一個撲克牌遊戲，叫做「K機邦STOP」，當然這個STOP要用日本式的發音唸出，在遊戲玩到倒數第二張牌的時候要喊：「K機邦！」最後一張牌出盡後再以一聲日本式的「STOP」做為結束，或許以前台灣這個撲克牌遊戲非常熱門吧？所以最後才變成「K機邦」約定俗成用來指稱撲克牌，至於「K機邦」源自於日文「けいじばん」（keijiban）有公佈欄的意思，那為何這遊戲要稱作「K機邦STOP」就不得而知了，我猜是因為倒數第二張有一種召告對手的宣示意味吧？

　　聽完我上述解釋之後，禾日香疑惑的說：「所以不是『K機邦』？你確定？」

　　「非常確定。」我無言看著她，還是給點提示好了，「搞不好妳有聽過，只是忘記了，算是一句台語。」

　　「哦！你是說『拿錢』的台語吧？不過發音怎麼不太一樣？」禾日香恍然大悟貌，看樣子她把「挈錢」（ㄊㄟˋ ㄐㄧˊ khėh-tsînn）跟「喀質」的發音搞混了啊，看樣子又得從頭說起啦！

阿ㄚ斯ㄙ巴ㄅ拉ㄌㄚ

ah suh pat lah

阿斯
巴拉
ah-suh-pat-lah

釋義

爛貨、沒用，
「白目」兼「雨光」。

2008 年，一部關於台灣成長記憶的電影《囧男孩》，將台灣人或許早已經塵封在記憶裡的兩個詞彙呼喚了出來，來分別是「阿斯巴拉」（ㄚˊ ㄙㄅㄚ‧ㄌㄚ ah-suh-pat-lah）跟「浮浪貢」（ㄆㄨˇ‧ㄌㄨㄥ ㄍㄨㄥˋ phû-lōng-kòng）。當時隨著電影之後的熱潮，網路上開始一片關於這兩個既熟悉又陌生的詞彙，進行了一片討論聲浪。

小時候還能在同儕之間聽到幾句「阿斯巴拉」跟「浮浪貢」，不過隨著年齡的增長，無論是受到環境或是國語傳媒的影響也好，這兩個詞彙特別是「阿斯巴拉」似乎越來越少出現，以至於當這個記憶被勾起時，那個回憶又瞬間被打開。第二次關於「阿斯巴拉」的回憶衝擊，則是 2011 年，饒舌歌手大支的專輯《人》，在其中第六首歌〈兄弟〉，裡面的第二段歌詞末，也有提到「阿斯巴辣」這個詞彙。

因此，對於「阿斯巴拉」的回憶似乎越來越強烈，或許就像是一個許久未曾見面的老友，一次的不期而遇，或許心中只當偶遇，二次之後的相逢，心頭多少會更添牽掛，彷彿隱隱約約知道，或許下一次再見，再被憶起時，不知是多少年之後，又或許再也不會再被回憶起了呢？

那麼究竟「阿斯巴拉」是什麼意思呢？

還記得，禾日香第一次聽到這個詞彙，她問：「阿斯巴拉，是『十八啦』嗎？」聽到這個疑問，讓我哭笑不得，再進一步追問，原來她聽成了「啊…十八啦！」（ㄚˊ‧ㄒㄧ‧ㄅㄚ ㄌㄚˋ ah sip-pat-á）天啊！這實在被她徹底打敗啊！

不過話說回來，這似乎也說的過去，如果單純以一個全然不懂台語、或者未曾聽過「阿斯巴拉」的人而言，或許注意力會放在尾音的「巴拉」，或許除了「啊…十八啦！」之外，搞不好也會聽成「啊…是

芭樂！」也不一定，總之這個情況是否更加突顯了，台語的各種詞彙正以驚人的速度消失或訛傳轉化中呢？

　　所以消失，就是徹底被遺忘，我們只能從數位典藏或紙本再見到它，人們不再用嘴巴說出來；所謂轉化，就好像是「超級比一比」，一傳十、十傳百之後那個結論與源頭越來越不一樣，這點台語的例子實在太多了，搞不好再這樣下去，未來的「阿斯巴拉」真的要變成「啊…十八啦！」或「啊…是芭樂！」了也不一定？看樣子真的要好好來說明一下了。

　　「阿斯巴拉」，是一個貶意詞，意指爛貨、沒用，再說更直白些，就是「白目」兼「兩光」。其實這個詞是台語中的日文外來語，這麼一個帶有貶意的詞彙，有此一說，它源於日文的蘆筍「アスパラ」（asupara），然而，把一個人形容為蘆筍，究竟是一個怎樣的貶意詞呢？想到這裡，不禁令人莞爾一笑。

　　或許，這樣的一個貶意詞，和1988年的香港電影《最佳損友》裡面，一句「香蕉你個芭樂」有異曲同工之妙，在這部電影裡，由演員馮淬帆所飾演的牛精帆（台灣譯為牛頭帆）為了要戒除說粗話的習慣，於是將粗話取代為水果詞彙，不料，一句「香蕉你個芭樂」（英語字幕則譯為 Banana damn you）便因而誕生，一切更盡在不言中，除了隱諱地傳遞了罵人不帶髒字的神來之筆外，更增添笑料，甚至一直流傳至今。另外從一句台語「膣屄」（ㄐㄧ ㄅㄞ tsi-bai）意指女子的外生殖器官，隱諱演變而成為國語詞彙「機車」，也是有著相同的隱喻過程，就像是替一組詞彙打上專屬的編碼，內行的看門道，進行轉譯後方能體會箇中奧秘，或許它現在的傳播效果，已超越原本要表達的隱諱意思，甚至也有了屬於自身的詮釋意義。

　　知道這意思後，聽到「阿斯巴拉」時，腦海中浮現出蘆筍，反而有了好氣又好笑的感受，就好似這張構圖的配置一般，有著誇張的蘆筍頭套，像是日本搞笑藝人誇張的造型，在聚光燈的焦點下成為被指稱的「アスパラ」（asupara），真是再傳神不過的了。

　　走筆於此，「阿斯巴拉」隨著話題的退燒而淡出現實生活，或許它真的就像是一位多年未見的老友，而且還是一位特別害羞的小弟弟，特別是現在，當我想起這個詞彙之時，便會回想起《囧男孩》的小弟弟聲嘶力竭吶喊的畫面。

　　就像一個詞彙的誕生，隨著時間更迭而轉化，對於「阿斯巴拉」的記憶，也逐漸座落於 2008 年之後所賦予我的新印象了。

反ㄈㄢˇ 抗ㄎㄨ

han　khòo

han-khòo

反抗

釋義

反抗、反擊或回嘴。

「反抗」（ㄏㄢˇㄎㄡˋ han-khòo），這個詞彙源於台語中的日語「反抗」（はんこう hankou），意思為反抗、反擊或回嘴的意思，常在網路或媒體見到寫作國語音同「寒扣」或「含扣」。

關於這個詞彙，本身台語唸法為「反抗」（ㄏㄨㄢˊㄎㄨㄥˇhuán-khòng），但做為台語中的外來語唸出，反而擁有超越本身詞義的解釋，譬如台語說：「我會給你反抗。」這已經代表整個事件的行為，包括反擊、反抗跟對抗，又或者台語說：「他在反抗你。」這裡有可能代表他正對你白眼或用眼神瞪你，另外一個經典的例句是，小時候常聽同學彼此之間以台語說：「伊若共我打，我就共反抗轉去。」（他如果打我，我就反擊回去。）

從上述，我們不難發現，當外來語置入台語之中後，逐漸產生許多超越該語言本身意涵的引申意義，嚴格來講，外來語還真是台語中的寶藏。

2012 年，台灣饒舌女子團體「饒三娘」在網路發表了一首歌曲〈手舉起來〉在這段饒舌的台語副歌中便有穿插「反抗」這個台語詞，值得一提的是，在這裡的「反抗」發音同國語的「含扣」。加上歌曲本身的押韻，讓整段副歌顯得順耳不突兀，若是在這裡不是發「含扣」而是「反抗」本身的台語，或許押韻的效果就不明顯了。在這段歌詞裡，出現了「含扣」二字，也就是外來語的「反抗」，可以清楚得知其傳達出反擊或回擊的意思，與台語或國語的「反抗」本身字面意義，似乎有那麼一點不同，若是單純的「反抗」，在語意上比較有著已經受到壓迫的抵抗，被攻擊的味道強烈，而外來語中的「反抗」則有較強勢的語感。

另外這個詞彙，也已經融入在國語詞彙中了，我們偶爾也可以在國

語對話看到其蹤影，當然通常會用國語音譯寫作「含扣」或「寒扣」。詞彙相互融合，最常遇到的問題不外乎是，究竟這個詞彙是怎麼來的？它是源自於哪裡？好像從小到大常伴隨左右的好友，又好像是最熟悉的陌生人般，雖不曉得其典故緣由，但久而久之也就這樣沿用下去了。國台語彼此之間的交融，除了口音之外，詞彙彼此的訛傳或借用，或許是一種另類的語言浪漫吧？也由此可知這類外來語的生命力有多驚人了。

　　不禁讓人聯想到一個問題，若提及台語的外來語，多數人恐怕下意識都會聯想到日語，那麼國語的外來語呢？其實國語的外來語更多，除了各式語言經音譯以國語音讀出外，例如「沙發」、「漢堡」、「咖啡」、「幽默」、「摩登」之外，還有一堆近代和製漢語被直接引用，或者拿來以國語發音讀出。甚至就連台語詞彙也都在國語的外來語內，譬如上述的「含扣」就是一個例子，另外還有幾個早以習慣用國語唸出的台語詞彙，諸如「猴急」、「三不五十」、「五四三」、「吐槽」、「很摳」、「雞婆」、「老神在在」等等，幾乎難以計數，上述種種都可以見證到語言彼此之間的影響交流。

　　總之，只要該語言的活力旺盛，自然而然便會產出許多外來語，畢竟語言是活的，人們在交流溝通，接受媒體訊息時，很容易就會擴展出語言的唸法，進而成為該語言的一部份。

　　曾經聽過這樣的疑問：「台語裡的日文算台語嗎？那是日語吧？」其實會有這樣的疑惑並不奇怪，就好像我們也常常把日本人用片假名發音的外來語當成他們在唸英文一樣，簡單來講，我們對於外來語的理解太缺乏了。

　　先思考一個問題，「咖啡」一詞，算是國語嗎？相信大多數人會說

是吧？沒錯，咖啡就是國語裡的外來語，只是找了兩個發音近似 coffee 的字去湊音，如果「咖啡」在認知上算國語，那麼台語裡的日文怎能不算台語呢？

　　說了這麼多，只是想要強調關於外來語在一個語言中的地位，是非常寶貴的，它突顯了該語言融合跟時代背景的見證，一個語言裡的各種詞彙，都是先來後到而已，既有與外來、原生與新居，只要安置在屬於自己的位置上，就是屬於該語言的一部份，語言如此，國家的人民跟族群亦是如此。

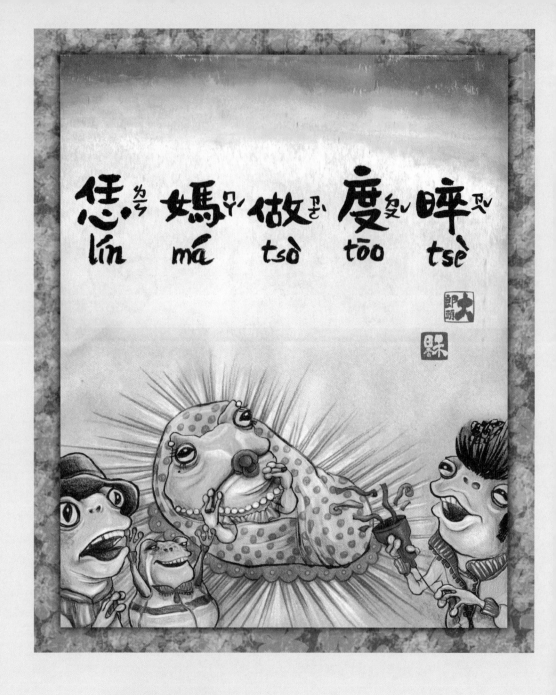

恁媽做度晬 lín-má-tsò-tōo-tsè

釋義

胡説八道，
形容不可能、誇張的事情。

　　「恁媽做度晬」（ㄌㄧㄣˊ ㄇㄚˊ ㄗㄛˋ ㄉㄡˇ ㄗㄟˇ lín má tsò tōo-tsè），意指胡說八道，類似國語的「聾子聽啞巴說瞎子看到鬼」，從字面上即可知道這是一件不可能、誇張的事情。

　　度晬，指嬰兒出生滿一週歲之意，當天要祭拜神明和祖先，也會準備跟職業有關的工具放在竹篩給嬰兒選取，即是抓周。台語稱「做度晬」（ㄗㄛˋ ㄉㄡˇ ㄗㄟˇ tsò-tōo-tsè）。教育部異體字字典查詢，記載如下〈集韻·去聲·隊韻〉：「晬，子生一歲也。」而另外在〈遼史·卷一·太祖本紀上〉也提及：「三月能行，晬而能言，知未然事。」台灣一首膾炙人口的經典歌曲〈心肝寶貝〉傳唱至今，歌詞內便提到了「度晬」、「收涎」、「學行」、「會走」的時間軸，真是精彩絕倫，也難怪搭配旋律歌聲，讓人回味再三。

　　在 2012 年，電影《陣頭》的片頭便是一段經由男主角口述的抓週回憶畫面，在長輩之間一來一往的對話中，展開了整部精彩電影的序幕。其中不乏提到嬰兒所拿到的器物，分別有風火輪、錢等等。這個開場便是所謂的「度晬」，也由此可知，「做度晬」的過程及器物挑選的變化。而在這對話中，值得一提的是，擔任男主角父親對手戲的角色，也就是廖峻所飾演的老團長，嘴裡所提到的一句「抾捔」，這一句「抾捔」一出，還真是讓人眼睛為之一亮。

　　順道一提，台詞裡的「抾捔」（ㄎㄧㄛˋ ·ㄍㄚ khioh-kak）又以國語借音常寫作「撿角」，形容不成器且沒有用、沒出息的人在這段歌詞裡，「撿角」常常銜接在不讀書的後面，不禁也讓我回想起，以前小時候住店面時，隔壁賣當歸鴨的老闆娘常對她的兒子破口大罵：「你若無好好讀冊，後擺大漢就撿角！」（你如果不好好讀書，以後長大就沒出息！）總之，

只要形容沒出息，一輩子沒本事，就會用這到這個詞。於是，我們便可以知道，回到上述電影裡的開場，竟然在「做度晬」的時候講出孩子「抾捙」這種說法，無非是一大羞辱啊！

那天便是與禾日香看了電影《陣頭》，突然想起關於「抓週」這個詞的台語「度晬」，進而引發了這一連串的思考。當我解釋一大堆之後，只見她終於明白其意了，畢竟所有的插圖都須靠她用色鉛筆，一筆一劃包括角色動作完成，台語詞彙內容她非得完全瞭解，才能夠畫更加傳神。在這創作過程之中，也讓我們體會到，「語言」之於創作者，是一項重要的元素，若有似無捉摸到雙關語或是頗具玩味的構圖隱喻，或許懂得語言越多，邏輯也能夠越好吧？

「所以，如果認為別人講話誇張，就可以回…我還『恁媽做度晬』咧？這樣嗎？」禾日香問。

「還不止咧！如果真的離譜到極點，還可以再補上一句『阮爸十八歲』做結尾，反正都是天方夜譚、不可能的事情。」我笑著說，這兩句話在國中時，幾乎是每天都會聽到，其它還包括「恁阿嬤做月內」、「阮太祖摒厝內」這類的趣味口頭禪，總之都是一些離譜至極的形容。「做月內」（ㄗㄜˋ‧ㄨㄟ ㄌㄞˊ tsò-gueh-lāi）指女性懷孕後做月子，而「摒厝內」（ㄅㄧㄚˋ ㄘㄨˋ ㄌㄞˊ piànn-tshù-lāi）則指打掃整頓家裡環境，由此可知上述那兩句話，簡直就跟「恁媽做度晬」勢均力敵了吧？

禾日香聽畢後，下了此結論：「你應該早一點跟我說這些『阿沙不魯』的詞啊！之前學的都太正面了啦！」

強巴拉

tshiâng pa lah

強巴拉　tshiâng-pa-lah

釋義

本義為武士，
也可形容外型魁梧、粗壯。

　　說來好笑，小時候第一次聽到「強巴拉」（ㄑㄧㄤˊㄅㄚ ‧ㄌㄚ tshiâng-pa-lah），是在家人的一場對話中，「伊彼工的穿插，袂輸強巴拉。」（他那天的穿著，好像武士。）當時細問之餘，才知道原來「強巴拉」在台語的語意是指武士，而且是那種日本時代劇中、好比「暴坊將軍」或「水戶黃門」這樣的外觀造型哦！

　　沒錯，這個詞彙據說是源自於日文「チャンバラ」（Chanbara），雖然說「強巴拉」是宛如「暴坊將軍」這般的造型，早在 1981 年便有《水戶黃門》（まんが 水戶黃門）的日本卡通，主題曲〈ザ・チャンバラ〉的副歌不斷重覆出現「Chanbara」這段音節，在當時，沒辦法會意這句詞彙。可是在台語中，這個詞彙演變就如同其它台語中的日文一樣，有著其它衍生意涵。從小在家人的口說或我的想像中，總是把它含括了像是武田信玄這般這種樣貌的存在，或許是個很模糊的概念，但總是可以被拿來做為形容人很魁梧、粗壯的樣子，這時候就會說：「你的體格遮粗勇，親像強巴拉咧！」（你的身材這麼粗勇，好像武士咧！）從這邊語意中可得知，並不是說本質真的像武士般，而是像外觀體態；另外還有一個例子，譬如小孩子拿起木劍準備互擊一番，此時大人也會笑說：「又閣咧要強巴拉矣！」（又再玩武士遊戲了！）這邊明顯是指這種擊劍、扮弄俠客之類的角色扮演，也不一定非得要是像日本時代劇那樣的情結或吶喊聲，總之就連孩子們的劍擊比劃模樣，也能算是「強巴拉」的一種。

不過不曉得是不是受到國語環境的影響，亦或是時間久了，這個「強巴拉」一詞漸漸被「武士」（ㄇㄨˇ ㄙㄨˇ bú-sū）的台語甚至直接用國語所取代，也越來越難在長輩們的口中聽見了。

話說，當我跟禾日香聊到關於「強巴拉」這個詞時，禾日香睜大眼睛問：「強巴拉？跟『阿斯巴拉』有關嗎？」沒錯，當時她剛學會「阿斯巴拉」這個詞彙，終於搞懂跟她所瞭解的「啊⋯十八啦！」無關，於是對於跟「巴拉」音節有關的，大概都非常敏感吧？或許也該慶幸，她沒聽成「搶芭樂」。

總之當我娓娓道來上述的故事，話都還沒說完時，沒想到她跟我倒是有志一同的把「強巴拉」這個詞彙，直接從「暴坊將軍」或「水戶黃門」抽離出來，腦子所聯想到的竟是德川家康這般的樣貌，看樣子對於「強巴拉」與「武士」的聯結，台灣人很容易就想到德川家康或武田信玄這類的形象，不知是否跟現在台灣比較常播放日本的時代劇是比較偏向《江・戰國三公主》這類的類型有關呢？

說了一連串的「強巴拉」，倒讓我回想起，國小午餐時間總會在電視上看到一則貼布廣告，一位作日本武士服裝打扮的人，在廣告末會半蹲、伸出雙手大喊：「濕敷、濕敷、濕敷！」這真的是台灣一則貼布廣告，不曉得還有多少人有印象呢？其實那句「濕敷、濕敷、濕敷！」也是源自於日語的台語，日語為濕布「シップ」（shippu），台語則稱為「濕敷」（・ㄒㄧ ㄏㄨ sip-hu）意思就是膏藥貼布，可見得當時真的還滿常見到跟「強巴拉」有關，台語中的日文出現，看著電視上的「強巴拉」大喊：「濕敷、濕敷、濕敷！」我想應該永遠也忘不了吧？

糖と霜ム丸メﾝ仔ㄋㄚˊ
thn̂g sng uân á

糖霜丸仔 thn̂g-sng-uân-á

釋義

原指糖果或冰糖丸等小甜品，
後來衍生意指心肝寶貝。

　　「糖霜丸仔」（ㄊㄥˊ ㄙㄥ ㄨㄢˊ ㄋㄚˋ thîg-sng-uân-á），原指糖果或冰糖丸等小甜品，後來衍生意指心肝寶貝，又常被寫作「糖酸丸仔」，一來是可能是因為音近似而造成的借音誤寫，二來若硬要解釋為酸酸甜甜的味道，似乎好像也說的過去。

　　「糖霜」（ㄊㄥˊ ㄙㄥ thng-sng）本意是冰糖的意思，無論如何，在過去那個年代，這種吃飽肚子以外的口腹之慾，顯然是較為奢侈的享受，想當然會是非常的寶貝、稀少，也相對會較為珍惜了。所以這個詞彙一開始，其實是用在獨生子女身上居多，又或者是孫子剛出世時的喜悅，讓整個家族都沐浴在喜獲麟兒的好心情之下，是故用這樣的形容詞來做為譬喻了。類似的詞彙，還有「金含糖」（ㄍㄧㄥ ㄍㄤˊ ㄊㄥˊ kim-kâm-thîg）又寫作「金柑糖」，無論是「金含糖」或「糖霜丸仔」，都是指糖果的意思。而糖果也有另外一種普遍的說法，那就是「糖含仔」，也常寫作「糖柑仔」，甚至亦有「柑仔糖」的稱呼發式。各種說法，似乎也和地域的不同而有所差異。

　　無論是「糖霜丸仔」或是「金柑糖」，這個詞彙在過去指心肝寶貝的意思，在過去尤其是指老來得子，一脈單傳的獨生子女。以我個人的成長經驗來說，雖然身為獨子，台語又稱作「孤囝」（ㄍㄡ ㄍㄧㄚˋ koo-kiánn）」，不過就記憶以來，似乎從沒聽過父母或是長輩用「糖霜丸仔」或「金柑糖」來稱呼我，倒是好像曾有過路邊的阿叔阿

嬤、還是路人甲乙丙丁曾說過，「哎咿唷喂呀…糖霜丸仔惜命命喲…」（心肝寶貝很疼惜喲…）說這句話時，還得扭動他們的身體，充滿節奏感跟很有戲的臉部表情。當然後續不得而知，早已從模糊記憶裡淡去，但這樣的詞彙形容果真讓我印象深刻，當時還誤以為有什麼吃的呢，哈哈！其實，每個子女都是父母家人的心肝寶貝，每個人也希望自己能夠是那顆色彩繽紛的「金柑糖」，當然若自己成了父母長輩之後，一樣會同等以慈愛的心情看顧自己的子女兒孫，簡而言之，在今時今日，「糖霜丸仔」或「金柑糖」都好，大家都是寶貝了。

其實關於用甜食來呼喊孩子的名稱，讓我想到像英文也有類似的，就好比 Honey（蜂蜜）、Candy（糖果）、Sweetheart（甜心），看樣子使用甜食來對親暱的人做為稱呼方式，可真是台英語皆有之的現象啊！特別是在許多經典的西洋老歌之中，都可以聽到大量使用 Sugar、honey 或 candy girl 這樣的形容，做為抒情歌的傳神詮釋。看到如此傳神的情感表達方式，是不是對於「以甜喚人」的語感，更加熟悉了呢？

講到關於孩子的稱呼方式，其實還有幾個特別的，譬如以台語稱呼孫子的「金孫」（ㄍㄧㄥ ㄙㄨㄣ kim-sun）譬如在 2012 年，導演周旭薇的作品《金孫》便是以此耳熟能詳的傳統稱謂，做為電影名稱，個人認為這部用來探討新移民與女性在異地婚姻所產生的文化衝擊、性別衝擊等等，以「金孫」為名是再合適不過的了，突顯了這個詞彙如同英文片名「The Golden Child」般的雙關，對於金孫這樣的形容及看重。過去對於「金孫」的形容，大多是用在長孫身上，對於老一輩來講，都是非常疼愛得來不易，期盼許久的孫子，也可以從「糖霜丸仔」或「金柑糖」來類比推敲，金子顯然是更加貴重的東西，若稱之為「金孫」，可見其

重視程度了。

　　無論是「金孫」或「糖霜丸仔」，似乎都可以體會到長輩對於晚輩
的疼惜，只是隨著時間推移，現在好像也越來越少聽到這樣的形容了，
究竟是人們越來越內斂呢？還是說台語的人變少了呢？以致於這類詞彙
消滅，值得深思。

懶賴 ㄋㄨㄚ
nuā

懶賴 ㄋㄨㄚ
nuā

趖 ㄙㄛ
sô

nuā-nuā-sô

懶懶趖　遊蕩、閒晃或動作緩慢的繞來繞去。

　　2013 年初，配合農曆春節期間，台南市政府在大年初一，於「孔廟文化園區」規劃爲徒步區，並舉辦街頭藝人及「2013 來臺南─懶懶蛇文化慢走 / 生活市集」活動。於是，相關新聞或網路的討論便油然而生，其中包括關於「懶懶蛇」的趣味諧音，一時之間解釋各起，由於正逢蛇年、再加上台南總給人有種悠閒生活的古都府城印象，無論是照國語字面解釋這尾「懶懶蛇」到底有多懶，又或者眞的照雙關意思以台語去發音解釋，都可以感受到標語「…來臺南─懶懶蛇文化慢走…」這裡的「懶懶蛇」顯然便做爲台語的動詞使用，且置入的恰到好處，不得不佩服設計此標語的巧妙心思。

　　「懶懶趖」（ㄋㄨㄚˇㄋㄨㄚˇㄙㄜˊnuā-nuā-sô），意指遊蕩、閒晃或動作緩慢的繞來繞去；此詞彙是由「懶懶」和「趖」組合而成，但這句話算是中性的詞彙，並沒有什麼負面意涵。

　　「懶懶」（ㄋㄨㄚˇ ㄋㄨㄚˇnuā-nuā）是取自於「荏懶」（ㄌㄢㄋㄨㄚˊlám-nuā）的尾音，這個詞常被寫作「爛軟」，意指懶惰、邋遢的意思，無論怎麼寫，似乎都能從字面上會意到，懶到又爛又軟的感覺。2011年，台灣新聞報導一則關於某位女網友在網路上分享，與「爛軟人」交往的爆紅文章，也有網友畫成漫畫《LM 爛軟傳說》、以及創作網路歌曲〈囧爛軟之沒有人在乎我〉，根據相關新聞及文章說明，此處所指的「爛軟」便是「荏懶」；不過值得注意的是，近年來，「荏懶」常跟「膦蔓」（ㄌㄢˇ ㄇㄨㄚˊlān-muā）混淆，譬如 2012 年的一則因爲罵警察「膦蔓」的社會新聞，可在新聞事件的討論串中發現，有許多人已經將「荏懶」與「膦蔓」搞混了，進而產生許多疑惑，或許是兩者發音有點類似，再加上台語漢字尚未完全普及化，許多借音字的使用造成加速了詞彙混

淆，在此補充說明，「膦蔓」本意指男性陰毛，延伸形容為很皮、厚顏無恥、耍流氓態度或者泛指不要臉的樣子，與單純形容一個人懶惰邋遢的「荏懶」有著截然不同的意思。

　　話再說回「懶懶趖」的「趖」（ㄙㄛˊ sô）音，這個字同國語「蛇」的發音，用來形容爬行的動作，尤其是緩慢蠕動的動作，也常用來形容做事慢半拍，所以當「懶懶趖」一起出現時，似乎能感受到慢郎中那種拖拖拉拉的步調囉！真的覺得當初把「懶懶趖」聯想成「懶懶蛇」的人，想像力實在有夠利害，除了貼切之外，又格外傳神生動。有時候常會有這樣的感覺，台語除了擁有自己本身的正確漢字表達，或許偶爾因為國語諧音字的應用，反而可以增添幾分趣味，又何嘗不可呢？之所以會認為「懶懶趖」跟「懶懶蛇」的關聯很有趣，是因為蛇本身也很容易讓人有四處鑽繞的印象，不就恰好跟「懶懶趖」的「趖」字所要傳達的意思雷同嗎？

　　從「懶懶趖」運用，我們是不是更能體會它出現時的語感呢？還有使用時，那種悠然閒晃的感覺，不過其實跟「懶懶趖」常會交互使用的詞彙，還包括了「蹓蹓欸」（ㄌㄠ ㄌㄠˋ ㄝˋ lau-lau-ê），但多專用於出門兜風之意，以及「四界趖」（ㄙˋ ㄍㄟˋ ㄙㄛˊ sì-kè-sô）、「拋拋走」（ㄆㄚ ㄆㄚ ㄗㄠˋ pha-pha-tsáu），其中「拋拋走」又常以國語音寫作「趴趴走」，但這兩個詞彙比較有快速移動、到處亂跑的感覺，與「懶懶趖」本身的運用跟語感，仍是有些微差異。

　　記得小時候最常去找一位叫細菌的鄰居好友玩耍，若是要相約到學校打球或出遊的時間太過密集，這時要通過他阿嬤那關就困難多了，常可聽見細菌的阿嬤說：「莫逐工拋拋走、四界趖！欲出去耍？袂使！」（不要整天到去亂跑亂晃！要出去玩？不行！）後面的那句「袂使！」要加重音調，分成兩個音節快速發出，其節奏感，我想就算不會台語的人也能知道，這是絕對嚴加否定的意思。

　　這時候，就是我們默默原地解散，各自回家做自己的事，以無目標的隨興「懶懶趖」渡過一整天假日的時間囉。

爽勢 sáng-sè

高傲神氣、作威作福，
又或者是威風八面、臭屁的樣貌。

　　週末下午，與禾日香到安平的林默娘公園散步，回程途中順道繞去一間頗為知名的咖啡店坐坐。說到台南市區的咖啡店，琳瑯滿目，各式咖啡店可能藏身於巷弄之間，常常可以找到一些滿有特色的咖啡店，所謂特色，一種是老闆有特色、另一種則是咖啡店本身有特色，最後一種就是咖啡本身有特色。

　　1.老闆有特色：記得有一次去某咖啡店，點了杯拿鐵咖啡、起司條一塊，正當我的手觸碰到桌上的起司條時，老闆突然在背後放聲一喊：「等一下！」我連忙回頭，下意識回：「是按怎？」（怎麼啦？）只見老闆認真的說：「先喝咖啡，之後再吃起司條，以免破壞品嘗咖啡的味道。」哈哈！還真佩服如此有熱忱的咖啡愛好者，其實這類老闆還滿多的，尤其是小型咖啡店，常可聽到他們的故事、形形色色的咖啡經。

　　2.咖啡店本身有特色：某間藏身在巷弄的咖啡店，它雖然隱密，但一點也不小，整棟主體建築便含括兩層樓，特別的是坐下來之後，如果點的不是花式咖啡（譬如拿鐵、有拉花類的）老闆便會一一拿出咖啡豆給你聞香，聞香完後，確認要點該咖啡豆了，然後再用「虹吸式塞風壺」手工沖泡。還沒完呢，充泡完後，會再把「塞風」內的咖啡渣拿出來給你聞聞，特別又放鬆。

　　3.咖啡本身有特色：覺得最特別的咖啡，幾年前去了某間當時只有小店面的咖啡攤，當時點了一杯熱的哥倫比亞咖啡，老闆說：「你確定？

嚇這會交懍恂喔！」（你確定？喝這個會發抖喔！）附帶一提，「交懍恂」（ㄍㄚ ㄌㄧㄣ ㄙㄨㄣˋ ka-lún-sún），意指發抖、打冷顫。國中時常可在廁所聽見男同學彼此吐槽對方：「放尿放煞，閣會交懍恂！」（小便結束，還會打冷顫！）拐個彎，嘲笑對方體虛。總而言之，當時我心想，哥倫比亞應該還好吧？結果一喝，當時在櫃檯的老闆便露出奇妙笑容，還真的夠酸！不過還真是酸得好喝，待酸味入喉，反而鼻腔衝出一股淡淡的蕃薯香味，並不反感，也因此印象深刻。

到了咖啡店，幾張簡單的沙發椅座，木質圓桌，我們將隨身物品放置在位子旁，稍作整理後，只聽禾日香說了一句：「這樣比較『爽勢』。」說完便以輕鬆的姿勢仰躺在沙發椅背上。

「這跟『爽勢』有什麼關係？」我好奇問。

「舒服的意思啊。『爽勢』的意思是…」禾日香露出大驚小怪的表情，接著她開始解釋了關於這個詞彙的理解範圍。

「妳想說的是『舒適』吧？」台語的「舒適」（ㄙㄨˋ ㄒㄧˊ su-sik）國語諧音作為「舒喜」。台南的安平「夕遊出張所」便有一名為「開運舒喜燒」的文創商品，此「舒喜」便是台語「舒適」之諧音。

至於被弄錯的那個台語詞彙，叫做「爽勢」（ㄙㄤ ㄙㄟˋ sáng-sè），意指高傲神氣、作威作福，又或者是威風八面、臭屁的樣貌，有時候也略帶有貶抑，根據楊青矗教授主編的《國台雙語辭典》亦寫作「爽勢」，作神氣的解釋，這裡的「爽」有自誇、炫耀的意思。除了「爽勢」是用來指態度神氣之外，還有一個為國語音的「擠洋」，同樣有類似傳神的形容，或許可以當成「爽勢」周邊延伸詞彙吧？如果英文有所謂的單字樹，我想台語應該也不惶多讓。而「擠洋」則為台語「舌煬」（˙ㄐㄧ

一尢 tsih-iāng），照字面上的意思拆解來看，便是舌頭嘴巴不饒人的情境，一樣有臭屁囂張、給人漏氣丟臉的意思，所以根據前後文，便能理解，這是在形容人的自負與神氣貌。

說到「爽勢」與「舌煬」，其它關於驕傲臭屁的台語，比較耳熟能詳的還有「臭煬」（ㄔㄠˋ 一尢 tshàu-iāng）、「臭衝」（ㄔㄠˋ ㄑㄧㄥˋ tshàu-tshìng）以及比較負面的用法「臭濺」（ㄔㄠˋ ㄗㄨㄚˇ tshàu-tsuānn）從字面上便可得知，那種說話得意忘形、口沫橫飛的樣貌，更能理解這幾個詞彙，都有相同的語感。「爽勢」除了單純形容臭屁樣貌外，若使用在女性時，更顯得有一股高不可攀的語意。譬如：「彼位小姐不但驕傲，講話閣爽勢。」（那位小姐不但驕傲，講話又高不可攀。）從這裡多少也能夠感受到，同樣一個詞彙，或者是一句話，對於指稱對象的不同，而有著不一樣的語意。

回到咖啡店的場景，所以當我們要形容這個環境很舒服，又或者你感覺當下這個感受讓你輕鬆愉快，應該要說「舒適」，而非用來形容人性格狀態的「爽勢」，兩者可是有天差地遠的意思。

話說到一個段落，咖啡也送上來了，禾日香盯著拿鐵上的那層厚實綿密的一片雪白問道：「奶泡的台語怎麼說？」

我下意識回：「牛奶沫。」（ㄍㄨˊ ㄌㄧㄥ ㄆㄨㄟˋ gû-ling-phueh）頓了頓、又陷入思考。

不過，又有何不可？從今天開始，就這樣「爽勢」的說吧。

生毛帶角

senn mˆng tài kak

生毛
帶角

senn-mˆng-tài-kak

釋義

外形兇狠、性格鮮明，
處事待人有稜有角的感覺。

　　某天在車站地下道，見到一名打扮入時的年輕人，遠遠便見到他身上穿了一件白色Ｔ恤，上面印著革命家「切·格瓦拉」的頭像，底下大大的字體「生毛帶角」（ㄙㄟ ㄇㄣˊ ㄉㄞˋ·ㄍㄚ senn-mn̂g-tài-kak），讓人眼睛為之一亮。

　　「生毛帶角」，意指外形兇狠、性格鮮明，處事待人有稜有角的感覺。於是，這句話前半段為「青面獠牙」（ㄑㄟ ㄇㄧㄣ ㄌㄧㄠˊ ㄟˊ tshenn-bīn-liâu-gê），形容面貌兇惡如鬼怪般，整句為「青面獠牙，生毛帶角」又或者說「生毛閣兼帶角」，都是加強語氣形容，一個人的個性或外觀讓人敢到恐懼，也可以直接暗指牛鬼蛇神般的人物，譬如說：「莫閣交退『生毛帶角』的朋友鬥陣矣！」（不要再和那些牛鬼蛇神般的朋友一起了啦！）

　　不過可以不要被「生毛帶角」的「帶角」混淆、認為所有跟「角」同音的都是負面詞彙哦！舉例來說：像「老先覺」（ㄌㄠˇ ㄒㄧㄢ·ㄍㄚ lāu-sian-kak）意思就是老先知，用來形容智慧或見識廣闊的老者，也因為「覺」與「角」的台語同音，所以也常趣談為「頭殼生角」或「老先角」做雙關之用，此「角」非彼「覺」啊！

　　講到「生毛帶角」，不免想到兇神惡煞的表情，頭上冒出長角般的氣勢，個性火爆，似乎隨時都會爆發不安定的情緒。如果有這樣的聯想，倒也不意外，在布袋戲裡，一共分為「生、且、淨、丑、仙、怪」，不用多說，「生」就是在布袋戲中登場的男主角；「且」以各種女性角色都如此稱之；「淨」則又以顏色紅、黑、青、黃、白細分登場角色的性格，有時是臨時登場角色或幫派等武林俠客；「丑」則如字面所示，為甘草喜劇人物；「仙」為劇中的成佛成仙角色；「怪」則是一群所謂「生毛帶角」的角色了，各種天馬行空的妖魔鬼怪或造型，都可以從布袋戲裡的誇張裝飾更加活靈活現。

大約國小時期，電視曾經播過「新雲州大儒俠」，當時放學最期待的就是按時收看這齣結合聲光效果的布袋戲，印象中登場的角色還有人扮演的黑白金剛，而每一集都會期待接下來的新登場角色，以及主角「史豔文」如何打出一記「純陽正氣」把各路反派擊退。在學校則跟一些有按時收看的同學分享心得，記得有一次同學柚子說：「…昨昏出場彼个『生毛帶角』是叫啥？」（昨天出場登場的那個生毛帶角的叫啥？）總而言之，這個詞彙無論是用來形容人或布偶實際的醜惡樣貌，都非常的傳神。

而「生毛帶角」是作如此形容用，那麼若只是單純指人板起臉孔呢？台語的說法有「激面腔」（·ㄍㄧㄜ ㄇㄧㄣˇ ㄑㄩㄥ kik-bīn-tshiunn）意思便是板起臉孔、擺難看臉色給對方看。另外還有「激屎面」（·ㄍㄧㄜ ㄙㄞ ㄇㄧㄣˇ kik-sái-bīn），這句話現在因為國語直譯，被直接寫作「裝屎臉」或「結賽面」，但其實這句話的語彙組合為「激屎」再加上一個「面」字，「激屎」在台語裡，即有擺架子或裝腔作勢的驕傲樣貌。國中常聽同儕說：「你莫佇遐激屎氣！」（你不要在那邊擺架子！）、「瘟高尚又閣咧激屎矣！」（假高尚又再裝模作樣了！）後來這句「激屎」常與臉部表情同時形容，進而形成了「激屎面」的「裝屎臉」解讀，雖然語意有點不同了，但從字面上似乎還是能夠說的通，甚至國語的「大便臉」也應該是從「激屎面」轉化而來的。

那天無意間看到那件印有「生毛帶角」的白色Ｔ恤，腦中突然浮現出這一連串記憶，還真得好好感謝這些替台灣默默貢獻的文化意識推手，讓它們盡可能的出現在各個層面。

不過，那件衣服要去哪找呢？

帕ㄆㄚ 哩ㄌㄧ 帕ㄆㄚ 哩ㄌㄧ

pha li pha lih

帕哩帕哩 pha-li-pha-lih

釋義

形容打扮時髦摩登、
光鮮亮麗的衣著筆挺貌。

　　應該都聽過「拍哩拍哩」吧？譬如「今天怎麼穿的這樣拍哩拍哩？」無論是台語或國語的語句裡，都能夠聽到這句詞彙的應用，那究竟是什麼意思呢？「拍哩拍哩」便是台語的「帕哩帕哩」（ㄆㄚ ㄌㄧ ㄆㄚ ˙ㄌㄧ pha-li-pha-lih），國語常寫作「趴哩趴哩」，若嘗試在電腦鍵盤上用注音輸入，也不難理解為何會出現這樣的借字，或許若哪天台語輸入法可以朝向注音輸入的模式開發，台語漢字的推廣會更普及簡單。

　　岔題了，再說回「帕哩帕哩」吧。

　　這個詞彙眾說皆知的是，形容打扮時髦摩登、光鮮亮麗的衣著筆挺貌。事實上，台語的這句「帕哩帕哩」源自日語的擬態語「パリパリ」（Paripari），表示瀟灑體面之意，日語的パリ為巴黎之意，那麼是否在過去，以巴黎為藝術或流行文化為楷模的時代，一句「パリパリ」（巴黎巴黎）也就間接形成了意指對方很趕得上時代、流行的意思呢？在日治時代，當時台灣有一批到法國巴黎留學的藝術家，例如顏水龍、劉啓祥、楊三郎等台灣籍藝術家都是，由此可見當時在藝文方面與法國的交流密切，若因此將「パリパリ」用來形容時尚流行，或許也不足為奇了。

　　假設上述的推論為真，如果當時的地點改為柏林或是紐約，那麼這句「帕哩帕哩」會不會就此變成「柏林柏林」或「紐約紐約」呢？或許這樣的推論永遠未知，另一方面也可以反思，語言跟習慣脫不了關係，如果假設前提為真，那麼講習慣了，也不會覺得奇怪吧？

　　那麼是否是因為「帕哩帕哩」一詞，進而影響了台語其它關於讚美人服裝造型的用語呢？例如常寫作「很趴」、「瞎趴」的台語詞彙，一樣有時髦摩登的意思，是否這個「趴」字是源自於「帕哩帕哩」呢？又或者這個「趴」字是源自於「趴七仔」呢？台語歌手陳敏郎與張玉婷合唱的〈帕七仔十步〉無論歌名或歌詞，都記述「帕七仔」，當然這裡的「帕」很可能是音譯，但無論如何就是口語的「趴七仔」。也就是追女生、追女朋友的意思，總之可以知道的是，這個音皆與國語音差不多。

　　某天想到「帕哩帕哩」是否與「趴七仔」、「瞎趴」、「很趴」的那個「趴」音有關，想了很久，突然想到廣東話一個詞，引起我腦中將這些詞彙串接在一起的念頭。廣東話有句話叫「晒恩愛」（ㄙㄞˇ ㄧㄢ ㄞˇ saai yān oi）後來被國語直接引用做為「曬恩愛」，那麼是否可以從這個「晒恩愛」的「晒」字、也就是曬之意，找到關於「趴」的蛛絲馬跡呢？

後來我找到一個有可能足以推敲的台語詞彙,「曝乾」(ㄆㄚˇㄍㄨ
ㄚ phak-kuann),常言道:「生食都無夠,閣想欲曝乾?」(現吃都不夠了,
還想要曬成乾料?)廣東話有句「扮晒嘢」(ㄅㄢˇㄙㄞˇㄧㄝˊ baahn saai
yéh)意指裝模作樣,我在思考、是否這句「扮晒嘢」是指裝作一付準備
「曝乾」的乾物,假裝一付闊綽的樣子呢?那麼這個台語的「曝」字,
似乎就非比尋常了。假設我們所謂的「趴七仔」是「曝七仔」(ㄆㄚˇ
ㄑㄧㄉㄚˋ phak-tshit-á)呢?也就是說,有著跟「晒恩愛」差不多的意思,
也就是追逐異性的動作,攤在陽光底下,讓眾人皆曉的情景。

當然以上都只是透過同樣為古漢語的廣東話,對台語進行的推敲,
究竟真相又是如何呢?每當想到這裡,又不禁感慨,台語的許多詞彙,
由於缺乏系統的漢字歸納整合,許多真正的意涵,或許只能如此揣測
了。

再說回「帕哩帕哩」,台語對於外觀穿著的讚美詞彙還有「映肉」
(ㄧㄥˋ‧ㄇㄚ ing-bah)也就是指衣服與膚色很搭配合宜;還有「顯」
(ㄏㄧㄚˋ hiánn),意思為很醒目、很炫目耀眼,例如說:「你穿按呢逐
顯矣!」(你穿這樣很醒目呢!)另外「活實」(‧ㄨㄚ‧ㄒㄧ huat-sit)則是
很活潑有朝氣的意思,我的外公非常愛講這個詞彙;最後一個,則是近
年來產出的台語流行詞,叫做「礤」(ㄘㄨㄚ tshuah)國語寫作「歘」,
意指很炫、很酷的意思,在電影《陣頭》裡,小鬼所飾演的角色口頭禪
便是這句。一句「帕哩帕哩」讓我反思了語言的歷史層面及生命力,沒
想到說出一句「帕哩帕哩」時,還同時說出了パリパリ或者是巴黎巴黎
呢!

張 ㄅㄡ
tionn

張 tionn
釋義
鬧脾氣、鬧彆扭。

相信大家多少都參加或體會過，那種小型的「○○文化祭」、「○○觀光節」之類大同小異的活動吧？又或者身為台灣人，多少都可以想像在觀光景點、風景區會出現的東西，諸如熱狗攤、冰淇淋攤等等的常見班底，然後再搭配陽春的充氣式拱門，外加塑膠椅擺放在小舞台前，配合著罐頭式電子舞曲歡慶活動的開始，大致上就是我們印象中，在台灣觀光活動的縮影。

某次，參加了一場假日舉辦的「○○封街活動」，同樣的道具又陸續登場、路邊攤、同樣的塑膠椅、簡易舞台等等，再加上趕車前往參與的民眾持續增加，一時之間、活動現場的交通打結大亂，汽機車和行人混流、吵雜聲與活動的喧鬧聲融合成現場最龐大的噪音。

此時在路旁一幕引起我注意，面無表情的一家人，正在安撫一個號啕大哭的小女孩，她正聲嘶力竭的哭鬧著：「好無聊、好無聊哦！我想回家！」小孩子是最誠實的，其實我也徹底感受到這類公式化活動的無聊。

只聽到小女孩的爸爸無奈的搖頭：「阿本來就是這樣啊…」一旁的媽媽也在旁碎碎唸著：「又閣咧張矣…」（又再鬧彆扭了）

「張」（ㄅㄧㄡ tionn）的意思為鬧脾氣、鬧彆扭，台灣除了發 tionn 音之外，也發 tiunn 音，筆者家中則以 tionn 音為主。就像上述的情景，我們就會用「張」來形容，一個單詞便可以精準描述人的情緒，非常生動。這個詞也可以套用在計較或小題大作的事件上，譬如「伊又閣咧張講爸媽無關心伊。」（他又在計較爸媽沒關心他。）這句話的語感便與單純指出一個人在「張」的感覺不同，在這句話裡，「張」便成了一種行為，而「又閣咧張矣…」則是形容一種狀態，兩者之間有著些微的差異。

　　就以個人經驗來看，現在這個詞彙，偶爾也會直接置入於國語之中，譬如形容人「又在『張』脾氣了。」整串句子僅以「張」為台語發音，用來取代「鬧脾氣」或「使性子」，附帶一提，「使性子」本身亦有台語講法，為「使性地」（ㄙㄞˋ ㄒㄧㄥˋ ㄉㄝˊ sái-sìng-tē），一樣是鬧脾氣及耍彆扭之意。「使性地」又常常與「烏白花」相互搭配，國語寫作「黑白花」，譬如「你莫使性地閣兼烏白花矣！」（你不要耍脾氣又胡亂鬧了）便可瞭解，「使性地」與「黑白花」承接為上下句，「黑白花」為台語「烏白花」（ㄡ ㄅㄝˋ ˊ ㄏㄨㄟ oo-péh-hue）有無理取鬧耍賴、胡鬧的意思，所以與「使性地」便巧妙的搭配結合了。

　　回到活動場景，只見那位正在「張」的小女孩，被父母安撫好一陣子之後，便遞給她現場的冰淇淋攤所販賣的冰淇淋，一家人便在車潮與人潮中、隨著電子罐頭式音樂組曲的背景陪襯之下，緩步離去了。

　　想到那小女孩那種有口難言的委屈心態，著實只剩下「張」可以來形容了，想想看，一個原本想像中應該是很有趣的活動現場，卻盡是些老掉牙的公式化活動，再加上爸爸的一句：「阿本來就是這樣啊…」心中的不滿加上複雜情緒、也只剩下嚎啕大哭可以宣洩了。

　　「本來就是這樣」這句話，還真是充滿無力感。尤其當遇到自認無能為力的事情時，通常只要講出這

句萬用詞彙，一切都可以很理所當然的自我詐騙，後面再加個一句「算了啦」做爲強化使用，整句話是：「本來就是這樣啊…算了啦…」然後搖搖頭、眼睛放空看著遠方，兩手一攤繼續嘆氣。

可是真的有「本來就是這樣」嗎？如果真是如此，那麼人類應該要繼續鑽木取火、住在山洞裡茹毛飲血才對，反正「本來就是這樣」。這樣說起來，打破原本居住在山洞裡，那第一位踏出山洞、開始用火煮肉食用的傢伙啊，實在是太沒有禮貌了，也太不信奉「本來就是這樣」法則了，竟然破壞了原始人的現狀，難道他沒聽過什麼叫維持現狀嗎？太標新立異了、真是個愛「張」脾氣的原始人啊，哈哈。

反正一切只要想到「本來就是這樣啊…算了啦…」，日子還是可以繼續照樣過下去，到底爲什麼會有這樣的想法？難道我們現在的生活是憑空得來的嗎？很多我們看似理所當然的事情、理所當然的自由，都是前人用血淚爭取來的，這些人不畏懼所謂「本來就是這樣啊…算了啦…」的指責跟質疑，勇往直前爭取到這些權利，最終也貨真價實打破了這個魔咒謊言。

權利絕對不是天上掉下來的，世界上也沒有什麼叫做「本來就是這樣」的事情。

回到「○○文化祭」、「○○觀光節」之類大同小異的活動現場，只要人人都存在「本來就是這樣啊」的理所當然心態，那麼這樣萬年不變的老掉牙活動，就永遠不會創新，會一直不斷出現，小女孩的委屈其實都藏在你我的心裡，只是經由她代表著我們「張」著脾氣、哭喊了出來。

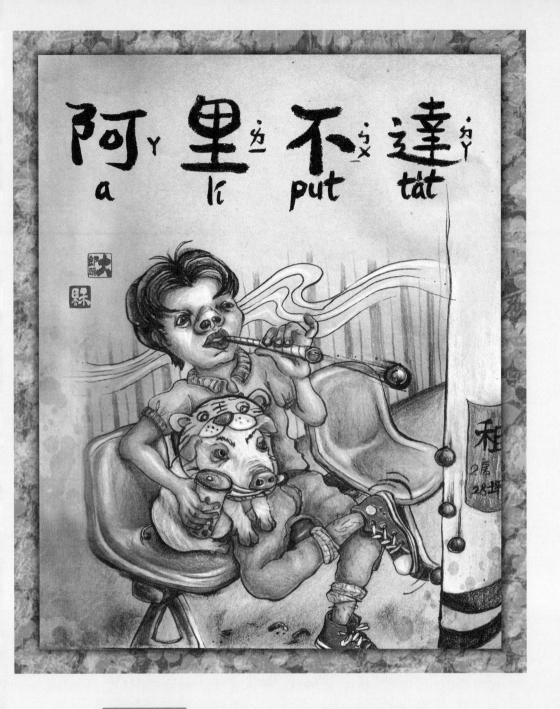

阿里
不達 a-lí-put-tát

釋義

不三不四、沒價值或沒水準。

台語的「阿里不達」（ㄚ·ㄌㄧ·ㄅㄨ·ㄉㄚa-lí-put-tát）意指不三不四、沒價值或沒水準，與「阿沙不魯」、「烏魯木齊」、「不搭不七」的意思接近，有時候也引申指稱有的沒的瑣碎事物，這時便與「落個瑣個」、「有的無的」可交叉使用。有句話說「嚴官府，出厚賊；嚴父母，出阿里不達」，照字面上的意思為，政官如果執法過於嚴屬，反而多盜賊，父母管教子女過嚴，子女反而不像樣、不成材，意指管教必須合理，不要過當。

　　照常理來講，嚴刑峻罰的政府怎反而出「厚賊」呢？台語「厚」（ㄍㄠˇkāu）指數量眾多，「厚話」（ㄍㄠˇㄨㄟkāu-uē）指人多話，那麼「厚賊」則是指小偷多了。這邊要注意的是，台語的小偷為「賊仔」或「賊偷」，而非國語的「盜賊」之意，「盜賊」在台語則稱為「強盜」，是故由此推敲，或許可以分析出這句「嚴官府，出厚賊；嚴父母，出阿里不達」的邏輯。之所謂嚴官府，或許不是代表一個紀律多麼嚴明、遵循法律的政府，反倒極有可能是指暴政或極為苛刻的政府，是故人民在過不下去的日子之下，最終鋌而走險，行「賊偷」之事，如此便能理解「嚴官府，出厚賊」多半有著所謂「苛政猛於虎」迫使「官逼民反」的警世味道。

　　台灣重金屬樂團「閃靈」的專輯《武德Bú-Tik》，曲目第二首〈破夜斬〉便是在描述這種「官逼民反」的氣氛，透過歌詞旋律，可以深入體會其歌曲塑造的情境，一種難以言喻的緊繃，像是火山口將一口氣迸發出來。從歌詞的情境與情緒的表達，不難理解關於這種物極必反的反作用力道，那麼前半段的「嚴官府，出厚賊」算是解決了，那「嚴父母，出阿里不達」呢？特別是這句「阿里不達」。

　　這句話已徹底融入在生活之中，就好比台語的「阿沙不魯」、「烏魯木齊」一樣，「阿里不達」有時候也會直接拿來置入在國語的句子中。另外「阿里不達」所延伸出來的語句還有，「龜挪鱉趖」、「不顚六戒」、「不三不四」、「阿沙不魯」等等。當然「龜挪鱉趖」、「不顚六戒」似乎尚未被國語吸收，而「不三不四」、「阿沙不魯」則和「阿里不達」都同樣在今日的國語內，可以一窺其蹤影。或許這牽涉到的是台語本身詞彙國語化之後，唸起來彆不彆扭的問題吧？就譬如，「龜挪鱉趖」若直接用國語唸出來，似乎既饒舌又不順口，反過來講，這句「龜挪鱉趖」就是十足台語限定的語句了。或許在國語及台語之間，我們不妨多多觀照詞彙與詞彙間的關聯，應該頗值得玩味的。

　　烏魯木齊、不三不四，大家都耳熟能詳了，那麼什麼是「龜羅筆蛇」呢？此爲台語「龜挪鱉趖」（ㄍㄨ ㄌㄛˊ ˙ㄅㄧ ㄙㄛˊ ku-lô-pih-sô）意指如同龜鱉之輩的跑竄，過去常有類似龜與鱉的諺語，可見得古時對於生活週

遭之事物的觀察入微；而「不顛六戒」則爲台語「不顛若怪」（˙ㄅㄨ
ㄅㄧㄢ ㄋㄚˇ ㄍㄨㄞˇ put-tian-nā-kuài）意指不正經的意思，而在 1931 年，
由有著「台灣語言學先驅」、「台灣語言學之父」之稱小川尙義的著作
《台日大辭典》收錄爲「不癲不怪」（プッチェヌプッカイ），這邊的「不
顛若怪」跟「不癲不怪」，或許與台語常說的「不八不七」轉化爲「不
搭不七」其道理是一樣的。

　　雖然從這樣的語意，可以理解「阿里不達」跟這些詞彙是同樣意思，
不過究竟是怎麼演變而來的，恐怕就很難還原了。一日，與禾日香在宵
夜之餘，無意間聊到這件事，我問：「毋知『阿里不達』是按怎來的？」
（不曉得阿里不達是怎麼來的？）

　　禾日香聳肩：「搞不好也是日本話變的。」

　　我想了一下，若是從日本話變來的…腦子裡突然閃過「阿達嘛框骨
里」（腦袋裝水泥）這句和製台語句型，突然想到：「你敢知影日語『豬』，
欲按怎講？」看禾日香搖搖頭，我繼續說，「叫做『豚』（Buta），所以…」

　　「啊你 Buta！（音同台語：阿里不達）」我與禾日香幾乎同時笑指對方，
當然這只是個諧音梗，不過誰知道呢？或許在古代也有這麼一場類似的
對話，「啊你 Buta！」（你是豬喔！）

koo-ták

孤獨、孤癖之意。

　　有位長輩的女兒上大學，因緣際會認識了幾位非裔女生朋友，某次暑假帶這群朋友返鄉並當起導遊介紹起故鄉，一時之間，家裡多了許多皮膚烏黑亮麗的外國女孩，也聊起許多在校發生的趣事。

　　據說這位女生在學校時，每次當她帶這幾位非裔女生朋友到宿舍時，她的室友便會異常冷淡，甚至不給好臉色，這件事當然也成了這次返鄉在家，茶餘飯後的話題，當時她阿嬤變說了一句：「嘛有可能彼个查某囡仔卡孤獨。」（也有可能是那個女孩子比較孤癖。）

　　關於孤癖，台語有許多特別的稱呼方式。

　　例如上面提到的「孤獨」（ㄍㄡㄅㄚˋ koo-ták）便是孤獨、孤癖之意，類似的意思也可說成「孤癖」（ㄍㄡ・ㄆㄧㄚ koo-phiah）；其它還有「孤佬」（ㄍㄡ ㄌㄠˋ koo-láu）、「孤窟」（ㄍㄡ・ㄎㄨ koo-khut）以及「各祕」（・ㄍㄡ・ㄅㄧ kok-pih）又或者說「龜龜鱉鱉」（ㄍㄨㄍㄨ・ㄅㄧ・ㄅㄧ ku-ku-pih-pih）。也就是說，在台語裡面，關於性格的形容是非常豐富多元的。

　　「孤佬」的說法很有趣，通常這個詞也被寫作「孤老」，除了指孤癖之外，也有小氣自私的意思。而「孤窟」的說法，小時候則常聽到「老孤窟」這種說法，也就是鰥寡孤獨之意，也常作雙關語「老孤舅」（ㄌㄠˋ ㄍㄡ ㄍㄨ láu-koo-kū）便是以「窟」跟「舅」的二字略為接近的諧音，做為玩笑話，甚至發展出一句押韻的雙關語：「老孤舅交老孤婆上速配。」（孤癖男跟孤癖女最速配）而這邊的「老孤婆」便是以「孤」跟「姑」的二字做

為諧音。

　　至於「各祕」則有古怪滑稽的意思，關於這個詞彙有此一說，認為是從「龜龜鱉鱉」簡略而來的說法，關於龜跟鱉的台語詞彙實在太多了，有句話說「掩掩揜揜，龜龜鱉鱉」便是指故弄玄虛的神秘貌，彷彿有什麼不為人知的秘密、偷偷摸摸的神情；而「掩掩揜揜」（ㄥˊㄥˊㄧㄚ丶ㄧㄚ丶 ng-ng-iap-iap）便是遮掩躲藏的樣子，直翻這句詞彙便是遮遮掩掩的意思。

　　說到「各祕」這個詞，突想勾起回憶。記得高一剛開學時，班上有位很愛看布袋戲的同學，我還記得他叫猴子，有天猴子跟我說：「你有在看布袋戲嗎？」我下意識回：「算有吧？以前的新雲州大儒俠。」

　　猴子皺起眉頭：「拜託？那多久了啊？」他看我好像不太服氣，便繼續說，「那你知道必雕嗎？」

　　「是秘雕啦。」我糾正他。

　　「秘雕、必雕都好啦！你很瞭解囉？那你知道為什麼要叫必雕嗎？」

猴子神秘一笑，不過我當時還眞沒想過，甚至也快忘記有這個稱呼了，看我搖搖頭後，他便接著補充，「從台語『各祕』的『祕』變來的。」我半信半疑的聽完了這段他「臭彈」的口述，就這樣記在腦海裡，只是事隔多年，這樣想想，好像還有幾分道理。

秘雕是布袋戲裡的一個經典角色，其人物造型特色是面貌古怪，每當他出場便會開始一連串懸疑的氣氛，曾經國小時還聽導師使用這個詞做形容，只要是人很古怪或性格怪異，都會用必雕來形容，可見得台灣布袋戲影響的層面之廣。難道秘雕這個角色，眞的是因爲怪模樣跟懸疑古怪的氣氛，而有了跟「各祕」有關的聯結嗎？

只是說，現實生活裡，無論「孤獨」與否，都是性格特質，沒必要把任何一種個性的人，特別吹捧或貶低。「孤獨」的人未必就沒有活潑的一面，只是他或許還不願在我們面前展露，而活潑的人也未必就沒有「孤獨」的一面，只是我們沒有機會看到。或許那個「孤獨」、「孤佬」兼「孤窟」又「各祕」的那個人，只是特別害羞而已啊！

頭 ㄊㄠˊ thâu 殼 ㄎㄜˋ khak 尖 ㄐㄧㄢ tsiam 尖 ㄐㄧㄢ tsiam

頭殼尖尖 thâu-khak-tsiam-tsiam

釋義 用來形容運氣不好、倒楣，有「衰尾道人」的意思。

記得幾年前，有一則令人印象深刻的廣告，就是在一間樂透店的場景中，有一位司機指著自己的頭說：「你看，我頭殼尖尖的，敢會著？」
（你看，我頭殼尖尖的，會中嗎？）

「頭殼尖尖」（ㄊㄠˊ・ㄎㄚ ㄐㄧㄤ ㄐㄧㄤ thâu-khak-tsiam-tsiam），是一句自我解嘲的話，用來形容運氣不好、很衰的倒楣狀態，有點「衰尾道人」的意思，所謂「人若衰，種匏仔生菜瓜、種土豆袂開花、煮飯會著鍋、放尿會必叉、連呸喙瀾攏會毒死雞！」看到這一連串，是不是感受到衰到極致的境界，可以到什麼地步了呢？「頭殼尖尖」也多半用在偏財運或是靠運氣的事物上，譬如上述的例子便是在自嘲自己沒偏財運。

說到這個詞彙，不免提到一句台語諺語，那就是「頭大面四方，肚大居財王。」意指方頭大臉、肚大穩重的人有財富之相，換句話說，這就是老一輩認為有福相的外觀，那麼「頭殼尖尖」的樣貌，肯定就是截然不同的評價了。其實「頭大面四方」也是一首傳統童謠，由施福珍老師譜曲完成，在開頭前半段重覆著這句「頭大面四方，肚大居財王…」不過後半段話鋒一轉，便調侃起頭大的人，整首歌充滿令人莞爾逗趣的幽默，值得一聽。

值得一提的是，有另一個說法為「頭殼削尖尖」，意思則為想撈盡好處，極力爭取對自己有益的事物，以前的錢幣中間是有孔的，再用繩索將錢幣一個個串接起來掛在腰際，所以錢幣又稱為孔方兄，所謂「有

錢是阿兄」，以此戲稱那些將錢財或富有的人視爲大哥兄長般的態度。至於「頭殼削尖尖」意指巴不得用頭去串起錢財，將頭削尖、充當起串錢的繩索，最好是可以把孔方兄都個個串起來，也就是「軁錢空」（ㄋㄥˋ ㄐㄧˊ ㄎㄤ nǹg-tsînn-khang），意指專門在金錢上鑽營打轉。也之所以如此，台語才會說「軁空軁縫」（ㄋㄥˋ ㄎㄤ ㄋㄥˋ ㄆㄤ nǹg-khang-nǹg-phāng）「軁鑽」（ㄋㄥˋ ㄗㄥˋ nǹg-tsǹg）意思爲腦筋善於變通的靈活變化。

也或許「頭殼尖尖」便是從「頭殼削尖尖」演變而來，從原本做爲一個象徵的形容，變成若外型眞的頭殼尖尖的自我解嘲。還記得當兵時的新兵訓練，人人都理了個大光頭，這時便有人摸著頭說：「有影頭殼尖尖矣。」（真的是頭殼尖尖囉。）一方面是眞的形容出他的頭頂尖尖凸凸的，另方面也傳達了他此刻的心情，不過我想當下每個人都是名符其實的「頭殼尖尖」吧？

形容人的外貌，台語還有個逗趣的說法，那就是「一表人才，二表秀才，三表挖肚臍」，這當然是一句玩笑話，多半也用來自我解嘲，台語「肚臍」（ㄅㄡˇ ㄗㄞˊ tōo-tsâi）恰好與「人才」押韻，所以才會有這句話產生，常這樣使用：「你是一表人才，二表秀才，我只有三表挖肚臍啦！」意思是自己除了默默摳挖自己的肚臍外，似乎沒什麼長處可說嘴了，簡單講用現在的說法，就是只能在一旁玩沙啦！

回到頭型問題，台灣人對於頭型的看重，從小寶寶的嬰兒時代便開始了，是故發展出仰、趴、斜躺、側睡等睡姿，藉以導引寶寶的頭型及臉部輪廓發展，所謂「嘴闊食四方」，甚至連嘴型都是學問呢！無論是刻意希望寶寶扁頭或圓頭，其實都顯示了一種對於面相樣貌的重視，審美觀不一定相同，面相最終只是一個參考，畢竟人不可貌相啊！

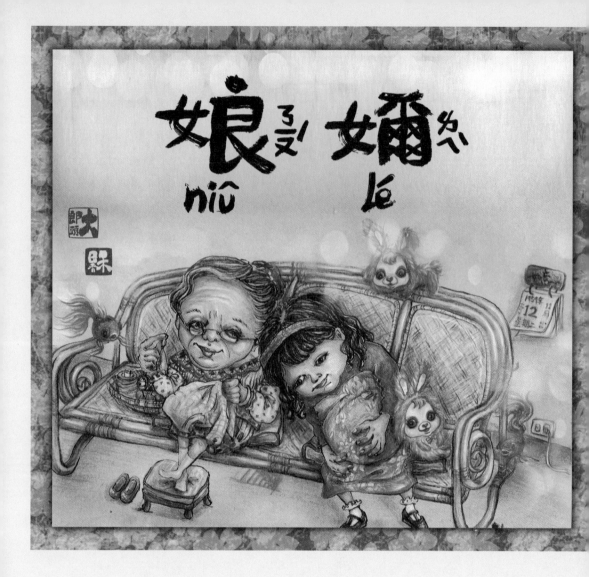

娘嬭 niû-lé

娘嬭 niû

嬭 lé

釋義

娘嬭 母親的意思。

　　「娘嬭」（ㄋㄧㄡˊ ㄌㄟˋ niû-lé）是母親的意思，其它還有包括「母仔」、「阿母」、「老母」、「阿娘」、「姨仔」、「媽媽」以及直接引用日文的「おかあさん」（okaasan），常以國語簡稱為「卡桑」，這邊來做簡單的整理。

　　或許是文化交流與融合的緣故，台語光是稱呼一句母親，便有許多說法，如上述所示，有許多已經漸漸被遺忘，有些則是在部份地區仍持續有在使用，又或者出現在藝文創作作品內，成為一種不朽的珍貴資產。

　　據說嬰兒出生時，張開口的第一句喊聲近似「mama」，第二句話便是「papa」，這兩個單詞都是最簡單發音的，這也是為什麼全世界各種語言，稱呼媽媽與爸爸的發音幾乎都一樣。換句話說，嬰兒並不曉得他發出的音是什麼，但他先發出聲音時，會在他身旁看顧的人是誰呢？想當然便是「媽媽」這個角色了，這也是為什麼這個詞彙會成為名符其實的通用語，就連台語也不例外，一樣有「媽媽」（ㄇㄚ˙ㄇㄚ má-mah）的說法。

　　而「母仔」（ㄇㄨˋㄚˇ bú-á）則是我最喜歡說的稱呼方式，從小到大，我對媽媽的稱呼大概就是以「母仔」最頻繁吧？在我聽來，這句「母仔」感覺就像小寶寶嘴巴不斷發出「mua-mua-mua」的聲音，感覺就像初見到這個世間的小嬰兒、嘴巴除了發出「mama」之外，還有呵呵笑著發出「mua-mua-mua」的音調。不過這當然只是我的聯想，「母仔」或許是從「阿母仔」的變化而形成的詞彙，至於「阿母」跟「阿娘」都一樣是繼承台語在各項名詞前冠上「阿」字的使用習慣吧？

　　另外比較特別的就是「姨仔」（ㄧˊㄚˋ î-á），還記得小時候，就曾經聽同儕討論過這個詞彙，據聞有人以此稱呼來指稱母親，以致於一直到現在對這種說法印象非常深刻。沒錯，這個「姨仔」也是稱呼媽媽

的詞彙之一。至於這個詞源聽說過好兩種說法，其中一種是平埔族稱呼媽媽的方式「I-na」，而過去「有唐山公，無唐山嬤」的時空背景，那麼的確很有可能在語言文化的融合過程中，這個稱呼母親的詞彙被保留下來了。另一種說法是，以前的孩子「歹育飼」（ㄆㄞˇㄧㄛˊㄑㄧ- pháinn-io-tshī）因環境困苦、難養育長大，於是有此傳統為了騙過老天爺，將母親與子女的關係稱謂更改，稱呼母親為「姨仔」，想以此來改變孩子的命運。

不過無論是哪種說法，可信度都滿高的，所以極可能是並存的，只是這兩種詞彙恰巧發音接近，久而久之產生了混淆。譬如「I-na」這個詞彙，也是阿美族語稱呼母親的說法，在 2010 年，台灣原住民歌手「阿洛‧卡力亭‧巴奇辣 / Ado' Kalitaing Pacidal」的同名專輯，曲目第三首〈O tawa no ina / ina 的笑〉，在這段歌詞之中，便用族語唱出「ina」的這個發音。於是我們可以瞭解，「I-na」在阿美族語是母親的意思，這點是可以肯定的。另外在 2012 年，台灣原住民歌手「桑布伊 / SANGPUY」的同名專輯，曲目第十三首便寫著〈ina 母親〉，而他是位卑南族原住民，那麼是否卑南族語的母親也是如此稱呼呢？還有一首未收錄在他專輯的歌，名為〈ina 的眼睛〉又作〈伊娜的眼睛〉，是一首卑南族語及國語混合的歌曲，其中特別有兩段歌詞，保留了「ina」的這個發音，整段歌詞就是在形容媽媽的眼睛像天上的星星一樣。那麼更能肯定在原住民語中，的確這個音「I-na」是指母親。或許也能如此推敲同樣為當時台灣原住民族之一的平埔族族群，以「I-na」稱為母親的機率是很高的，再加上前述提到的「有唐山公，無唐山嬤」的通婚結果，這個「I-na」便音變為「姨仔」了。但我們也不能否定關於孩子「歹育飼」

而將母親旁稱爲「姨仔」的可能，就如同前述，或許這兩種情況是並行並存的，只是兩種音極爲近似而產生了融合。

現在也許根本難以追溯源頭開端是爲何將媽媽稱爲「姨仔」了，可能每家每戶的情況都有差異，某人可能是因爲平埔族通婚所致，某人可能則是因爲旁稱母親的緣故，只能說這是台灣的特殊傳統詞彙，更該加以記載下來。

最後再說回「娘嬭」，又稱爲「娘嬭仔」。這個詞彙可以說到這句諺語「買田愛揀好田底，娶新婦愛揀好娘嬭」意思就是說，選田當然要選肥沃的土壤，選媳婦就要看女孩子的母親，便能略知一二。這句「娘嬭」事實上是一句非常文雅的稱呼方式，一直到現在還有流通，大家耳熟能詳的一句「恁娘咧」跟「恁娘嬭」其音調還眞的是有夠相似，翻成國語便是「你母親」，雖然若照字面似乎只不過是稱呼對方母親，但久而久之、大家也都約定俗成知道這是句負面用語了，其實是滿冤枉的，因爲在重孝道的古時社會，若辱罵對方母親，肯定是一件極大的粗言穢語，所以各式「○○娘咧！」，其原意都是在指「娘嬭」，那個咧字或許是後來演變成狀聲詞，逐漸形成的變化，本質上有著千絲萬縷的關聯。

從台語稱呼媽媽的詞彙中，更能體會到說什麼話，瞭解其義後，更能知背後的眞正語意，是一件非常有趣，值得保留的文化啊！

沖斯
沖斯
tshiàng-suh-tshiàng-suh
釋義
意指機會、運氣來了。

　　高中有陣子很常跟朋友去打撞球，不只在外面的撞球間敲桿，當時社區大樓的活動空間有擺撞球桌，也成為我們假日休閒的去處之一。還記得國中時聽生活訓育組長說過一句台語順口溜：「天下第一戇，提錢歕風；天下第二戇，提錢相撞；天下第三戇，約查某去摳東風。」上述說的便是在形容天底下三件最傻的事，當然這是為了防止當時身為國中生的我們去做這類的活動，時代不同，關於這些行為的看法亦有改變，成年之後有了價值觀的判斷，好壞則見人見志。這裡講的「戇」（ㄍㄨㄥ gōng）常被寫作「憨」，但其實在楊青矗教授的《國台雙語辭典》裡記載著「戇」字，意指笨、傻；另有「憨」（ㄏㄤ ham）字，實乃「憨慢」或「頇慢」解，為笨拙無能之意，而在董忠司教授的《臺灣閩南語辭典》與李春祥教授的《李氏台語辭典》也將傻的台語註解為「戇」，也就是說「戇」與「憨」在台語裡，有兩種略為不同的意思，下次要說人「戇大呆」時，可先千萬不要再搞混了。

　　這邊再看到「天下第一戇，提錢歕風」，「歕風」（ㄅㄨㄣˊ ㄏㄨㄥ pûn-hong）字面上的意思是吹氣，但這邊指的是抽菸，另外若形容小孩子成長迅速，台語也會用「歕風」來形容，而抽菸的另一種台語隱諱說法還有「拍鼓」（ㄆㄚˋ ㄍㄡˋ phah-kóo）照字面意思為打鼓，國中時常可聽見班上同學偷偷悄聲打暗號「去便所拍鼓」至於為何「拍鼓」等同於抽菸的意思，據說是因為早期抽菸用的火柴跟香菸的造型很像鼓棒，才

有此一說。另一種說法，則是源於香菸的日語タバコ（tabako）的音轉而來，後面的音 bako 的確很像台語的「拍鼓」。「天下第二戀，提錢相撞」，這句話意指的便是撞球，或者是更隱諱的暗指尋芳問柳、做男女之間愛做的事，物體間彼此碰撞以「相撞」（ㄒㄧㄜ ㄉㄨㄥ sio-tōng）來指稱，無論是撞球也好，暗指那檔事也罷，恰好都與「相撞」符合。「天下第三戀，約查某去搧東風」，這邊指的是邀女孩子約會，早期的男女朋友約會能去的地點，尤其是學生時代，大概就是公園或海邊看風景，為了禁止學生談戀愛，於是有了這樣的說法，「搧東風」（ㄙㄢˋ ㄉㄤ ㄏㄨㄥ siàn-tang-hong）意指吹風，「東風」在台語裡有東邊的風、春風的意思，而「搧東風」就有那種沒事找事去吹風受涼的意味。上述的順口溜在國中聽過一遍後，從此便難以忘記，實在太傳神又帶有點幽默，不過就如前面所提的，時代的變遷，讓過去許多曾被視為禁忌的東西，現在不但開放，而且還很流行呢！由此可見，沒有什麼東西是不變的，唯一不變的東西就是改變。

　　話再說回撞球吧，高中時敲桿最常聽到的一句術語就是「沖斯」（ㄑㄧㄤˋ ˙ㄙ tshiàng-suh）又常寫作「嗆司」，意指為機會、運氣來了，若說「沖斯沖斯」則有台語「運氣運氣」、「氣運氣運」的意思。「沖斯」源於日語「チャンス」（chansu），以撞球為例，當見到球恰好停至於洞口前時，這時我們就會大喊一聲：「沖斯！」沒錯，正是天賜良機，只要輕輕將母球一敲，便能進袋，這種好機會用「沖斯」來表示感受，是再恰當不過的了。又或者當我們形容有一個好時機、好空缺時，也可以用到這個詞彙，譬如：「若有沖斯，愛交阮鬥相報。」（若有好處，要記得跟我說。）

　　而這句「沖斯」現在也多置入於國語中，甚至在國語饒舌歌曲或國語流行樂裡，也不乏見識到這句「沖斯」的存在，當然更多機會是出現在國語交談之間，更不用說是打撞球時會用到的術語「沖斯」了，看到一個機會球的出現，即使已經習慣用國語交談的人，也難免會即興喊上一句「沖斯」，這些都是台語詞彙悄悄轉移到國語的例子。在日劇《求婚大作戰》裡，男主角山下智久每當要透過照片、穿越時空回到過去，便會比劃手勢高喊：「ハレルヤチャンス！」（哈雷路亞、沖斯！）顧名思義便是有「運氣與機會」的意思。

　　照以上的分析，我們可以知道，「沖斯」跟「沖斯沖斯」的語感，大概有機會、時機、運氣運氣的意思。每當想起這句話，便會回想起高中時拿著撞球桿，描準已靠近洞口的球，「碰！」的一聲，球輕鬆落袋的畫面。我想，人生也是如此吧？在命運轉彎或進洞前，也要大喊一聲：「沖斯！」

絞 ㄍㄚˋ ká

鬃 ㄗㄤ tsang

ká-tsang

釋義

絞鬃　呼朋引伴。

　　有句話說「呼朋引伴」，在台語則稱為「絞鬃」（ㄍㄚㄗㄤ ká-tsang）或「絞伴」（ㄍㄚㄆㄨㄚ ká-phuānn）。第一次聽到這句話的時候，是小時候某次親戚都來家裡拜訪時，我大聲吵著要跟朋友出去玩，這時候就聽到親戚笑著說：「伊這馬開始會曉絞鬃矣？」（他現在開始會呼朋引伴囉？）當時的我，已經聽過「絞伴」了，於是說也奇怪，明明是首度聽到該詞彙，竟也莫名其妙學會並理解了這個詞彙的語意。

　　「絞伴」這個字比較簡單易懂，「絞」本身有絞動，尤其指螺絲壯滾動後，事物糾結成一團的狀態，打開洗衣機，看到一堆衣服捲成堆，那就叫做「絞做伙」（ㄍㄚ ㄗㄜ、ㄏㄨㄟ、 ká tsò-hué），所以「絞伴」便是與一群同伴糾結成群的狀態，譬如說：「莫逐工交恁班的同學絞伴！」（不要整天跟班上的同學成群結隊的！）

　　至於「絞鬃」就得好好解釋了，「鬃」這個字，本身的意思為毛髮，使用在人或動物身上都可以，譬如頭髮有的地方習慣說「頭鬃」（ㄊㄠ ／ㄗㄤ thâu-tsang）而「頭毛」也是頭髮的另一種說法。至於「絞鬃」本身照字面上解讀，則為頭髮都糾結纏繞在一起了，若以這個畫面來講，除了滑稽之外，也顯示呼朋引伴到如此地步的荒謬誇張。

　　之所以會想到這個詞彙，起因為前陣子與禾日香閒聊，講到某個話題時，我便脫口而出：「伊有遮爾『絞鬃』喔？」（他有這麼愛呼朋引伴喔？）

　　「嘉章？是誰啊？」禾日香疑惑的說。

　　「是『絞伴』的意思啦！不是人名，而且嘉章的台語也不是這樣唸。」我連忙解釋，其實台語有文讀與白讀音之分，就譬如數目字一到十就有兩種唸法，就好比「九」這個字，若用在數目字上便用白讀唸作

「九」（《ㄠˇ káu），但用在人名或專有名詞則發音爲「九」（《ㄧㄨˇ kiú），「一言九鼎」我們就要用文讀，而「九塊石頭」則用白讀。

所以把「絞鬠」聯想成人名「嘉章」，其實是因爲現代文讀與白讀的混淆流失所致，這邊以人名爲例，該用文讀唸作「嘉章」（《ㄚㄐㄩㄥ ka- tsiong），便可清楚瞭解，這兩個詞彙發音是截然不同的了。

在台語之中，也有兩詞彙常會與「絞伴」跟「絞鬠」一起出現，那就是「好玄」（ㄏㄡˋㄏㄧㄢˇ hònn-hiân）與「夯枷」（《ㄧㄚˊ《ㄟˊ giâ-kê）。「好玄」爲台語「好奇」的說法，常用在指沒你的事，偏有滿腹好奇心，所謂好奇殺死一隻貓，若用「好玄」來形容，是再恰到不過的了，譬如「你莫逐工交朋友絞鬠，好玄去看人冤家！」（你不要整天成群結隊，沒事好奇看人吵架！）而「夯枷」則爲沒事找事做、找麻煩之意，也就是台語說的「食飽換枵」（ㄐㄧㄚˇㄅㄚˋㄨㄚˋㄧㄠ tsiàh pá uānn iau）照字面上就是說，可以吃飽還寧願換肚餓，多此一舉、白費工夫。

說了一連串的「絞鬠」之後，禾日香跟我卻也同時產生一個疑問，那麼會不會有人名眞的如同「絞鬠」的發音呢？想了一下，所謂「名從主人」，如果有人眞取了個名，想要發音同「絞鬠」，又有何不可？

就好比「禾日香」這個筆名，源於她原本的國語綽號「香香」，但從小便以習慣讓家人及同學朋友稱爲「芳芳」（ㄆㄤㄆㄤ phang-phang），而綽號則寫作「阿乒」做爲借音，但若凡事講求正確，則應稱爲「香香」（ㄏㄩㄥㄏㄩㄥ hiong-hiong）了。

從這個例子，不難發現台語文讀及白讀的變化，或許加以應用，當作歌曲或對白的創作元素，會是一個很有梗的基底，這應該是台灣身爲一個雙語以上且多元環境，可以好好利用的本錢啊！

扶 扶 挺 挺
phôo phôo thánn thánn

扶扶
挺挺 phôo-phôo-thánn-thánn

拍馬屁、奉承之意。 釋義

「扶扶挺挺」（ㄆㄡˋㄆㄡˋㄊㄚˋㄊㄚˋ phôo-phôo-thánn-thánn），又可唸做「扶挺」，意思都是指拍馬屁、奉承之意。

就如國語「拍馬屁」的字面意思一樣，「扶扶挺挺」可以想像對人阿諛奉承的舉止，「扶」在台語也有托、捧之意，而「挺」則有伸出雙手將某物拖住、托高的意思，所以從「扶扶挺挺」這個詞彙組合看來，更能突顯對人極盡諂媚之能事的舉動，無論是「拍馬屁」或是「扶扶挺挺」，似乎都可以從字面上感受到以前的人們，對於一件事物的形容，傳神的聯想。另外還有一個相同的形容詞彙，就是「褒褒嗦嗦」（ㄅㄜ ㄅㄜ ㄙㄜ ㄙㄜ po-po-so-so），又可唸做「褒嗦」，意思為褒揚、讚賞的奉承態度，如果把這幾句話串再一起，如下：「你莫按呢，褒褒嗦嗦、扶扶挺挺，巴結別人。」（你不要這樣對別人拍馬屁、阿諛奉承。）這裡的「巴結」（ㄅㄚ‧ㄍㄟ pa-kiat）就是指拍馬屁、奉承別人，但值得注意的是，「巴結」也有打落牙齒和血吞的語意，譬如說：「卡巴結淡薄仔，鼻仔摸咧繼續拼。」（繼續撐下去，摸摸鼻子繼續拼。）

當然也有可能是因為受到國語化的影響，「巴結」這個詞彙才會產生兩種意思，一個是國語「巴結」的意思，另一個則是台語硬著頭皮的語感。譬如說「佇社會，要學人較巴結咧。」這樣的雙關，把兩個意思都涵蓋在內了。第一種就是「在這樣的社會，要學人奉承逢迎拍馬」，第二種就是「在這樣的社會，鼻子摸摸硬著頭皮也要拼下去」兩種意思都解釋的通，著實是很巧妙的運用。

還有一個說法，應該在台灣也耳熟能詳了，那就是「扶羼葩」（ㄆㄡˋㄌㄢˇㄆㄚ phôo-lān-pha）後來在報章媒體大量以「PLP」作簡稱。其實這個詞彙只是反應了台語形容詞的豐富，而且幾乎每種形容、狀態

都有等級之分，簡單一句奉承、拍馬屁，台語就宛如金字塔般層層堆砌。不用多說，這句「扶𡳞葩」肯定是阿諛奉承的金字塔頂端的形容啊！這樣說應該不為過吧？中文範疇的語種，特別是資歷越久遠的，勢必用在形容人事物等狀態諺語，是更為精妙生動的。

　　一日，與禾日香聊到這個話題，順便請教她關於拍馬屁一詞，客家話該怎麼說。只聽禾日香「肯定」的說：「客語的拍馬屁就是『打馬屎朏』（ㄅㄚˇㄇㄚˊㄒㄧ˙ㄈㄨ da ˇ ma ˊ sii vud ˋ）」

　　「感覺很像『打馬師傅』。」我笑說。

　　「你這樣不就跟我上次把『絞鯗』聯想成『嘉章』一樣嗎？」禾日香還耿耿於懷。不過想想也對，當不熟悉一個語言時，的確很容易先與至少較熟悉的語言做聯結，這點無論是哪種語言都一樣，還記得國中剛學英文的老梗就是，班上同學把 Apple 故意唸成「阿婆」，而 Pencil 則成了「便所」了。這樣轉念想一想，或許當我們看到「金排球」或是「很慢 A 奶雞」也不用過於嚴肅，在某方面來講，也是大眾接觸台語文化階梯前、那張地毯前端的第一步。就像當初我們興起以注音加註在台語漢字旁的初衷一樣，希望用更簡單的方式，讓更多人可以嘗試開口慢慢唸出詞彙，隨著地毯走上階梯後，便能慢慢朝著更頂端邁進。

　　說回客語的「打馬屎朏」等同於拍馬屁，那個「屎朏」也與廣東話的屁股有雷同的發音，廣東話稱「屎忽」（ㄒㄧˊㄈㄨ sí fāt）。不過不同的是，廣東話的拍馬屁可不是「打馬屎忽」，而是「擦鞋」（ㄘㄚㄏㄞˇ chaat hàaih），而馬屁精則為「擦鞋仔」，也是極為傳神的形容。當然如前面所述，拍馬屁這件事在廣東話亦有如金字塔般的等級之分，其它就印象所及，還有「托大腳」、「舐鞋底」等等。

突發奇想，想到了一句用來形容人極盡各種諂媚態度的拍馬屁態度，那就是：「你這⋯褒褒嗦嗦、扶扶挺挺、巴結面，一邊打馬屎朏、一邊托大腳、擦鞋、結束還舐鞋底、扶膦葩！」一句話綜合了台語、客語、廣東話，嗯⋯只不過講完，應該氣也消了吧？

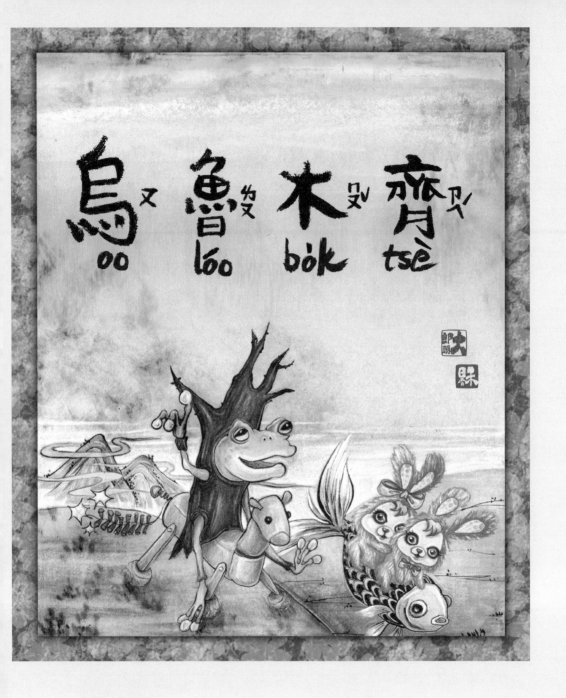

烏 ㄨ oo
魯 ㄌㄨˇ lóo
木 ㄇㄨˋ bȯk
齊 ㄐㄧˊ tsè

烏魯
木齊　oo-lóo-bȯk-tsè

指人不精明或喜歡胡說八道，
也用來指稱事或物的一種不完美狀態。

「烏魯木齊」（ㄡ ㄉㄡ ㄇㄨˋ ㄗㄟˋ oo-lóo-bȯk-tsè），指人不精明或喜歡胡說八道，也用來指稱事或物的一種不完美狀態。

關於徐福全教授編著的《福全台諺語典》與董忠司教授所編著的《簡明台灣語字典》以及洪宏元教授主編的《學生台華雙語活用辭書》裡的註解皆寫作爲「烏魯木齊」。或許是因爲烏魯木齊離台灣極遠，過去若有人說是來自烏魯木齊或去過烏魯木齊，必會被當成是信口雌黃之人，久而久之，這句話便漸漸成爲馬馬虎虎、不可信的胡說八道之意。

然而吳崑松教授編著的《通用台語字典》，寫作「烏瀧木製」。另一種說法是，有一種木材叫做烏瀧木或瀧髓木，因其品質低落，無法製成高級的家具或建材，只能拿來燒火當柴燒，所以如果以這種材料充製成家具或建材，其品質是很差的，也因此有了「烏瀧木製」這句話出現，用來形容粗製濫造之意。

無論是「烏魯木齊」或「烏瀧木製」，久而久之，只要我們聽到這句話，多少都可會意其中的負面涵意。這樣一句經典的詞彙，當然也不乏出現在國內音樂創作之中，成爲替歌曲畫龍點睛的關鍵字。在 1994 年，台灣歌手豬頭皮的專輯《豬頭皮的笑魁唸歌 - 我是神經病》歌曲第三首〈皮小姐野史〉，以及 1995 年，其專輯《豬頭皮的笑魁唸歌 3- 我家是瘋人院》曲目第七首〈我家是瘋人院〉，在這兩首歌的歌詞裡，都有運用到「烏魯木齊」這個詞彙，透過整段歌詞的情境內容，也因此能夠讓聽者清楚瞭解「烏魯木齊」的語感，當要形容人事物很莫名其妙、亂七八糟時，這句話便能夠派上用場。

其實這類像「烏魯木齊」這般，只可意會，不可言傳的詞彙在台語非常多，常常可以做出彈性的解釋，譬如說：「你莫定定講遐烏魯木齊

的，無一句是實的。」（你不要一直說那些天方夜壇，沒一句老實的。）這邊就
是用來形容，關於說話方面的胡說八道。另外還有另一種說法，便是：
「你莫見食遘烏魯木齊的，吃卡健康的啦！」（你不要老是吃那些亂七八糟
的東西，吃健康一點的啦！）這邊便是用來作食物方面的負面形容。

廣東話有句「烏喱單刀」（ㄨ ㄌㄟˋ ㄉㄢ ㄉㄡ wū lēi dāan dōu），意思一
樣有亂七八糟、糊里糊塗的語意，在此舉出這個例子，只不過是想對應
「烏魯木齊」這句話，我們很難確切照字面上的意思去思考，未必眞得
把台語的「烏魯木齊」當成地名，亦不用眞的把廣東話「烏喱單刀」當
成一把刀。我們應該思考的是，語言本身有多樣性跟豐富性，也顯示了
漢字本身的多元，當被台語或廣東話使用時，便會有截然不同意思與讀
音。

記得以前地理課上到烏魯木齊這個單元時，班上便有同學聊了起
來，其中不乏疑惑問：「為什麼台語這句話要說烏魯木齊？為什麼不講
撒哈拉沙漠？」當然在這過程，也只是談笑之間結束，畢竟在過去，幾
乎沒有完整，且有系統的台語教學給我們。事隔多年，多少可以明白這
語感邏輯，就像我們不用去質疑，為什麼要說「烏喱單刀」而不是「圓
月彎刀」，也不用多想「今天的天空很希臘」為何不改為「今天的天空
很奧地利」，總之語言經過長時間的演變，最終已有了屬於自己的全新
詮釋，那麼我們就好好應用下去就對了。

噴ㄅㄨㄣ 雞ㄍㆤ 胿ㄍㄨㄧ

pûh　　ke　　kui

噴雞
胿

pûn-ke-kui

是指吹牛、說大話，
說話浮誇不實的意思。

「噴雞胿」（ㄅㄨㄣˊㄍㄟㄍㄨㄧ pûn-ke-kui），又作「歕雞胿」，意思是吹牛、說大話，說話浮誇不實，客語也是說「歕雞胲」（ㄆㄨㄣˇㄍㄟˇㄍㄨㄧˊ punˇgieˊgoiˊ）但音略有差異，另有「捧大仙」、「畫符令」等說法；而在台語關於吹牛的講法另外還有，「臭彈」、「膨風」、「講大聲話」等等，至於廣東話則說「車大炮」、「沙塵」、「吹水」或單作一字「吹」說。

在台語裡，吹氣球也稱作「噴雞胿」，也因為在形容吹鼓這囊狀物前後的大小，可以把一個原本體積極小的東西，一個吹氣就膨漲數倍之大，於是有了說大話的雙關意思，如同國語的吹牛。楊青矗教授的《國台雙語辭典》記錄「歕雞胿」為吹牛、說大話，又說明「歕」有吹氣之意，另外對於「雞胿」則解釋為雞脖子、食道；而董忠司教授的《臺灣閩南語辭典》則特別解釋「雞胿」為雞的嗉囊，「歕雞胿」為吹牛，而「雞胿仔」則為氣球。

搞清楚「噴雞胿」的字面意思後，畫面還真是非常生動有趣，想像一個人拼了命、脹紅臉要把「雞胿」給吹鼓，那種滑稽的模樣，就像是急欲口沫橫飛的「膨風」、「臭彈」的表情。不過說實在的，「噴雞胿」其實也是人之常情，尤其是與三五好友暢談聊天之餘，幾句天馬行空的話也是在所難免，只要不要「噴雞胿」吹的過火，有時候也可作為一個話題的起頭。

一天，禾日香與我提及這個話題，她便解釋：「所以客家話也會說『話虎膦』，發音很像畫符令吧？意思就是台語『有空來喇豬屎』的意思啦！」照她這麼一說，我多少能理解這個邏輯了。

台語「扴屎」（ㄌㄚˇㄙㄞˋ lā-sái）、「扴豬屎」，常被寫作「喇屎」、

「喇豬屎」，原意是指挑起事端、惹事闖禍或做事隨便，「抐」字本身就有攪拌的意思，譬如說：「藥仔抐抐咧卡啉。」（藥攪拌和一和再喝。）所以若照字面上解釋「抐屎」或「抐豬屎」，便是拿東西攪拌大便，自然是臭不可耐、惹事生非。但這句話久而久之，卻也衍生為打屁聊天之意，或許跟聊天閒談時，多少會講一些「噴雞胿、膨風兼臭彈」的事情有關吧？那麼把這一連串行為稱為「喇屎」、「喇豬屎」也可想而知了，畢竟詞彙會一直隨著時代背景而一直延伸新的語意，就連「打屁」這個詞，也是演變產生而來的。

借此一提，廣東話有個詞彙為「偈餕」（ㄌㄚˇㄙㄞ lá sāi）又寫作「抐西」，意指為做事馬虎草率，乍聽之下、還這麼有點像是台語「抐屎」的音，當然這只是一個直覺聯想，當接觸一個語言時，下意識會與熟悉的語言做聯想，是一種很自然的反應。有趣的是，這個詞彙在 2012 年，香港電影《低俗喜劇》有出現過，男主角在戲裡的一句「偈餕」差點害他惹上性騷擾的官司，只因這個詞彙，和「瀨屎」（ㄌㄞ ˇ ㄏㄞ láai hāi）音近似，意指舔女性生殖器，尤此可見，一個音準走偏，意思則有可能天差地遠而造成誤解，這點在學習任何語言上，都是需要多加留意的。

再接續「噴雞胿」這個話題，當禾日香跟我說出「話虎膦」（ㄈㄚ ㄈㄨˋ ㄌㄧㄅˇ fa fu lin）這句客家話後，除了很像國語音的畫符令之外，但其實我聯想到的是台語「話虎膦」（ㄨㆤ ˇ ㄏㄡ ㄌㄢ uē-hóo-lān）又常寫作「話虎爛」可見兩者漢字跟所描述的東西一樣，只不過發音有所差異罷了。

不過說真的，就算聯想成畫符令，好像多少也說的通，搞不好還更好記憶？理解一個語言，或許也能看這個詞彙要怎麼記，怎麼好吸收而因人而異吧！

掠ㄌㄧㄚˊ 龜ㄍㄨ 走ㄗㄠˇ 鱉ㄅㄧˊ
liàh ku tsáu pih

掠龜
走鱉 liàh-ku-tsáu-pih

釋義
顧此失彼，注意這個卻忽略了那個，
指沒有全面兼顧的意思。

「掠龜走鱉」（˙ㄌㄧㄚˋㄍㄨㄗㄠˋ˙ㄅㄧ liàh-ku-tsáu-pih），顧此失彼，注意這個卻忽略了那個，指沒有全面兼顧的意思。

在國語裡，同樣的意思有顧此失彼、魚與熊掌二者不可兼得，根據徐福全教授的《福全台諺語典》裡寫作「掠龜走鼈」而其解釋亦為，抓住烏龜跑了鱉，喻顧此失彼。另外翻閱楊青矗教授的《國台雙語辭典》裡記載「鱉」同「鼈」，故無論是寫作「掠龜走鼈」或「掠龜走鱉」都可以通，也能夠很清楚明白這句諺語的其中涵義。

龜與鱉是非常相似的動物，小時候第一次見到烏龜是在文化中心的水池，一直到現在，台南市東區文化中心的水池還能看到層層堆疊的烏龜群，懶洋洋地趴在石頭上曬太陽的畫面。之後忍者龜開始在國小風靡起來，尤其是忍者龜的漫畫及玩具，隨著之後的電影開拍上映，包括連路邊攤都有賣大尊的忍者龜，更是在學校成為同儕間傳閱跟比較的話題，還記得當時買的第一組忍者龜角色叫「米開朗基羅」的橘色眼罩，手持雙截棍，還附送一塊滑板可以讓他平趴在上面，也因此那塊龜殼更是醒目，所以仔細觀察，烏龜與鱉的最大差異，就是烏龜背上的殼有像收邊框的外緣，而鱉的殼則沒有。

在台語裡，有許多關於龜與鱉的諺語，譬如眾所皆知的「龜笑鱉無尾，鱉笑龜粗皮」形容半斤八兩、五十步笑百步，以及其它諸如，形容胡搞瞎搞的「龜挪鱉趖」、形容人不乾脆則用「龜龜鱉鱉」、形容人打瞌睡則用「盹龜」（ㄉㄨˋㄍㄨ tuh-ku），若指摔個四腳朝天則會講「頓紅龜」（ㄉㄥˋㄤˊㄍㄨ tǹg-âng-ku），在我很小的時候，常被老媽如此惡整，趁我不注意把小椅子抽走再讓我一屁股跌坐在地，接著哈哈大笑：「頓紅龜！」，當然這是錯誤示範，只能說「戇人有戇福」沒事就好，可別

輕易模仿，其它還包括「龜毛」、「損龜」、「鱉十」、「損龜」、「紅龜粿」、「麵龜」、「膨風龜」等等，都可以見到他們的蹤影。

　　其中「紅龜粿」、「麵龜」、「膨風龜」原本都是指麵粉作成的食品，常在祭拜時會派上用場，不過久而久之，也形成了屬於自己隱諱的雙關。譬如「紅龜粿」就有暗指女性的意思，譬如在 1999 年，台灣搖滾樂團「濁水溪公社」的專輯《台客的復仇》，曲目第十三首〈紅龜粿〉在這首副歌中，便提到了「紅龜粿」三個字，當然在歌曲裡面，多半是以暗喻雙關的方式呈現。在台語「粿」（ㄍㄨㄟˋ kué）本身就有暗指女性的意涵，最早原因起於「草仔粿」（ㄘㄠ ㄚ ㄍㄨㄟˋ tsháu-á- kué）看似女性生殖器而演變而來，後來也有用「紅龜粿」來形容的，所以做愛又會戲稱爲「食粿」，就好比國語說「炒飯」的道理差不多，記得高中時期，常聽男同學開口閉口說：「顧粿」那就是指要看好女朋友，而「好粿」、「歹粿」則又衍生出評判女性價值的一種戲謔說法了。

　　而「麵龜」則會用在形容身體或事物的體積上，還記得國中上工藝課，當時男生都得敲敲打打，製作出屬於自己的一張小木椅，當然這一切都只能徒手用鐵鎚跟釘子純手工打造，某天班上的小胖大聲慘叫，原來他鐵鎚敲到自己的手指了，「你準備指頭仔腫若麵龜啊！」（你準備手指頭腫得像麵龜囉！）用「麵龜」來形容，就好比國語說的「吃蘿蔔」是一樣的意思，只不過台語是以體積來形容，國語則是以紅腫的顏色來形容，另外我們也常聽人家說：「誠久無看，你體格若噴風噴甲若麵龜咧！」（那麼久沒見，你身材怎像吹氣一樣吹的像麵龜啊！）這邊便用「麵龜」這種造型，消遣人的體態。

　　「膨風龜」則是指吹牛的意思，另外有個意思相近且也是用動物來

形容的，便是「膨風水雞」（ㄆㄥˋ ㄏㄨㄥ ㄕㄨㄟˊ ㄍㄟ phòng-hong-tsuí-ke）這邊的「水雞」是指青蛙，意思是嘴巴總是脹鼓鼓的青蛙模樣，延伸出一句諺語則爲「膨風水雞刣無肉」，意指青蛙脹大嘴巴，看似體態腫大，但若眞的將其宰殺，卻是一點肉也沒有，寓意光說大話沒本事的人。不過這邊附帶一提，台語的「水雞」又有隱諱意指女性生殖器的意思，於是青蛙會以「四跤仔」（ㄒㄧˋ ㄎㄚ ㄚˋ sì-kha-á）來稱呼藉以避免混淆，也曾聽過將「水雞」若要作爲稱呼女性生殖器時，將「水」字以文讀，改稱爲「水雞」（ㄙㄨㄟˊ ㄍㄟ suí-ke），所以有句戲謔的話「水雞黏大腿」便是由此而來。

　　從上述這些豐富多元的詞彙來看，過去的人在觀察生活周遭的事物，是非常絲絲入扣的，或許這種更深刻感受我們生活周遭各種點滴瑣事的精神，更是值得我們學習的。有時候甚至會懷疑，其實搞不好我們的多元創新精神，甚至還更輸給過去的人，畢竟以前各種詞彙的創造力之驚人，無論哪種語言，似乎都是有目共睹的，許多內化與整合，似乎也都是在過去那個文化初步交會時，達到了前所未有的頂峰。

戇的教巧的
gōng ê kà khiáu ê

戇的 gōng-ê-kà-khiáu-ê
教巧的

聰明有才華的人、反被愚者所教導。

　　「戇的教巧的」（《ㄨㄥˇㄟˋㄟˊ《ㄚˋㄎㄧㄠˋㄟˊ gōng-ê-kà-khiáu-ê），有兩種解釋，照字面上的解釋爲，聰明有才華的人，反被愚者所教導的情形，另一種意涵則爲，人學無止盡，「巧的」理論方面或許比較在行，但實際經驗或許還是得向世俗認爲「戇的」請教，因爲這些「戇的」或許實作經驗較足夠。

　　「戇」這個字現今常在報章媒體見到，寫作「憨」，在楊青矗教授的《國台雙語辭典》裡記載著「戇」（《ㄨㄥˇ gōng）字，意指笨、傻；另有「憨」（ㄏㄤ ham）字，實乃「憨慢」或「頇慢」解，爲笨拙無能之意。而在董忠司教授的《臺灣閩南語辭典》與李春祥教授的《李氏台語辭典》也將傻的台語，註解爲「戇」字解釋。在台語裡，有許多關於「戇」的詞彙，譬如形容一個人愚笨則爲「戇大呆」、「戇癮頭」（《ㄨㄥˇㄅㄧㄢˋㄊㄠˊ gōng-giàn-thâu）、「戇頭戇面」、「戇面」、「戇猴」或直稱「戇戇」，若形容一個人在發呆則說「戇神」；若指花冤枉錢則會說「開戇錢」，其它還有相關運用，例如正直憨厚則會說「戇直」，不知死活的魯莽則爲「戇膽」，裝瘋賣傻則爲「結空結戇」，如果悶著頭毫無章法的做事就叫「戇牛」。還有一句經典諺語「天公疼戇人」，相信大家更是耳熟能詳了，無論是拿來安慰他人，或是做爲自我激勵用語，這句「天公疼戇人」絕對是耳熟能詳的用語。

　　至於「巧」字，則在上述的字典內皆有聰明、伶俐或智慧、靈巧之

意。在台語裡，一樣有許多相關詞彙，譬如形容人賣弄小聰明之陰險稱「奸巧」、聰慧討人喜愛則稱「乖巧」、豐富奇妙稀有則稱「奇巧」，還記得小時候，有次與家人和長輩們吃飯，在動身前往聚餐地點時，長輩說了一句：「這頓，欲予恁食寡卡奇巧的物件。」（這一餐，要給你們吃比較特別的東西。）

故在此可以瞭解「戇」與「巧」透過一個字便有效傳達相對的意思，不但精確且傳神。

香港有句話，叫「戇居」（ㄍㄨㄥ ㄍㄨㄧ ngohng gēui）又作「戇居居」用，常可在港劇或港片見到這句台詞，意思便是罵人愚笨，或者說了一些蠢話，常放空恍神貌，其實就跟台語的「戇癮頭」、「癮頭」、「癮頭仔」差不多。至於客家話則有「戇面戇面」（ㄍㄨㄥ ㄇㄧㄢ ㄍㄨㄥ ㄇㄧㄢ ngong mien ngong mien）的說法，尤此可見從這個「戇」字，在粵語、客語、台語這三種語言都有所出現的例子下，不難理解到這三個語言的豐富性。因為當語言歷史跟文化厚度用紮實的，越多形容人事物的詞彙，光是笨跟傻這件事，這三種語言都有各種變化的形容跟講法，也可從重疊的詞彙中發現這三種語系某程度的關聯。

不過話說回來，「戇的教巧的」這件事，說起來簡單，做起來難。無論是聰明者被愚者所教，亦或者聰明者自願請教愚者，也就是所謂的不恥下問，這都考驗著雙方的情緒智商。所謂教學相長，其實在學習或創作的過程也是如此，好比我與禾日香，從這段開始台語詞彙統整的過程中，也是經歷著彼此語言或圖像繪製的相互整合學習，誰是「戇的」或誰是「巧的」，也不是這麼明確能夠界定的了。如果最後可以應此理出個頭緒，偶爾當個「戇的」或「巧的」相互學習，又何嘗不是件好事呢？

↑ 粉紅色兔子大香香（圖左）扛著鹹魚放生，顯露非凡善舉。
（大郎頭／禾日香 現場直擊）

買鹹魚放生

bé-kiâm-hî-hòng-sing

不知死活、假慈悲、多此一舉、白費心力。

大郎頭 / 禾日香 現場直擊

「買鹹魚放生」（ㄇㄟ ㄍㄧㄤˊ ㄏㄧˊ ㄏㄨㄥˋ ㄒㄧㄥ bé-kiâm-hî-hòng-sing），這句話非常有意思，而且所衍生多種意義，這句諺語的背後伴隨著許多語意，隨著說話時的情境，可以有截然不同的解讀。

其中一個意思為「不知死活」，因為鹹魚已經用鹽醃漬後晒乾而成，絕不可能再轉變成活魚，是死、是活都不清楚，還拿去放生，就成了「不知死活」的雙關語。而「買鹹魚放生」這句話，另一個意思則有「假慈悲」的意思，若已知是條鹹魚了，還將它拿去放生，那麼不就是假慈悲了嗎？此外這句話還有另一個意思，便是「多此一舉、白費心力」，就如同前面所述，既然都已經是條鹹魚了，那麼再放生在海裡，鹹魚也不會變活魚。

　　所以簡單一句「買鹹魚放生」，卻有三種不同層面的寓意，隨著對話的不同而有所差異，這也是顯示出諺語的彈性。

　　不過放生也不能隨心所欲，譬如將鹹水魚「放生」到淡水去，那麼不叫放生，而較像「放揀」（ㄅㅤㄤˋ‧ㄙㄞ pàng-sak）將之拋棄，任由自生自滅，「放生」即成了「放死」，美意全然變調，那就真的是「買鹹魚放生」了。香港有句話說「鹹魚翻生」（ㄏㄢˇ ㄩˋ ㄈ ㄢ ㄙㄤ hàahm yùh fāan sāng），後來常被國語引用，誤寫爲「鹹魚翻身」，可惜…鹹魚就算翻了身，還是條鹹魚。廣東話的這句「鹹魚翻生」是其來有自的，「翻生」有死而復生的意思，所以這句「鹹魚翻生」亦有敗部復活、起死回生之意。不過就如同台語「買鹹魚放生」一樣，廣東話的「鹹魚翻生」亦有多種寓意，須照著對話時的情境來判斷理解，有時這句話也會指不可能、白費心機的意思，因爲要讓鹹魚活過來，似乎是天下紅雨、太陽從西邊升起的事情了。

因爲討論到這個詞彙

　　禾日香跟我思考了這個關於一個詞彙，卻有多種意思的情況，也就是說得靠著對話才能判斷它所要傳達的那個背後意義，這點在台語、客語或粵語等語言，似乎都很常見。或許可以想像，這樣的語彙形成，跟充滿繁文縟節、迂迴性格有關，簡單講就是有禮，說話保留餘地，或許在古代使用這幾種語言的人們，便是這樣的性格吧？這點從日語，好像就能推敲出端倪，日本人的有禮似乎是眾所

公認的，甚至也反應在日語之中，譬如敬語，以及委婉曖昧的對話方式，而往回推敲當時的日本遣唐使帶回了當時的唐文化回日本，那麼或許更能假設，在過去那些古漢語的確是充滿繁文縟節、迂迴性格，而一直以來都有此一說，古漢語跟現今的台語、客語或粵語關聯性跟相似性極高，那麼我們或許可以想像，這些一個詞彙，多種隱喻的現象，便是過去那個所謂「禮儀之邦」的殘存影子吧？

預告
下一篇
食力
蓋好看
卡緊看

上精彩
大郎開講
頭

台語聯誼

特別來賓
台文至尊
王阿舍老先覺 誠
羅馬拼音之神
金毛阿發

每日連載　　　匿名投稿　禾日香／繪

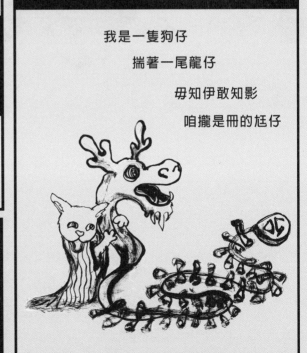

我是一隻狗仔
揣著一尾龍仔
毋知伊敢知影
咱攏是冊的尪仔

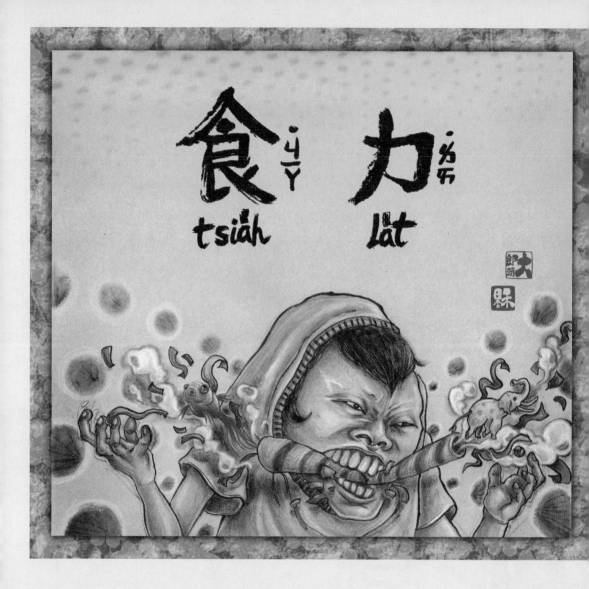

食 ㄐㄧㄚ
tsia̍h

力 ㄌㄞ
la̍t

tsia̍h-la̍t

食力

釋義

有吃力、糟糕了的意思。

　　新加坡電影《小孩不笨》，在 2002 年發行後，在台灣也引起一陣旋風，其中多語言夾雜的特色，包括新加坡當地的福建話、廣東話、華語、英文，在劇中都有交錯使用，而新加坡福建話又因爲聽在台灣人的耳裡，或許倍感親切，一時之間，在網路或現實生活中，最夯的電影台詞討論，也紛紛出現。

　　以下幾句台詞，看過這齣電影的多少一定有印象，「恁爸講恁爸是恁爸的代誌，恁爸講恁爸，還輪的到你來講恁爸？」、「WWW.觀音嬤.COM」、「恁爸 is your father，恁爸是我，我是恁爸」等等，這些台詞也在新加坡引起迴響，一直到 2013 年，新加坡饒舌歌手 ShiGGa Shay，在網路上發表了一首饒舌〈LimPeh〉，這首用華語、新加坡福建話及少量英文及馬來語的饒舌，除了副歌及歌名用了經典的「恁爸」之外，也直接置入經典的電影台詞當歌曲橋段。

　　除了上述外，在新加坡的電影裡面，有句經典的詞彙，相信台灣人多少也耳熟能詳，那就是「食力」（˙ㄐㄧㄚ˙ㄌㄞ tsiàh-làt）照字面上解釋是很吃力，不過的確也是如此，這個詞彙有遇到很吃緊、情況嚴重的緊要關頭，例如「這聲食力矣！」（這下完蛋了！）這個詞彙，不只在新加坡福建話很常出現，在台灣其實或多或少也會派上用場。

　　過年時，小小的台南舊市區總是塞滿了無論是在地或是外地的車流量，一時之間，原本就不寬敞，加上缺乏便捷大眾運輸疏導的道路，擠滿了汽機車、公車及遊覽車，道路兩旁也擠滿了來來往往的行人，交通除了用打結來形容外，用整組壞了了兼「走精」（ㄗㄠ ㄐㄧㄥ tsáu-tsing）來表達是再合適不過的了。每年的這個時候，開車在路上的我們一家，也總是會如期會上演以下對話，「窒規路，路仔若像停車場咧，這聲食力

矣！」（塞整路，路面就像停車場咧，這下麻煩了！）這時候不只開車的人「食力」、車子走走停停之下，本身也很「食力」。

　　除了用「食力」來形容事務的困難跟麻煩外，台語還有「硬篤」（ㄋㄟˇ ㄉㄠˋ ngē-táu）的說法，譬如用在形容工作上的艱辛或事務繁忙時，便可以作如此運用，「食這頭路，誠硬篤。」（做這份工作，很辛苦。）

　　說回在新加坡電影裡，時常會出現的新加坡福建話，從中也可以比較出台灣跟新加坡兩邊的語彙對比，在此做一個略微的觀察說明。譬如台語的驚嘆詞「阿娘喂」，新加坡福建話則說「哇老喂」（ㄨㄚ ㄌㄠˊ ㄟ wa lau eh）語意皆為「我的天啊！」，但若照字面上直翻，可以發現有趣的對比，台語的「阿娘喂」呼喚媽媽，新加坡福建話的「哇老喂」則是呼喊爸爸，因為「老的」（ㄌㄠˊ ㄟ lāu-ê）在閩南語裡，除了指父母外，亦多半是指老爸的意思。

　　另一個特別的對比是，台語習慣說「夭壽」來做為形容非常、過份的意思，例如「夭壽好食」（有夠好吃），在新加坡福建話則習慣用「死爸」（ㄒㄧ ㄅㄟ sí-pē）來形容，例如「死爸好食」（有夠好吃），甚至在馬來西亞的福建話亦能見到此用法。在 2007 年，馬來西亞導演兼創作歌手黃明志，發表了一首饒舌作品〈麻坡的華語〉，歌詞副歌便如此唱：「…麻坡的華語，我感覺西北滿意…」這裡的「西北」便是用華語諧音字打出的「死爸」。

　　還有許多有趣的差異，譬如台語說「你」（ㄉㄧˋ lí），新加坡福建話則說「汝」（ㄉㄨˋ lú）；台語說「錢」（ㄐㄧˊ tsînn），新加坡福建話說「鐳」（ㄌㄨㄧ lui）；台語說「咱」或「阮」來指我們，新加坡福建話則習慣稱「咱人」、「我人」，所以千萬不要以為「咱人」或「我人」

是在嗆說「我們是人、你們不是人」，那可就誤會大了，那只是在說「我們」的意思。例如 2011 年，馬來西亞饒舌團體 MoBeat 在網路上發表了一首名為〈1 Malaysia〉的饒舌作品，這首歌以廣東話及福建話做創作，第二段的福建話部份唱道：「…變得馬來西亞剩我人幾個，我人都是 from 這個國家出世…」這邊的「我人」便是「我們」的意思，末段接著也唱道：「…我人唐人 HARI HARI NASILEMAK…」這邊的前半句福建話便是說「我們華人」的意思。

　　所以在南洋的福建話，例如菲律賓的福建話，則稱為「咱人話」（ㄌㄢˋ ㄌㄤˊ ㄨㄟ Lán-lâng-ōe），意思便是「自己人的話」、「我們的話」，絕對不是「我們、人的話」，可千萬別望文生義，搞錯意思囉！

竭ㄍㄚ 力ㄌㄚ 諍ㄗㄣ 寡ㄍㄨㄚ
kat　　làt　　tsènn　　kuá

竭力
諍寡　kat-làt-tsènn-kuá

釋義
形容說話時，不耐煩的語氣或態度。

　　「竭力諍寡」（ㄍㄚ・ㄌㄚㆍ・ㄍㄨㄚ kat-la̍t-tsènn-kuá）是形容說話時，不耐煩的語氣或態度，彷彿眉頭跟臉部表情都緊繃、皺在一起了，再繼續對話下去也是白費心力的感覺。

　　這句話在我成長歷程出現的機率實在太高了，根本就是我們家的典藏金句啊！譬如家人吩咐要去幫忙買個東西時，只要稍微不耐煩、有點遲疑的表情出現時，這時這句話就會出現，「欲叫你鬥相共買一咧物件，就按呢竭力諍寡。」（叫你幫忙買個東西，就這樣不耐煩。）又或者到外面吃飯，遇到服務態度不佳、臉色難看的店家時，這句話也會出現，「欲一杯茶爾爾，就閣愛按呢竭力諍寡。」（只不過要喝杯水而已，還那種不甘願的表情。）

　　如果講直白一點，這句話也可以用「激屎面」或「嗤嗤叫」（・ㄗㄚ・ㄗㄚㄍㄧㄜˋ tsap-tsap-kiò）來取代，只不過這兩句話，還是沒有「竭力諍寡」來的傳神跟貼切，因為「激屎面」是從「激屎」演變而來的應用，現在多半是指臉色難看不悅的表情，跟說話態度關係較小，也就是國語會說的「大便臉」，而「嗤嗤叫」則又僅止於心情不好時，所發出的舌頭「嘖嘖聲」，和說話態度的回擊似乎關聯也較低，想來想去，若要用一句話簡單扼要形容說話態度不耐煩，包括神情的不悅，似乎真的只有「竭力諍寡」最傳神貼切了。

　　照字面上來看，「竭力諍寡」就是竭盡氣力的「諍」，無論程度多「寡」，也要爭到底。這個「諍」（ㄗㄟˋ tsènn），本身就是激辯、爭執辯解的意思，通常在台語裡，也會說「相諍」（ㄒㄧㄜ ㄗㄟˋ sio-tsènn）。還記得親戚之間，有一位長輩，因為很好辯嘴硬，而被親戚們戲稱為「拜濟公」（ㄅㄞˋ ㄗㄟˋ ㄍㄨㄥ pài-tsè-kong）利用「諍」跟「濟」的台語發音

近似的趣味，做出的雙關，便將「拜濟公」這件事變成「拜諍公」了；而「寡」（ㄍㄨㄚˇ kuá）本身有些許、一點點的意思，在「竭力諍寡」這句話裡，就彷彿連那麼一點餘力，也要竭力地去辯解，絲毫也不肯退步的感覺。

其實替自己辯護的「諍」，是人之常情，可是如果是在枝微末節的事情上，得理不饒人，硬是愛與人唱反調，那麼這樣的「諍」，便是多此一舉、沒事找事做的行為，所謂台語「食飽換枵」（ㄐㄧㄚˇㄅㄚˋㄨㄚˇㄧㄠ tsiàh-pá-uānn-iau）、客語「食飽肚飢」（ㄙㄅㄠˋㄉㄨˇㄍㄧˊ siid bauˋ duˋ giˊ）的形容，莫以此為甚。如果說是「答喙鼓」（ㄅㄚ ㄘㄨㄟˋ ㄍㄡˋ tap-tshuì-kóo）形容的「諍」倒也罷了，因為「答喙鼓」是指一來一往，就像是兩人鬥嘴說說鬧鬧的閒哈拉抬槓，彼此之間也不傷和氣，不過若是淪為意氣之爭的「諍」，就成了「死諍硬拗」（ㄒㄧㄗㄟˋㄋㄟˇㄠˋ sí-tsènn-ngē-áu）的強硬激辯，非得要把黑的說成白的，那麼就只是逞一時口舌之快而已。

或許也可以用「齷齪」（ㄚˋㄗㄚ ak-tsak）來描述「竭力諍寡」的感受，這裡的「齷齪」可不是國語的齷齪，而是台語漢字，指心情鬱悶煩燥，若覺得心頭有股沉悶的感覺，便可以用「齷齪」來形容，所以由此可知，「竭力諍寡」便是一種說話不耐兼心情不舒坦的感受囉！

殘 ㄔㄢˊ 殘 ㄔㄢˊ
tshân　　tshân

tshân-tshân

殘殘　 有狠下心來、一鼓作氣的意思。

　　暑假的某個中午，在速食店聽到以下的對話，幾個年青人在閒談之餘，笑著說：「放假就殘殘睏甲飽。」（放假就一口氣給它睡到飽。）這句話聽起來真的是很親切，還記得小時候有陣子開始流行吃鹹酥雞，當時跟家人之間最常出現的對話便是，「鹹酥雞、小卷仔殘殘甲夾落去！」（鹹酥雞、小卷一口氣夾下去！）這句「殘殘」（ㄘㄢˊㄘㄢˊtshân-tshân）還真是讓我記憶猶新。

　　「殘殘」有狠下心來、一鼓作氣的意思，譬如「殘殘甲錢開落去」（把錢一口氣花下去）、「噗仔聲殘殘甲催落去」（掌聲一鼓作氣響起來吧）這些都是可以應用的例子。網路上有一首很紅的〈海波浪路邊攤版〉在歌曲的間奏，有一段口白如此說：「…爌肉飯啊閣乾麵，啊順紲，殘殘豆乾切五斤…」這裡便是傳達出那種一鼓作氣點了豆乾五斤的感覺，還記得當時聽到這首歌，在電腦前大笑不已，竟可以把一首原本感性的歌曲，改編成對食物的思念，據說連出團的遊覽車上都可以點到這首改編版本的伴唱帶，台灣人的創意真是無限啊！

　　另外還有一句類似的詞彙，叫做「青參馬」（ㄑㄟˋㄘㄤ ㄇㄚˋtshenn-tsham-má）看到這三個漢字，千萬不要當成是一匹什麼馬啊！就好像《總舖師》電影插曲〈金罵沒ㄤ〉一樣，當時便有新聞提到了這歌名若參考字典應寫作「這馬無翁」，引起了一串議論，當然是對「這馬」感到訝異，但此馬非彼馬，這個馬是只是一個借音字啦！而且是台語借

音字，簡單講，若是寫「金罵」就叫做國語借音字，若寫作「這馬」（‧ㄐㄧㄇㄚˋ tsit-má）這裡面的「馬」便是台語文讀發音的借音字。所以同此邏輯，台語的「青參馬」不是赤兔馬的親戚，而是跟「殘殘」都是形容一股作氣、狠下心一口氣作出某種決定的意思。

不過我對〈金罵沒ㄤ〉與〈這馬無翁〉沒有多大意見，當時電影《總舖師》一上映，我與禾日香便上戲院捧場支持了，這齣戲無論是整體作品內容或歌曲本身，都帶給我們很大的樂趣跟感動。我想作品內容所傳達出對於文化精神的層次，已經遠遠超乎究竟歌曲名稱的表達方式了，如果可以用更淺白的方式讓觀眾接觸理解到作品內容，那麼做為一個循序漸進、吸收台語的方式，也未嘗不是一個好方式。再話說回來，創作者本身利用某種表意方式做為作品本身的傳達，譬如使用國語借音字，我是把這也當成作品本的創作元素來看待，這也是為什麼，我與禾日香在創作這一系列台語詞彙圖文時，若引用了歌詞內容，習慣用原歌詞記錄的字句，而非將字字句句都轉為台語漢字。

譬如幾年前網路上流行的梗，手拿著一顆「金排球」，用國語借音字來表達台語的「眞歹笑」，不過若是以「眞歹笑」來思考，便不會出現這個梗，但若以國語借音字來思考，這個梗便合理的誕生了。也就是說，表達的文字內容跟作品本身有絲絲相扣的關聯，有時候反而會變成一種雙關，記得小時候流行過好一陣子，將英文 romantic（羅曼蒂克）翻成台語「鱸鰻豬哥」（ㄌㄡˊㄇㄨㄚˊㄅㄧㄍㄜ lôo-muâ-ti-ko），整句為「鱸鰻豬哥，放屎雞卵糕」，「鱸鰻豬哥」顯然跟 romantic 本意沒多大關聯，就是諧音，趣味，更別說後半句「放屎雞卵糕」了，讓人印象深刻。

或許台語在面對各種包山包海的外來語、國語、英文、注音符號等

等拼寫方式，譬如前面所述的「金排球」或「金罵沒尢」，甚至是像新加坡以英文拼寫福建話，例如「Bo Jio」，為台語「無招」（ㄇㄜˇㄐㄧㄜ bô-tsio），而台灣網路論壇常以「揪團」表示台語的「招團」等等，都顯示了各種表達方式的百花齊放。也因為如此，這種雙關或是諧音字的表達方式，也間接促成了台灣在創作模式中的一種獨特面貌，舉例來說，台灣的饒舌團體「玖壹壹」在 2012 年發表了一首國台語夾雜的饒舌作品〈打鐵〉，乍看歌曲名稱似乎會一頭霧水，但若腦筋稍微轉一下，便能發現其實這首歌的曲名是以台語諧音「拍鐵」（ㄆㄚˋ・ㄊㄧ phah-thih）做為英文 Party 派對的發音做為趣味的雙關，換個角度想，等同於「轉碼」了三次，從 Party 到「拍鐵」再到最後的歌名「打鐵」。這個例子只是冰山一角，台灣有許多創作歌手及團體，都不斷嘗試著運用多語夾雜的風格進行創作，若在創作中能夠巧妙運用這種獨有的特色，相會使表達的題材內容更加靈活生動，更不用說本質上多語夾雜的豐富性了。在 2012 年，馬來西亞的導演兼音樂人黃明志的電影饒舌作品〈WE ARE GANGSTER!〉，這首歌曲便包含了四種語言、三種字幕，分別是馬來語、福建話、泰米爾語及英語，相信若聽過這樣的歌曲，絕對會印象深刻。

　　當然並不是說台語漢字的制定標準化不重要，但上述這些都只是表達方式的一種，各種形式也可能傳遞出不同的感受，雙關及語感。所以就讓台語「殘殘」、「青參馬」把這些東西視為更輕鬆的存在，以江海納百川的方式，讓創作形式更加多元吧！

應喙 應舌　ìn-tshuì-ìn-tsi̍h

說一句、頂一句，
用來形容頂嘴及言語上頂撞行為。

釋義

「應喙應舌」（一ㄥˋㄑㄨㄧˋ一ㄥˋ˙ㄐㄧ in-tshui-in-tsih），意指說一句、頂一句，用來形容頂嘴及言語上頂撞行爲。

楊青矗教授的《國台雙語辭典》記錄，「應喙」爲頂嘴、「應舌」爲還嘴之意，若寫作「應喙應舌」則爲說一句、頂一句，而「應話」則純粹爲答話的意思；董忠司教授的《臺灣閩南語辭典》裡則記載「應喙應舌」爲言語往來、針鋒相對，多用來指小孩對長輩的訓示多所爭辯；徐福全教授編著的《福全台諺語典》裡則也記錄著「應嘴應舌」，爲頂嘴的意思。

從「應喙應舌」可以發現，將兩個原本可以拆開來單獨使用的詞彙結合成一句順口的諺語，更突顯其詞彙要傳達的力道，從「應喙」與「應舌」之間，也似乎明白了何謂逞一時口舌之快而誤事的貼切傳神畫面。

對這句話的印象，從長輩在教訓小孩子不要頂嘴之外，就連本土連續劇也常拿來運用在台詞上，當雙方人馬一言一往、針鋒相對時，這時搬出「應喙應舌」便成了最佳的攻擊兼防禦武器，「你莫佇遐應喙應舌！」（你不要在那邊說一句、頂一句的！）若單純解讀這個「應」字，有回答、回應的意思，譬如當長輩在訓斥孩子時，便有可能如此說：「是按怎攏袂應一聲？」（爲什麼都不說話啦？）只見到孩子臭臉低頭，不答腔站在那，這個時候便能用「應」來表示出聲回應的意思。

台語的「喙舌」（ㄑㄨㄧˋ˙ㄐㄧ tshui-tsih）是指舌頭的意思，「應喙應舌」嘴巴舌頭一齊上、出言頂撞是竭盡氣力，如果這時候再加個臉色輔助，即成了「面濕面臭，應喙應舌」，臉色又臭又難看之餘，嘴巴舌頭雙管齊下，非得你說一句，我不只頂一句回去，還有一就有二，有二就有三，無三不成禮，如此一來一往，好不熱鬧。

以前學生時代，學校雖刻板印象是流行打罵教育，「應喙應舌」的光景竟也三不五十出現在課堂中，還記得國小的某日，一位綽號路邊攤的同學用國語對老師大叫：「老師，他給我打！」老師笑回：「某某人，你們兩個都過來，你說他給你打？那是你打他囉？」路邊攤驚覺用語有誤，連忙回：「是我的身體給他打，打我的是他。」那位被路邊攤指控的同學忙辯解：「我沒有給他打，他也沒有給我打。」老師倒也被逗笑了，「我都被你們搞糊塗了！」上課又再次重覆一遍這一來一往，還原現場，班上充滿笑聲，也成了兒時印象深刻的校園記憶。

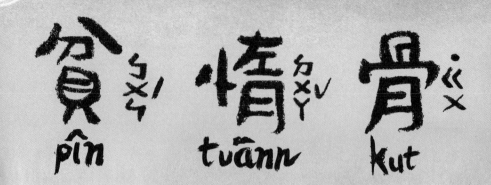

貧 ㄅㄨㄣˊ
pîn

惰 ㄉㄨㄞˇ
tuānn

骨 ㄍㄨ˙
kut

貧惰 **pîn-tuānn-kut**
骨 釋義
懶骨頭、懶惰蟲的意思。

　　小時候家裡客廳沒有擺放沙發椅，而是以一組藤編製的桌椅組取而代之，其中有一列三人座的藤編長椅，坐起來最為舒適，尤其是夏天，一屁股坐下去，便能感受到由下而上的沁涼快感。更不要說是橫躺在上面了，尤其這三人座的長度，正好符合我的身高啊！於是常常到客廳便一個大動作、橫躺在上面，不過也通常在這個時候，這句話便會出現了：「莫按呢無骨體、貧惰骨的款。」（不要這樣坐沒坐樣、懶洋洋的樣子。）那麼識相點，調整好坐姿，就是當務之急了，等待下一次大人不在場時，看到藤椅又會再一次反覆坐、臥、躺，再被大人祭出一句「貧惰骨」、「無骨體」的無限循環。

　　「貧惰骨」（ㄅㄨㄣˇㄅㄨㄚˇ・ㄍㄨ pîn-tuānn-kut）很好理解，照字面上意思便是懶骨頭、懶惰蟲的意思。除了形容一個人懶洋洋的樣子，可以用「貧惰骨」來形容外，如果房間雜亂不乾淨，也可以用「貧惰骨」來形容這個人的惰性。至於「無骨體」（ㄇㄜˊㄍㄨㄊㄟˋ bô-kut-the）則是指坐沒坐樣、懶散的情形，正字為「麗」是指半躺臥或休息的狀態，「先去休息、體（麗）一下。」便是指休息臥床小睡片刻的意思，所以從「無骨體」的字面，亦能清楚理解，那種全身酥軟無力的感覺了。

　　話說回來，不得不再提童年那款藤編長椅啊！後來搬家，換了一套全新的沙發椅，反而讓我懷念起小時候那套藤編桌椅組。如果只是躺在上面，還不夠算是十足的享受，最大樂事則是接上紅白主機，一邊橫躺在藤椅上拿著紅色電動遊樂器的控制器，做起手指運動，這才是「無骨體」又兼「貧惰骨」的精髓啊！當時流行幾百合一的遊戲卡帶，其中有一款遊戲就連外面的電動遊戲間都會有的經典，那就是《俄羅斯方塊》。為什麼說著說著，會提到這款遊戲呢？因為印象很深的是，當時跟鄰居

朋友約到家玩俄羅斯方塊，肯定會或坐或臥在藤編長椅上，四週座椅，這時遊戲背景音樂〈Loginska〉響起，我們便會大聲哼唱隨著電玩背景音樂而自編的歌：「無骨體…無骨體…無骨無骨無骨…無骨體…無骨體…」有機會可以哼唱看看，詞跟旋律幾乎可以合的天衣無縫啊！

至於與「貧惰骨」相對的，則是「活骨」。「活骨」就是指好動、勤快有朝氣的意思，通常會這樣說，「莫遐貧惰骨，卡活骨、骨力咧！」（不要這麼懶骨頭，有朝氣、勤快一點！）台語對於骨、肉、皮的形容，似乎極為傳神多元，譬如骨的部份就如上所述，肉則是「人肉鹹鹹」有由得它去、豁出去的意思，「欲錢無啦，人肉鹹鹹，清彩你矣！」（要錢沒有，命一條，隨便你了！）至於皮，則有「蠻皮」（ㄅㄢˇㄆㄨㄟˊ bân-phuê）頑固、冥頑不靈，簡單講就是很皮的意思。

「無骨體」也好，「貧惰骨」也罷，其實只是反應了，人多少都想在某個時間點放鬆片刻的心情，就像我現在，彷彿也可以回味當時盡情側臥在藤椅上的感覺，耳邊瞬間響起，「無骨體…無骨體…無骨無骨無骨…無骨體…無骨體…」真的是快樂的不得了。

釘ㄉㄧㄥ 孤ㄍㄨ 枝ㄍㄧ

ting koo ki

釘
孤枝 ting-koo-ki

釋義

單挑、一對一打架的意思。

國中時期，正值青春期的學生總是血氣方剛，印象最深的是在放學途中，或是下課的走廊，常聽見學生大喊：「無來釘孤枝啦！」（不然來單挑啦！）沒錯，這句「釘孤枝」（ㄅㄧㄥˋ ㄍㄡ ㄍㄧ ting-koo-ki）象徵著單挑、一對一打架的意思。這也應該是滿多人會在「台語自我學習歷程」中，也就是從父母跟同儕交流之間摸索，透過非正規教學管道吸收，大約在國中時期會學到的詞彙吧？不過也不曉得正規的台語教學，是否會收錄這類詞彙呢？

果然，禾日香也是在國中時期認識了這個詞彙，我詢問了身邊一些同齡的成長經驗，大致而言，都是在國中吸收這句「釘孤枝」，而且很奇怪的是、聽到這句話，十之八九便能理解是在表達什麼意思，或許跟搭配說話者的表情動作有關，即便不理解台語的，似乎也心理能夠理解要發生什麼事了，絕對不會單純的認為是工藝課要拿工具，準備要去敲製一張小木頭椅。

在 2012 年，台灣饒舌團體「丘與樂」在網路發表了一首名為〈釘孤支〉的音樂錄影帶，在影片跟歌曲的搭配之下，加上副歌不斷出現的歌詞「釘孤枝」，隨著節奏旋律起伏，讓這首歌要傳達的主題跟「釘孤枝」涵義表露無疑。或許就如同上述，整部音樂錄影帶跟歌詞，加上動作與表情，精準傳達了「釘孤枝」的意思，就跟國中時，第一次聽到這句話，也能夠突然理解是在指什麼事情、行為，所以肢體跟臉部表情，還真是超越語言啊！難怪常言道：「人若呆，看面著知。」臉部表情往往早就出賣了自己的喜怒哀樂，看臉即可略知一個人的大概，我還聽過有人說過這樣的話：「人若戀，放屎生狂。」這裡的「生狂」（ㄘㄟˋ ㄍㄨㄥˊ tshenn-kông）是指做事慌張焦慮的樣子，若照字面上意思，便是指

一個人若連大便都慌慌張張的，那個表情跟感覺應該滿傻的吧？這樣不就吻合了看其神色舉止，便可略知其一二，真是見微知著。這樣想起來，也難怪台語有許多詞彙，在我們這一輩的成長歷程裡，透過「台語自我學習歷程」中，可以這樣順利吸收進大腦裡了。

不過有原則，必有例外啊！說回禾日香提到關於「釘孤枝」的往事回憶後，我們多少聊了一些關於國中記憶的傳聞趣談，這其中還包括了…

「你知道嗎？當時還有一句話，在『釘孤枝』雙方叫囂的時候會出現的，不過我隔了一陣子才理解。」禾日香說著說著，見我沒多大反應，便繼續說，「那就是『畜生』（ㄐㄧㄣˊ ㄙㄟˋ thik-senn）。」

「這句話怎麼了嗎？」

「哦…因為當時正好港片周星馳的《濟公》很紅，我以為…」禾日香笑著說，但我已經有著不好的預感，只見她合理的說，「我把『畜生』聽成國語『金生』，以為是在說別人是金身活佛。」

哇！聽到這個真實經歷，讓我不得不佩服禾日香的小腦劇場，另一方面，似乎也證實了，台語正規課程的確有其存在的必要啊！否則又會有多少類似「金身活佛」的烏龍出來呢？

拖 ㄊㄨㄚ 土 ㄊㄛ˙

thua thóo

thua-thóo

拖土

走路拖拖拉拉、遲緩累贅。

　　台語有許多詞彙，照著字面上有屬於原本的解釋，但若換句話說，又會有截然不同的趣味或嘲諷感覺。

　　「拖土」（ㄊㄨㄚˊㄊㄡˊ thua-thóo）就是一個典型的例子，照字面上解釋，就是指走路拖延緩慢，「行路拖土」意思就是走路拖拖拉拉、動作遲緩，又或者是「做代誌拖土」上述的「拖土」便有「拖沙」（ㄊㄨㄚˊㄙㄨㄚ thua-sua）的意思。而另外諺語說：「頭代油鹽醬醋，第二代長衫拖土，第三代賣田當租。」則是指富不過三代，這邊用穿著的衣服都已在地面上拖曳來形容其奢華，是故在老一輩的眼裡，衣著若過於寬大，褲角裙擺拖地，便會唸上幾句「會拖土的」一方面是如實形容衣著拖地，另一方面則是皺眉責備，只顧光鮮打扮，早晚會真的「拖土拹角」。另一方面，還有更生動的應用方式，譬如「賸鳥會拖土」、「賸葩會拖土」這種令人莞爾的說法，就好比「拖屎連」一樣，罵人做事緩慢而不仔細，亦能自嘲處境悽慘的地步，這時就能夠如此應用，但也可照字面上解釋，那麼便成了如今網路充斥的「30 公分大屌」自我吹噓話語，只不過說這話前請三思、畢竟這是相對露骨的譬喻。

　　1990 年，台語歌手林強的專輯《向前走》，曲目第十首〈這款的代誌〉在歌曲中，背景和音不斷覆誦包含「拖土」這個詞。照原曲聽起來恰好符合歌曲名稱跟歌唱內容所要傳達事情為何會如此發生，這樣無奈又自嘲的心境。

　　小時候很喜歡跟爸爸飯後出門散步，記得當時有個壞習慣就因此在散步過程中被硬是糾正過來，那就是走路拖著步伐、拖著地走，或許這也是為什麼我對「拖土」頗有印象的緣故吧？記得某天晚餐後，我跟爸爸一如往常在住家附近散步，穿著涼鞋開始習慣性拖著步伐的我，再度

被爸爸糾正:「行路莫按呢拖土…」（走路不要這樣拖地）後來我才瞭解,這樣給人感覺就是無精打彩、甚至像是背負著沉重步伐的感覺,而且就如上所述,有著「拖土」的各種負面意涵的可能,於是還是一步一步踏穩、向前走才穩當啦!

　　無論是「拖土」或「拖拖沙沙」,其實都描繪了一幅生動的畫面,好像一個人正沿著沙土地面,用著他的腳步拖泥帶水的前進,所有的事情被這麼一耽擱,旁觀者看的都心急了。以前聽到「拖土」或「拖沙」的機率遠比「拖屎連」要來的高很多,我想可能跟學生時期的生活環境也有關,譬如上體育課時,班上總是會有同學大喊:「莫閣拖拖沙沙,等咧著無球通拍!」（不要再拖泥帶水,否則等下就沒球可打!）想想當時也真趣味,體育課可以爲了一顆籃球而加快腳步到集合地點就定位,事後才瞭解這是體育老師的妙計,讓學生爭奪那幾顆僅有的籃球,集合動作慢的就打其它球類運動,好幾次總會聽到有人大聲抱怨:「攏你啦!拖土帶屎,搶無球啦!」（都你啦!慢吞吞帶衰、搶不到球啦!）不過說歸說,抱怨歸抱怨,往往最後大家也都玩的不亦樂乎,或許這就是最簡單的小快樂吧?

　　事隔多年,我還能記得聽到林強的那首歌,那種會心一笑的感覺,也忠實體會到,這個語言的魅力,在抱怨跟嘲諷間,有著一種極親切,也就是好氣又好笑的感覺。

馬ㄇㄚˊ 西ㄙㄟ 馬ㄇㄚˊ 西ㄙㄟ
má se má se

馬西
馬西 **má-se-má-se**

指神志不清、酒醉未醒的狀態，
也可用在所謂渾渾噩噩、醉生夢死的做事態度。

小時候每逢要考試了，還記得曾聽父母如此說：「就欲考試矣，閣按呢馬西馬西。」（就要考試了，還這樣渾渾噩噩的。）這句「馬西馬西」（ㄇㄚ
ㄙㄟㄇㄚㄙㄟ má-se-má-se）原是指神志不清、酒醉未醒的狀態，也可用在所謂渾渾噩噩、醉生夢死的做事態度。

無獨有偶，禾日香小時候也曾聽過這句話，一樣是在考試前會聽到這樣的台詞，可見得，在「台語自我學習歷程」中，這句「馬西馬西」大約會在孩子有了考試壓力的階段，進而學習吸收到。不曉得大家有沒有聽過一首經典台語老歌〈乾一杯〉呢？這首歌先後被許多歌手翻唱過，以及 1995 年，歌手豬頭皮的專輯《豬頭皮的笑魁唸歌（二）外好汝甘知》中，同名歌曲〈外好汝甘知〉裡面皆利用了這句「馬西馬西」這個詞彙，傳神描繪出歌曲裡對於飲酒作樂的畫面詮釋，不醉不歸的痛快暢飲之感。讓音樂產生畫面，歌曲旋律也因為該詞彙的聲調節奏搭配得宜，讓聽者一聽便能夠印象深刻。

　　關於這個詞彙的來由，據說是源自於平埔族的語彙，難怪感覺比較像抽象的形聲詞，依我的記憶反思，台語在形容酒醉的形態，相關語彙除了「馬西馬西」之外，其它諸如直白的「酒醉」之外，要比較偏形容狀態的，便是「唥幌頭仔酒」，意指喝酒喝到搖頭晃腦的酒醉迷朦貌。「幌頭仔」（ㄏㄞˋㄊㄠˊㄚˋ hàinn-thâu-á）字面上為搖頭晃腦，而後引申為喝酒之後的樣貌，也專指米酒，過去皆普遍把酒類或米酒簡稱為「幌頭」或「幌頭仔」，又將這二字作為「晃頭」表示。由於「幌頭仔」在台語裡又可意指各式酒類的泛稱，所以在音樂創作中，有時候會為了歌詞押韻需要，將需要填上酒類名稱的地方，以「幌頭仔」替代。如此除了有時候便利於符合旋律上的韻腳搭配，另一來則是在創作帶有些許江湖味道的台語老歌、浪子的惆悵心聲時，用「幌頭仔」來傳達藉酒澆愁的情境，則更有張力，這樣的聲音表情更顯豐富。

　　「幌頭仔」有時也會跳脫純粹形容喝酒的意思，譬如形容灰心失志、愁眉不展時，也會用這個詞彙形容，譬如說：「伊聽著這歹消息，就袂輸唥著幌頭仔酒咧！」（他聽到這個壞消息，就好像喝了搖頭酒咧！）這邊可以理解到，一幅清楚明白的畫面，一個愁眉苦臉的人正搖頭嘆氣貌，但基本上，我們提到「幌頭仔」或「幌頭仔酒」時，仍會直覺聯想到酒的意思。

　　不過隨著時代變遷，語言也會跟著變化，從「馬西馬西」、「幌頭仔」再到直白的「酒醉」，近幾年來，有一個關於喝醉酒，迷朦茫掉的詞彙，那就是「鏘」（ㄎㄧㄤ khiang）常跟國語直接套用為「很鏘」。台灣饒舌歌手 agogo 在 2012 年的 MIXTABE 專輯《I M NEW SCHOOL》其中的開頭，歌名便是〈眞的要ㄎㄧㄤ去〉，便如此以台語重覆唱著：「眞

一〇三

的要ㄅㄧㄤ去…」這裡的「鏘」便有迷朦、茫掉的意思，類似早期的「馬西馬西」語意。在我感覺，就好像已經喝到比「馬西馬西」還要更不知人事，想像這個畫面，一個人最後醉倒在桌面上，把酒杯酒瓶全數「鏗鏗鏘鏘」的打翻在地上，所發出的狀聲詞：「鏘！」也或許再加上醉到不醒人事，所以東西都被偷走，台語也說「劸」（ㄅㄧㄤ khiang），而「劸仔」則是小偷的另一種說法，或許這其中有什麼牽連也不一定？

其實在形容這種恍惚、恍神的感覺，台語也可以直接說「神神」（ㄒㄧㄣˊ ㄒㄧㄣˊ sîn-sîn）或是「戇神」（ㄅㄨㄥˋ ㄒㄧㄣˊ gōng-sîn）都是表達一樣的意思，不過這邊比較偏向失神或發愣的狀態，跟醉生夢死、渾渾噩噩的感覺，還是有些許差異。

說了這麼多，還是覺得「馬西馬西」真的可以簡單扼要表達出，那種眼皮沉重到垂下來，或者是心思以飛到不知哪去的神遊狀態，真是佩服當初創造出這個詞彙的人啊！

氣身　ㄒㄧㄣ　惱　ㄌㄡ　命　ㄇㄧㄚ
氣 ㄎㄧ　身 sin　惱 lóo　命 miā

khì-sin-lóo-miā

氣身
惱命

釋義

氣到都影響身體、
煩悶到命也都賠了進去。

以前，不像現在有本土語言課程，學習台語的吸收管道不外乎是採「自然學習法」，只能多少從父母、家族親友、厝邊頭尾、學校同學的話語東拼西湊吸收，漸漸積少成多，彷彿武俠小說裡習得各門各派精華的主人翁，只能祈禱自己悟性高，吸收夠多台語詞藻，同年齡的孩子們都是彼此的「台語小老師」，所以我常覺得我們這個世界講的台語，根本像是同一個世代的「同儕語」、「親友語」堆砌成的語言精華。

好比以我個人自身經驗，在國小之前，家裡以國語為主，台語為輔的並行制度，而進了國小之後，從同儕嘴裡吸收了大量台語詞彙，當然似乎也隨著年齡增長，在家庭及親友之間，以台語交流的機率也無形增加不少，但學校跟朋友間的交流仍是吸收台語最大的的管道之一。在高中時期，班上有好幾位來自茄萣的同學，印象最深的是，他們的台語在句末會加上一個「搭」（˙ㄅㄚ tann）做結尾，跟我們這些句末加上一個「呢」（˙ㄋㄧ nih）的習慣不同，但在交流之後，似乎也漸漸相互彼此影響了講話習慣。另外記得還有幾位來自善化的同學，他們習慣表達非常、很的時候，會用「溯」（ㄙㄡˋ sòo）來取代口語的「眞」，例如很好吃，會講「溯好食」而非一般的「眞好食」，不過後來我才透過他們理解，似乎這不只是來自善化的習慣，似乎台南原本就有這樣的說話習慣，只是如上所述，在「台語自然學習法」歷程中，我們也只能夠懵懵懂懂的去理解認識這個所謂的「父母話」，可見得現在這樣有系統的本土語言學習，可以較通則性的去認識自己父母親所說的話，的確是必要的啊！

說了一大串，當然在我就讀國小前，仍多少有從父母親那學到許多台語，當然現在已分不清是哪部份透過父母習得，哪部份是外在環境習來的了，但印象最深的，就是被教訓的時候，所說的用語啦！可能是

被唸、被罵的印象最深刻吧？記憶猶新，百分之百確定是從媽媽那學來的，其中有一句最有魄力的話，那就是「氣身惱命」（ㄎㄧˋ ㄒㄧㄣ ㄌㄡ ㄇㄧㄚ khì-sin-lóo-miā）。照字面的意思爲，氣到都影響身體，煩悶到命也都賠了進去，這句話在極度生氣或無奈的時候可以派上用場，不過說眞的，我已經忘記事情前因後果了，只記得當時被說教的原句爲：「眞正是氣身惱命！你根本就是爬上天矣！」（真是氣到不行！你根本就是爬上天了！）這邊的「爬上天」（ㄅㄟˋ ㄐㄧㄨˇ ㄊㄧ pê-tsiūnn-thinn）就如字面上的意思，形容無法無天的行爲，不過就如我所說的，當時尚未讀國小，還記得我把「爬上天」的台語，聽成「爬九梯」，以爲是什麼最高級處罰啊！一直到那次不久之後，全家參加某旅遊團，聽到導遊拿著擴音器大喊:「逐家卡緊上車。」（大家快點上車。）我才瞬間把這兩件事聯結在一起，所幸事件的間隔沒有太久，讓我迅速學會了這個「上」的台語讀音。

話說回來，我眞的覺得以前長輩教訓小孩，眞的很有一套學問。也難怪台語要說「教示」（ㄍㄚˋ ㄒㄧ kà-sī）有教誨的意思，許多詞彙都讓人懷念不已，譬如我爸媽的經典詞彙「竭力諍寡」（ㄍㄚ ˙ㄌㄚ ㄗㄟˇ ˙ㄍㄨㄚ kat-lat-tsènn-kuá），甚至簡化爲「竭力」亦可，而有位朋友的阿嬤，她最愛講的就是不外乎「激外外」（˙ㄍㄧㄜ ㄨㄚˇ ㄨㄚ kik-guā-guā）、「激放放」（˙ㄍㄧㄜ ㄏㄨㄥˋ ㄏㄨㄥˋ kik-hòng-hòng）、「激怐怐」（˙ㄍㄧㄜ ㄎㄡˋ ㄎㄡˋ kik-khòo-khòo）這些三字訣實在太傳神，都是在形容一個人散漫的死樣子，大概就跟現在說裝死、裝傻，不知死活的意思差不多。

講到最後，其實許多台語詞彙還是從這些「教示」習來的，可見得每種語言，情緒表達的詞彙，是最能夠讓人印象深刻的，這也是爲什麼「氣身惱命」這麼讓我印象深刻的原因吧？

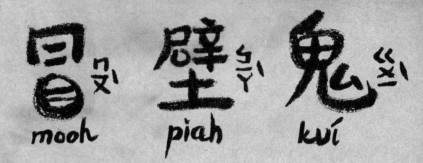

mooh piah kuí

冒壁鬼 mooh-piah-kuí

釋義

指冒失鬼、或是魯莽的形態。

　　一直以來，都有散步的習慣，小時候是飯後會跟爸媽在住家附近走走，長大後，善用時間，若買飯用餐地點距離尚可，便選擇用步行的方式慢慢朝目的地走去。散步的好處多多，一來是表面上的少部份運動量或助長消化，二來則是可以觀察生活周遭的細節變化，譬如騎車開車，通常得留意交通動向，注意力沒辦法放輕鬆在街道兩旁，對於一閃而過的店家街景，也越來越視而不見，只剩下起點跟終點的往返之間。

　　不過散步也不盡然如此美好，扣除時間允許外，其實地點也是一大考量，畢竟不是每一個地方、每一段路都那麼好走。有時候短短一條路，可能會遇到沒有人行道，騎樓被佔用，或者甚至已經走到馬路上通行時，還得繞過違停在路邊的汽車，幾乎都快走到大馬路上了，這時從巷子口、身旁呼嘯而過的汽機車，就成了散步時，戒慎恐懼的不確定因素。

　　某天，與禾日香散步正準備走去晚餐，經過巷口某店門口，突然撇見一個黑影，我便下意識轉身停下腳步，不過驚訝的表情並沒持續多久，這才發現原來只是個人形立牌，這等比例的尺寸，露出燦爛笑臉，真是有夠逼真，「還以為是哪冒出來的冒壁鬼。」我嘆了一口氣，大呼好險。

　　「看到黑影就開槍。」禾日香笑說，「好久沒聽到冒壁鬼了，小時候聽媽媽說這句話，還以為是摸著牆壁的鬼。」

　　「冒壁鬼」（ㄇㄡˋㄅㄧㄚˋㄍㄨㄟˋ mooh-piah-kuí）是指冒失鬼、或是魯莽的形態，照字面上解釋的確也就是突然從牆壁出現的鬼怪，那的

確會讓人大吃一驚、嚇一跳。另外除了「冒壁鬼」外，也有「菁仔欉」（ㄑㄧㄚˊ ㄗㄤˊ tshinn-á-tsâng）的說法，一樣是指冒失鬼的意思，「菁仔」就是檳榔，所以加上一個「欉」字，它的本意就是檳榔樹，在1931年，由有著「台灣語言學先驅」、「台灣語言學之父」之稱的小川尚義，在其著作《台日大辭典》收錄為「菁仔欉」（チアアサン）解釋一樣為冒失鬼、魯莽的笨蛋，本意仍是指檳榔樹的意思，由此可知這詞彙無論是本意跟延伸意涵，都已經存在許久，並不是近代才出現的新解釋。台語有句話說：「菁仔欉袂曉驚。」（冒失鬼不知害怕）大概意思跟「戇膽」（ㄅㄨㄥˋ ㄅㄚˋ gōng-tánn）差不多，意指魯莽行事，缺乏危機意思的傻膽而已，連「驚」都不會，代表反應力渾然未覺，更能凸顯出冒失且粗線條的個性了。

附帶一提，「冒壁鬼」的「冒」字，嚴格來講是要有提手旁的部首，但為了方便普羅大眾在電腦上以普通的注音拼音輸入，才特別將之標註為「冒」字，且該字本來就有冒失、冒失鬼的聯想，故寫作「冒壁鬼」算是恰到好處。

「所以摸著牆壁緩慢前進的鬼，這樣的聯想應該也合理吧？」禾日香問。

「合理是合理，不過突然出現的『冒壁鬼』，總比摸著牆壁規矩前進的『摸壁鬼』要來得冒失唐突吧？」我突然覺得，如果說是有提手旁的「冒」字，這個字的台語有捧、抱的意思，所以若如此表意，感覺又變得像是張開雙臂，捧抱著牆壁的鬼，似乎比較像躲在電線桿後面的背後靈、虛線人吧？感覺一點也沒有突如其來的冒失感。

不過話說回來，幸虧看到的黑影「冒壁鬼」是人形立牌，不是突然從巷口衝出來的汽機車，真是好哩咧加在…

古老溯古

kóo-ló-sòo-kóo

形容事物老舊或退流行。

有聽過「古老溯古」（ㄍㄡˋㄌㄡˊㄙㄡˋㄍㄡˋ kóo-ló-sòo-kóo）嗎？可不要聽成 so far so good 喔！意思差的遠了，這是台語在形容事物老舊或退流行，便會用「古老溯古」來形容，譬如：「這賣的衫，有夠古老溯古。」（這邊賣的衣服，有夠老派老氣的。）也可以這樣說：「你的想法攏袂進步，實在有夠古老溯古。」（你的想法都不進步，實在有夠老土的。）大致上這便是這句詞彙的使用方式。

我很喜歡說這句話時的音調節奏，感覺像是在彈舌之間，把這句話唱出來一樣，以前曾聽過補習班的日文老師說過，台語聽起來很像在唱歌，我想或許就像是這種感覺吧？

除了「古老溯古」外，還有另一種形容事物老舊退時的說法也很常見，那就是「古漚古臭」（ㄍㄨˋㄠˋㄍㄨˋㄘㄠˋ kóo-àu-kóo-tshàu），便是形容已老舊到發出臭味般不可耐的狀態。「漚」的意思便為腐敗、不新鮮所散發出的臭味，所以若一樣東西都已經放到發出難聞氣味了，可見時間之悠久、肯定是古老不堪的東西。以前有句玩笑話叫「漚屎古哩屎」（ㄠˋㄙㄞˋ˙ㄍㄨ˙ㄌㄧㄙㄞˋ）也是指老舊且臭不可耐的爛貨，「漚屎」一詞照字面解釋便是只發臭的穢物，至於「古哩」據說源自日文的「コンクリート」（konguritto）為水泥混凝土的意思，跟「阿達嘛控古哩」（腦袋裝水泥）這句台語的「古哩」是一樣的，而在這邊說「古哩屎」顯然是老舊到連屎都發硬了，可見得「漚屎古哩屎」所形容的事物有多麼臭不可耐且老舊啊！

除了上述這類隱諱的譬喻外，也有比較直白的說法，好比有句話「老甲袂扒癢」（ㄌㄠˋ˙ㄍㄚㄇㄨㄟˋ˙ㄅㄟˋㄐㄧㄡ láu-kah-pê-tsiūnn）意指老到連抓癢這麼簡單的動作都沒辦法了。但其實這句「袂扒癢」也可以

拿來套用在形容笨的程度，譬如「戇甲袂扒癢」則爲笨到連抓癢都不會，這樣的形容不但直接且傳神。

可是也未必所有「古老溯古」都不好，好比現在的人重視養生，反而嚮往回歸自然或有機種植的食物或生活，又或者每隔幾年，生活中的穿衣哲學或流行時尚，無不多少會回頭吹起所謂的復古風，這時的「古老溯古」反倒成了一門顯學或追尋之道。這不禁讓我想到切身的例子，小時候便開始戴起眼鏡的我，當年流行的是金屬細框眼鏡，接著是無框鏡架，標榜著越輕薄的眼鏡越是流行，但不曉得從某年開始，以前爸媽那年代的膠框眼鏡又回過頭出現在眼鏡族的鼻樑上了，就連我也不例外，拋開曾經流行過的鏡架，「古老溯古」起爸媽那輩的膠框鏡架，何謂老舊，何謂流行，這條界線在現代似乎也越來越難以有個準則了。還有那種傳統紅、藍、綠三色相間的帆布「加薦袋仔」（ㄍㄚ ㄐㄧˋ ㄉㄝˋ ㄚˋ ka-tsì-tē-á）也是捲土重來，成爲不少青年男女追求的購物袋，我也見過有此造型的手機吊飾或零錢包，所謂「老人皮袂過風」、「老罔老，嘛會曉哺土豆」，可千萬別小看老舊事物哩！

只能說若是用得慣，用得舒服自在，那麼「古老溯古」又有何妨？看似古老的東西，或許曾經流行，未來也可能再度流行也不一定。

八 ㄅㄚ
pat

珍 ㄓㄣ
tin

pat-tin

八珍　三八阿花

　　現在三八這個詞大家都知道意思，但其實台語除了「三八」之外，還有許多類似的說法。記得國小常聽班上同學溜這句話：「三八阿珍，有夠八珍，真正是，三八珍。」（三八阿花、有夠三八，真的是、三八。）沒辦法，若翻譯成國語的確都是三八的意思，但偏偏語言就是如此，若瞭解他的語感及語意，再照著音調節奏唸出，便能夠會心一笑。

　　「八珍」（ㄅㄚ ㄅㄧㄥ pat-tin）原指漢方的一種，但也隱喻行為不莊重三八的樣子，所以常用該詞彙形容人，或套入「三八珍」使用，有句話說「十全欠兩味」便是說原本的十全大補，這下便成了「八珍」，算是拐個彎損人，不帶髒字。當然還不只如此，就我印象中，還有諸如「三八氣」（ㄙㄢ ㄅㄚ ㄎㄨㄟˋ sam-pat-khuì）意指鬧脾氣、使性子的模樣，另外還聽過「三八枝」也是指三八的意思，只不過程度上好像要再高一些，聽到這個詞，總會聯想到滑溜的花枝正囂張地擺出花枝招展的模樣，或許這個枝，就是花枝招展的意思吧？

　　另外不曉得大家是否聽過形容三八最高級的詞彙，那就是台語的「呇咚」（ㄊㄧㄥˇ ㄊㄨㄥˊ thîn-thōng），意思就是三八不莊重、喋喋不休的三姑六婆貌，所以也可以說「三八呇咚」，甚至有句諺語就這樣說：「龍交龍，鳳交鳳，隱痀交倥戇，三八交呇咚。」意思就是近朱者赤、近墨者黑，什麼樣的人就交怎樣的朋友，物以類聚的意思。「隱痀」（ㄨㄣ ㄍㄨ ún-ku）就是駝背的意思，也指貌不驚人，有鄙視的意味；而「倥戇」（ㄅㄨㄥˋ ㄍㄨㄥˊ tòng-gōng）為癡呆的笨拙樣，與「戇」的愚笨程度顯然又更勝一籌，而這裡「倥戇」的「戇」字發音，習慣發類似國語音的「拱」，總之整句如此唸下來，便能夠感受到精彩傳神的押韻跟貼切形容。附帶一提，「倥戇」亦跟台語的「咿哦」（ㄧˋ ㄛ i-onn）意思差不多，

都有白癡、說話口齒不清的樣子，是故可以瞭解，在上述的「隱疴交侗戇」便是為了押韻而湊成句。

說回「八珍」的那句「三八阿珍」，就好比國語的「三八阿花」，而「三八枝」也因此有「三八阿枝」的說法。台語也有以花來形容人的三八，那就是「圓仔花」，以前曾聽過這樣的一句話：「圓仔花毋知穗。」（圓仔花不曉得自己醜）意思便是形容一個人不曉得自己有幾兩重，也有暗指人三八的意思，所謂「拈啊拈、拈著圓仔花，揀啊揀、揀著賣龍眼」，意思便是要人不要太過挑剔，否則挑來選去，最後還是挑中圓仔花跟賣龍眼的。但其實以個人感覺，或許過去講「圓仔花」或「賣龍眼」只是為了押韻順口也不一定，畢竟親眼見過圓仔花，還覺得頗好看的，賣龍眼也沒什麼不好，行行出狀元嘛！

不過說實在的，三不三八，其實標準沒有一個定義，也不是誰說的算，更何況人多少都有三八的一面，只是有無外顯出來罷了，或許偶爾對親密的家人「八珍」一下，大家笑笑，又有何妨？

去了了 khì-liáu-liáu

釋義

述說事情的糟糕境界，有完蛋了、
全部都毀了、希望破滅的感覺。

　　事情的開端要先說，禾日香很熱衷某個知名品牌，對於這個品牌著迷的程度，幾乎可以用著了魔來形容。在一次週末下午，我與她來到台南安平運河旁，某間主打牛肉炒餅的名店用餐，在享用過該店聞名的炒餅跟涼皮後，我們便前往下個專賣千層蛋糕的點。

　　不料到了目的地後、先是禾日香翻找起她手上的包包，便開始用焦慮的語調說：「啊我的太陽眼鏡咧？啊太陽眼鏡咧？」當然，那個太陽眼鏡就是禾日香熱衷的某品牌，在我一臉狐疑之下，也只能折回剛剛的炒餅店看看，「啊完了，一定找不到了，去了了啦！」只聽得禾日香不斷碎碎唸著。

　　果然到了現場，只見店門口剛剛停車的位置，就擺著眼熟的太陽眼鏡袋，可見得是剛剛不小心掉落的，不過由於旁邊就是停車頻繁的地點，我心裡大概已經有個譜了，只見禾日香宛如找到失散多年的珍寶般，瘋狂衝上前，撿起眼鏡袋打開時還不斷說著：「吼喲！為什麼會遇到這種事？去了了啦！」果然還真的是「去了了」只見鏡片破裂的太陽眼鏡，就這樣躺在眼鏡袋裡，成為令我印象深刻的畫面，尤其是她不斷重覆說著「去了了」的表情，還真是生動。

　　台語講「去了了」（ㄎㄧˋ ㄌㄧㄠˊ ㄌㄧㄠˊ khì-liáu-liáu），就是在述說著事情的糟糕境界，有完蛋了、全部都毀了的希望破滅感覺。又或者，我們也常講一句耳熟能詳的話：「規組害了了」也就是說，無論是「去

了了」或「壞了了」這邊的「了了」（ㄌㄧㄠ ㄌㄧㄠˋ liáu-liáu）便有窮盡、竭盡或者全然皆如此的意思，可以擺放在動作後面表示事情的程度。所以有句諺語說：「一代親，二代表，三代毋捌了了。」便是形容姻親的往來，一代比一代還要疏遠，這裡便用「了了」來襯托出「毋捌」（ㄅˋ・ㄇㄞ m̄-bat）代表不認識的程度，試理解一下，「攏毋捌」跟「毋捌了了」，還有「攏去矣」跟「去了了」的程度差別，則不難理解這個「了了」使用上的語感。

另外，無論是「去了了」或「規組害了了」也常跟其它詞彙交插使用，在我記憶中，使用最頻繁的不外乎「惱死」（ㄌㄡˋ ㄒㄧˇ lóo-sí），有生氣、煩憂的意思。就好比這樣說：「惱死矣！袂記起床，這下去了了矣，害矣！」（糟糕了！忘記起床，這下完蛋了，毀了！）所以「規組害了了」也是同樣的例子，而「害矣」亦可單獨拆開應用，以表示事情的糟糕境地。又或者是「啊好」（ㄚ ˇ ㄏㄜˋ ah-hó）這類的驚嘆聲，也常會作如此應用，例如：「啊好！這聲慘矣，袂記去考試，去了了矣！」（啊這可好了！這下慘了、忘記去考試，完蛋了！）這邊的「啊好」可不是照字面解讀的好，反而是相反的驚嘆聲，有糟糕的意思，好比台語說的「你嘛好矣」、「啊好矣你」就宛如「你嘛幫幫忙」、「你這好樣的」是和字面有著截然相反的語意。

也有另外兩種形容倒楣、走衰運時，可以派上用場並與上述「去了了」交插使用的詞，分別為「食菇」跟「食羹」，譬如：「這擺食羹矣！去予伊看破跤手，去了了矣！」（這次踢鐵板啦！被他看破手腳，完蛋了！）「食羹」有吃到閉門羹、踢到鐵板的意思，而「食菇」則更有負面的涵義，這裡的菇是暗指男性生殖器的形狀，所以當我們說這句話之前，最好先

三思。

　　再說到「惱死」，小時候最常聽長輩說這句，譬如說：「我這馬攏佇厝內『惱』囡仔。」（我現在都在家裡帶小孩。）這裡的「惱」（ㄌㄡ ló o）可不是「滷」啊！雖然台語近似同音，但意思差很多，「惱囡仔」是指帶小孩，照字面上翻譯則是因小孩而煩惱，意指帶小孩的辛勞煩憂，若會意成「滷小孩」那可真是天差地遠，意思更是驚悚囉！所以也有說「氣惱」（ㄎㄧ ˋ ㄌㄡ ˋ khì-ló o）也是煩惱憂心的意思，當替某人某事操煩時，便可以用到這個詞彙。

　　但其實很多我們當下認為「去了了」或「規組害了了」的事情，事後想想，根本只會莞爾一笑成為趣談。就像禾日香這件事情，直到今天，還是能回想到她那驚慌失措的語調跟神情，著急哭喊著：「去了了啦！」

àn-nāi

案內

招呼款待、打點安頓的意思。

　　還記得 2011 年的那趟日本關西之旅，其中有一個行程是到和歌山的黑潮市場參觀，讓我印象深刻的是，不但內部有著古著的空間配置，也有新鮮的海產可現點先吃，而搭乘手扶梯則可到位於二樓的日本料理店享用餐點。另外，「金槍魚解體秀」更是不得不提的精彩表演，由年輕帥哥負責操刀演出，隨著熱血的背景音樂及喲喝聲搭配之下，讓整場表演氣氛炒到最高點。而欣賞這場表演秀的不只是到這裡參觀的遊客，還記得當天不少看似當地的日本少男少女在底下駐足欣賞，應該是專程來此「奧援」的，因為在入口處還有像是藝人般的解體秀操刀師傅的相片，留意了一下，看到不少年輕的日本美眉們邊看照片、邊笑著討論，感覺起來，她們的休閒活動還真是和我們不同啊！

　　不過除此之外，讓我印象深刻的是在黑潮市場中，就連地圖配置都看的出來其用心設計，而上面印著幾個大字，更引起我的注意及興趣，那就是「黑潮市場案內圖」。

　　「案內」（ㄢˋ ㄋㄞˊ àn-nāi）為一句源於日語的台語，台語的意思已演變為招呼款待、打點安頓的意思，而日語原意「案內」（Annai）為導覽、介紹之意，所以「黑潮市場案內圖」顧名思義則為導覽圖囉！可以理解的是，台語的「案內」明顯是以台語讀音的形式，漸漸轉化為屬於自己的詞彙意義，通常會這樣應用：「後禮拜恁爸媽欲來，咱就愛好好案內。」（下禮拜你爸媽要來，我們就要好好招待。）又或者引伸為將某人

安頓好、安撫妥當之意，譬如說：「爸媽咧生氣矣，就共案內好勢。」（爸媽在生氣了，就要好好安撫。）透過這兩種運用方式，便可以清楚瞭解台語跟日語在「案內」一詞，已有截然不同的意味了。

這樣說或許更容易理解，「案內」分別等同於兩種台語的意思，那就是「接接」（ㄐㄧˋ‧ㄐㄧㄚ tsih-tsiap）及「安搭」（ㄢ ㄅㄚˋ an-tah）。「接接」的意思就是接洽、招待，譬如說：「你幫我好好接接人客。」（你幫我好好接洽客人。）當然也可以直白的說「招待」，但語意上「接接」還是比較清楚一點。而「安搭」則是指安頓、安撫的意思，譬如說：「先共客戶安搭好勢。」（先把客戶安頓好。）這裡便是指處理及穩定局勢的語感。這讓我想到，以前到日本料理店或海產攤，遇到比較年長的服務員，都會用「注文」（ㄓㄨˋ ㄇㄨㄣˊ tsù-bûn）一詞來替代「點菜」，當時就跟爸媽說過，覺得一旦講「注文」好像那些即將端上桌的菜，都有變得更好吃的感覺，哈哈！

其實從這裡也可以感受到，台語中的日文外來語，往往有著超越詞彙本意，多重意涵的特性。譬如像「奧援」一詞，若直接用台語說「贊聲」或「相挺」雖然意思差不多，但就好像有點缺少了點什麼，或許這就是我個人覺得台語的外來語這個區塊，有著特別魅力的原因之一吧？

快忐

ǹg -tǹg

固執不知變通、心思敏感、死腦筋。

大郎頭 / 禾日香 現場直擊

有次在一家簡餐廳，聽到隔壁桌如下的對話。兩個年紀大約三十出頭的女生，其中一位用著不小的音量說著：「我爸常說我是屬於那種『快忐』的古板個性…」或許是見坐對面的朋友沒反應，她又補充一句，「…『快忐』，妳懂我的意思嗎？」

她朋友笑著搖搖頭回答：「沒聽過，我們家的台語沒有這個說法。」

當時聽到這串對話時，先是有感而發，看樣子她在「台語自我學習歷程」恰好沒吸收到這個詞彙，所以才會有「家裡的台語沒有這個說法」的概念，另一方面則是想起這個算是台語裡冷癖的詞彙，就我記憶所及，的確要聽到這個詞彙的機率是偏低。

「快忐」（ㄅㄟˋ ㄅㄥˋ ǹg -tǹg）有固執不知變通的意思，現在比較常聽到直白的台語「固執」講法。但事實上，「快忐」本身也有著所謂好事壞事都藏於心中的性格，又或者主觀意識強、死

道歉啟事

道歉人：本人 國王（上圖）於本週將粉紅色兔子大香香在菜市場所購得的魚，擅自烹煮為鹹魚，造成其莫大損失，為此，特刊本道歉啟事致申歉意，以正社會視聽。

腦筋的牛脾氣，所以曾聽如此使用「快忰」這個詞彙的方式，大致上是這樣說的：「伊眞正是老固執，有夠快忰！」（他真是一個老固執，有夠死腦筋！）從這邊便可以瞭解，前句已說了「老固執」，後半句搭配「快忰」一詞來做形容，絕對比再次搬出「固執」要來的好，甚至也比直白的說出「死腦筋」要好，因爲「快忰」一詞可以譬喻的意涵，有多種層次的聯想，遠超過簡單直接的表達方式。在董忠司教授編纂的《臺灣閩南語辭典》裡記載著「快」爲不快樂的樣子，「快忰」則爲個性彆扭。

有時候形容一個人多愁善感

有時候形容一個人多愁善感、心思敏感也能用「快忰」來形容，譬如說：「聽著昨昏怹講的話，我顚倒快忰起來矣。」（聽到昨天他們講的話，我反而心思敏感起來了。）這裡的「快忰」就好比台語的「厚筋」（ㄍㄠˇㄍㄧㄣ kāu-kin），意指神經線多了好幾條，心思敏感容易想太多，在這邊「快忰」就像是突然出現的症頭，有一種突然浮現的不安、不確定性。

專家建議，多愁善感時，可以養寵物家人做為心靈治療。
（大郎頭／禾日香 採訪）

台語常說：「厚筋臭心想。」便是說心思敏感、想太多，常把

人事物往壞的方向思考。「臭心想」（ㄔㄠˋ ㄒㄧㄣ ㄒㄧㄡˊ tshàu-sim-siông）有癡心妄想、專想壞事的意思，譬如這樣說：「你莫遐厚筋，只會曉臭心想，人無代無誌害你創啥？」（你不要想太多，只會胡思亂想，人家沒事害你做什麼？）又或者說：「你嘛誠快佗，逐工臭心想一大堆。」（你也真是不知變通，整天只會專想一些負面的。）所以「快佗」、「厚筋」、「臭心想」甚至口語的「固執」、「死腦筋」這些詞彙，都皆可拿來作相互交叉使用。

講了一大堆，這個「快佗」的確不是人人都聽過的詞彙，譬如像禾日香之前也沒聽過，這就是傳統觀念認為台語透過自然學習而得就好，當然會產生如此情況囉。因為不能夠保證生活環境遇到的「台語小老師們」會不會說到某個詞彙，這一切都太隨機了，所以還是得說，正規台語學習管道是很重要的，當然生活周遭的對話亦很要緊，如此才能雙向交流，語言知識才會活化。

所謂「我們家的台語沒有這個說法」，乍聽之下雖無厘頭，但又何嘗不是說出了台語環境的現況呢？

每日連載　　匿名投稿　禾日香／繪

將正義的衫穿予著
咱毋是普通的兔仔

出來！為著未來！
毋通驚臭著關佇厝內

踍 ㄎㄨ khu　勢 ㄙㆤ sè

姿勢第一名的國王（圖），調整好最完美的坐姿，提供與會者拍照，似乎已一掃登報道歉的陰霾。

（大郎頭／禾日香現場直擊）

跍勢
khu-sè

擺架子、撐起某動作。

大郎頭 ／ 禾日香 現場直擊

2012 年，我有幸入選了台南市政府舉辦的南瀛獎、視覺設計的參賽項目，由於參賽的作品得裱褙寄出至新營文化中心，於是當時一共寄出了三幅平面設計作品，每一幅平均都得 80 公分以上的長寬，在這之中，最大幅的作品寬度有 100 公分，裱褙加框之後的重要更是不得了，一般私家轎車是難以親自送件，於是索性交給專業的貨運寄送這三幅作品。

負責貨運的先生為人客氣，主動留了他自己的手機聯絡方式，若不放心或想確定作品是否運送到目的地，那麼便可以打電話與他聯繫，這位先生笑著說：「我姓邱，有啥物問題會使直接敲電話予我。」（我姓邱，有什麼問題可以直接打電話給我。）我連忙回：「邱先，多謝。」這邊的「邱先」為邱先生之意，台語有此習慣將男士「先生」以「先」單獨稱之，所以當下我才會說「邱先」（ㄎㄨㄥㄟˇ Khu sènn），不過當我說出口後，隨即與眼前的邱先生露出會心一笑，他哈哈大笑說：「叫

我邱先生就好。」這邊的「邱先生」雖然意思一樣，但發音因爲變調卻大不同，音爲「先生」（ㄙㄟˇㄒㄧ∨ sian-sinn），一樣有稱對方爲「某某先生」的意思，也就是說，台語稱呼男士，有姓後面套上「先」或「先生」，譬如「邱先」、「邱先生」以及「先生」（ㄒㄧㄢㄒㄧ sian-sinn），譬如用在「先生，請問你佗找？」（先生，請問你哪裡找？）這三種說法。

之所以發出心照不宣的笑，是因爲這邊的「邱先」恰巧與台語的「跍勢」（ㄎㄨㄙㄟˇ khu-sè）同音。台語有稱呼對方爲先生時，將姓氏後面直接置入一個「先」字，就好比將「先生」二字簡化並變調，譬如「李先」（ㄌㄧˋㄙㄟˇ Lí sènn）、「陳先」（ㄉㄢ∨ㄙㄟˇ Tân sènn）以及上述的「邱先」。這個習慣倒與廣東話在尊稱對方爲先生的方式一樣，只不過省略簡稱的位置大不相同，在廣東話裡稱「高生」（Gōu sāang）就是指高先生的意

↑ 七成六的民眾表示，並不瞭解跍勢有什麼諧音，所以不會造成任何困擾。
（大郎頭／禾日香 採訪）

思，港劇《衝呀！瘦薪兵團》裡，由演員歐錦棠所飾演的高偉霆，便在劇中被稱之為「高生」。

而這句「跍勢」源自於日語的「癖」（Kuse），日文原意是指習慣，但台語的衍生意義則成為一種動作架勢或擺架子的派頭，所以我們會講：「敢會使卡尊重寡，莫激彼款跍勢好無？」（可以尊重點，不要擺那付架子好嗎？）這裡便是用來形容擺架子的態度。但若是這樣說：「跍勢誠好！但無知影技術按怎？」（架勢很好！但不曉得技術如何？）這邊反而是用來指外觀，姿勢的意思，簡單來講就是擺 pose 一流，但實際功夫如何則未知啦！

↑ 專家表示，若有相關諧音困擾，可以考慮飼養寵物家人做為身心靈的舒展。（大郎頭／禾日香 採訪）

「跍勢」的這個「跍」字，本身便有蹲下蜷伏的姿勢，在董忠司教授編纂的《臺灣閩南語辭典》裡亦記載著「跍」有彎著身子蹲下或者是將就的意思，也之所以如此，考量到外來語若以漢字記憶及傳達較為容易，便將這個詞彙以「跍勢」表示。一來「跍」就像是用身體維持著某個姿勢及動作，二來「勢」亦有局面情勢，指某一種狀態的樣子，那麼在描述一個人擺架子或是撐起某個動作的「跍勢」，似乎照字面上做想像，則更有張力了。

擺架子台語直接說「派頭」

至於擺架子，台語直接說「派頭」（ㄆㄞ丶 ㄊㄠˊ phài-thâu），意思是說氣派的模樣，譬如說：「伊逐擺出現，就愛按呢激派頭。」（他每次出現，就喜歡這樣擺個架子。）又或者說「範頭」（ㄅㄢˇ ㄊㄠˊ pān-thâu）或者直接說「激一咧範」來表示擺架子跟裝氣勢的態度。「範」在台語裡，本身就有態度或氣勢的意思，譬如說：「伊生做誠無範。」（他長相滿沒氣勢的。）通常在形容一個人是否落落大方，是否有個成熟樣貌時，就會如此述說，所以台語也直接用「大範」來表示大方的意思，有句話說：「紅婒，烏大範。」（紅的美，黑的大方。）便是用「範」來做出關於外在的描述。

再說回 2012 年南瀛獎，最後作品果然安全送達展出，而展覽現場跟頒獎軟硬體也搭配得宜，除了到場領取獎狀是給作品及自己的一個肯定證明外，另一方面也可以欣賞其它入選者的作品，也不失做為刺激自身思維靈感的好機會。總而言之，像海綿般不斷的吸收各種養份精華，做為思考的元素，對於創作者來說是很重要的，千萬不要扮個「跕勢」而不自覺，這也是我時時刻刻對自我的一個反省。

每日一句	「獨立，是指擁有獨立的思想，而不是強迫自己面對孤獨。」 台南李先生

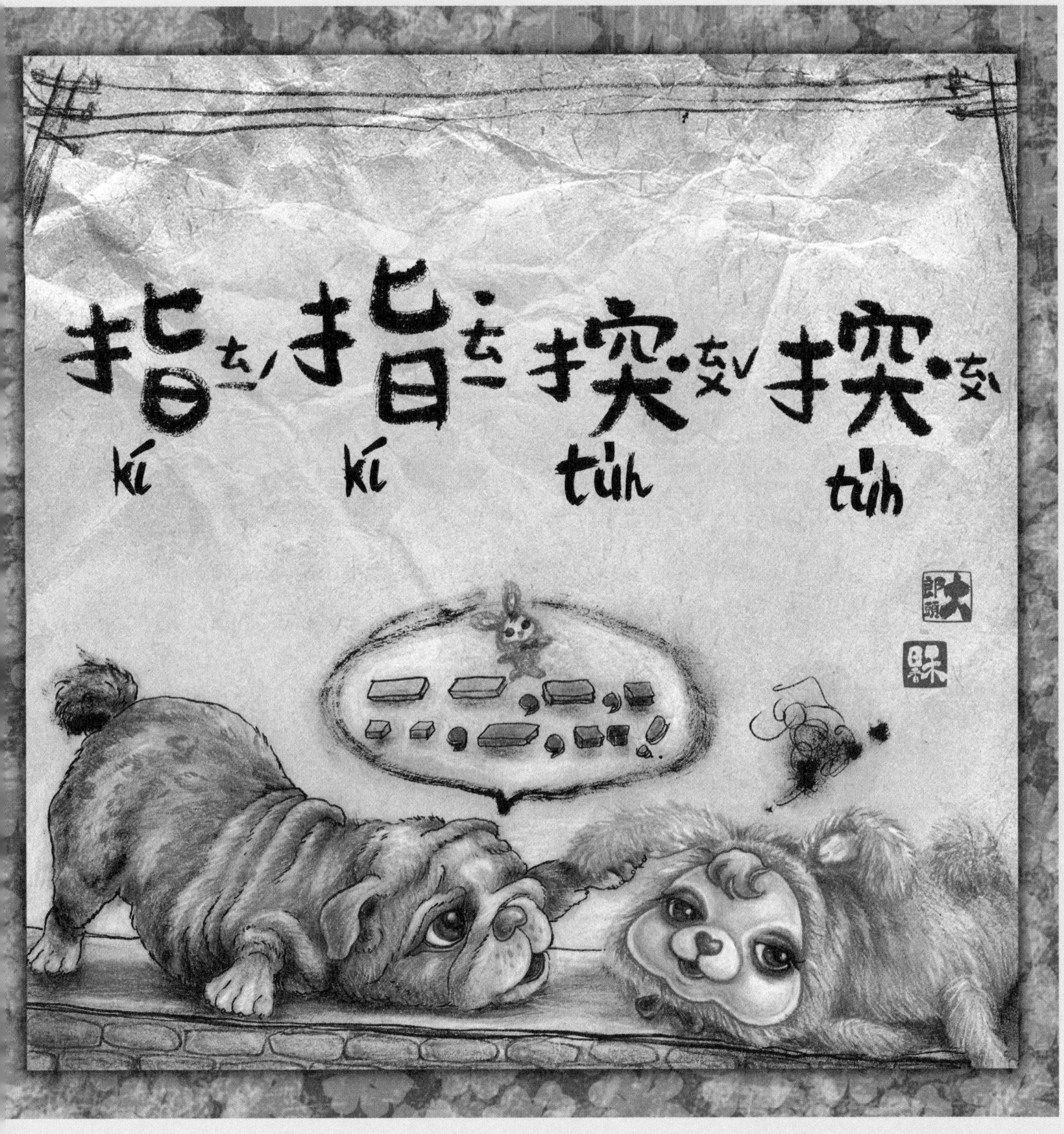

指指揬揬 kí-kí-tu̍h-tu̍h

釋義

在人背後說三道四、指指點點。

當說起話來不清楚、支支吾吾時，台語便會說「指指揆揆」（ㄊㄧ ˇ·ㄊㄧㄊㄨˇㄊㄨˋ ki-kí-tuh-tuh），不過特別的是，這句話也用來指在人背後說三道四、指指點點。

所以當我們說：「緊講！莫閣按呢指指揆揆，敢做哪毋敢擔當？」（快說！不要再這樣支支吾吾的，敢做為什麼不敢承擔？）在這裡，便是用在支支吾吾、不曉得該如何回應的狀態。又或者說：「逐擺行路經過，著佇後壁指指揆揆，有夠無禮貌。」（每次走路經過，就在後面指指點點，有夠沒禮貌。）這裡便是形容指指點點、說三道四的樣子，不過雖然兩種截然不同的情境，但也都充滿傳達出說話斷斷續續的音調。

除了「指指揆揆」之外，台語還有另一種可愛的說法為「咿咿哦哦」（ㄧˇㄧㄛˇㄛ i-i-onn-onn），一樣有支支吾吾、竊竊私語的意思，譬如說我們會說：「恁哪會逐工佇人後壁，按呢咿咿哦哦？」（你們怎麼會這樣，整天都在別人背後說三道四的？）在這裡便有類似「指指揆揆」的說法，所以這兩個詞彙通常也可以交互使用。

美濃的客家話則說「咿咿唔唔」（ㄧˋㄧˋㄨˋㄨˋ id`id`ud`ud`），以及「啼啼吐吐」（ㄊㄧˋ·ㄊㄧㄊㄨˋ·ㄊㄨ ted`ted`tud`tud`）特別的是，在廣東話裡，一樣有這樣的說法，發音甚至大同小異為「咿咿哦哦」（ㄧˇㄧㄛˇ·ㄛ yìh yī òh òh），意思同樣為竊竊私語、碎碎唸之意，也有囉哩囉唆的喋喋不休模樣，譬如說：「唔好成日咿咿哦哦啦！」（不要整天說三道四貌啦！）或者「唔好咿咿哦哦，講清楚喲！」（不要支支吾吾的，說清楚一點！）由此可見，這兩種語言某程度還真是有相似性，又或者說，這種對於樣貌音調的擬態，在一個語言裡，還真是扮演著畫龍點睛的角色。

　　如果說「指指揬揬」跟「咿咿哦哦」是在形容支支吾吾、竊竊私語
的模樣，那麼反義詞在這邊也附帶一提，同樣也是精彩傳神的擬態詞，
那就是「俐鑢叫」（ㄌㄧˋ ㄌㄨˋ ㄍㄧㄛˋ lī-lù-kiò）。這句話便是指喋喋不休、
聒噪不堪的模樣，所以我們會說：「你講話敢會使卡慢寡？莫按呢俐鑢
叫，人聽甲足艱苦呢！」（你講話可以慢一點嗎？不要這樣喋喋不休的，人家聽
了很痛苦耶！）有時候遇到那種你講一句，他講十幾句，但偏偏又半個字
說不到重點的，那麼便可以祭出這三個字「俐鑢叫」，絕對是句傳神的
形容用語啦！

　　國中的時候，班上的同學很愛說這句：「佇遐俐鑢叫，聽攏無。」（在
那邊聒噪，聽不懂啦。）也曾聽過如此的用法：「你平常毋是攏俐鑢叫？哪
會這馬就指指揬揬？」（你平常不都喋喋不休的嗎？怎麼現在反倒支支吾吾啦？）
於是做為一個反差對比的運用，這兩個擬態的用法共同使用下去，還真
是傳神精彩。

　　前陣子跟禾日香聊到這幾個詞彙，她突然想起一件事，笑著說：「以
前參加營隊露營，有句口訣是…咿哦咿哦、哦咿哦、哦！咿哦！」隨著
這口號節奏，我反而覺得有其奧妙所在。

　　這句「咿咿哦哦」是指說話不清楚、支支吾吾的意思，而若取其中
段，倒成了「咿哦」（ㄧˋ ㄛ i-onn），台語的「咿哦」是指說話口齒不
清的樣子，而後不知為何衍生出有白癡、傻瓜的意思，或許「咿咿哦哦」
跟「咿哦」兩者之間的關聯便是取其中段而形成的，也說不一定？

khòo-khòo

怐怐

代表著漫不經心、置身事外的態度。

　　當我們在進行這系列台語的圖文創作時，禾日香的大嫂也即將臨盆，這對我們來講除了象徵著新生的喜悅，也有福星降臨的感覺，與我們對於台語的創作爲啓始而言，新生兒就宛如代表一種將台語生命力繼續傳承下去的意味。

　　這個新生兒，有個小名叫做「可可」，記得當禾日香在述說關於她姪子的小名時，臉上露出一個擔憂的表情，她疑惑地說：「可可？這樣子不就變成台語的『怐怐』了嗎？」

　　「妳…這個聯想也太…」我哭笑不得，看樣子一連串的台語圖文創作，還眞的讓禾日香的台語聯想力，有了跳躍式的成長，把漢字直接跟台語發音聯結在一起，這大概是之前不可能發生的事，「可可的發音不是這樣啦…」

　　「怐怐」（ㄎㄡˋㄎㄡˇ khòo-khòo）是指一個人癡呆貌，反應不夠靈敏、頭腦簡單的樣子，如果被罵的時候還裝作心不在焉，那麼也會用這個詞彙指責對方。譬如小時候常聽鄰居的阿嬤說：「莫按呢激怐怐、放外外。」（不要這樣不知輕重，置身事外的樣子。）。「激」（˙ㄍㄧㆤ kik）本身就有假裝、擠出某種表情態度的意思，台語有句耳熟能詳的話「食予肥肥，激予槌槌」就是在形容一個人吃飽喝足的傻氣樣子，「槌槌」（ㄊㄨㆤˊㄊㄨㆤˊ thuî-thuî）爲愣頭愣腦的意思，但這句話不盡然是負面的，比較偏中性的語氣，有首方怡萍與高向鵬合唱的台語老歌〈福氣啦〉，開頭第

一句便提到了「食予肥肥，激予槌槌」，全首歌不外乎是要表達清心自在、傻人有傻福的人生境界，由此可知，在說這句「食予肥肥，激予槌槌」這句話時，還得看上下文才能得知其語意。

再說回「激恂恂」及「放外外」，這兩個詞彙都代表著漫不經心、置身事外的態度。「放外外」的「外外」（ㄨㄚˇㄨㄚˊ guā-guā）本身就是漠不關心、事不關己的意思，而那個「放」字則跟「激」有類似的概念，代表發出或釋出某種行為，所以「激恂恂」才會與「放外外」聯結在一起，做為描述一個人做錯事情被指責後，還事不關己的隨便態度。

另外還有一個詞彙跟「恂恂」常交叉使用，那就是「放放」（ㄏㄨㄥ、ㄏㄨㄥˇ hòng-hòng），意思是說散漫馬虎、草率隨便不認真，而使用方式，一樣會用「激放放」或「莫按呢放放」來形容。假設孩子作功課不認真，家長通常這時候就會嘮叨：「明仔就欲考試矣，閣按呢放放…我講話你敢有咧聽？看你攏放外外，莫激恂恂…」（明天就要考試了，還這樣漫不經心…我講話你有在聽嗎？看你都這樣散慢，不要不知輕重…）這句話，便是把上述這幾個詞彙都應用到的典型。

禾日香聽我霹靂啪啦說話後，思考了一下：「那這樣可可的台語怎麼唸？」她這樣問，反倒變成換我思考了，文讀嗎？總覺得遇到每種詞彙都靠文讀充當標準答案，好像有點不好玩，就譬如說智慧型手機，當然可以用文讀唸出這五個字，但為了趣味，我們私底下常會用台語說「用摸的手機仔」，又譬如滑鼠，我們習慣用台語說「鳥鼠仔」，而非文讀音的「滑鼠」，這對我來講是屬於教科書上的語言跟日常生活的語言，兩種差異。不過就如先前說過的，系統的語言正規教學是必要存在的，而日常生活語言則扮演著更活化的齒輪，兩者應相輔相成，並不抵觸。

　　思考了一陣子，台語在說「熱可可」時，像我記得家中長輩都習慣說：「可可亞」（ㄎㄜ ㄎㄜˋ ㄚˋ khoo-khóo-ah），又或者當我們說錢幣銅板等圓狀物時，會說：「箍箍」（ㄎㄡˊ ㄎㄡ khoo-khoo），這樣想起來，無論是女性愛喝的「可可亞」或是人人皆愛的「箍箍」，兩種發音都滿不錯的，在此也算是解答了自己心中的一個問題。

　　這個小插曲，也讓我思考了關於名字、綽號或小名，在命名時，或許可以多加留意與其它語言的諧音或關聯，這都突顯了語言本身的趣味啊！

kha-á

跤仔

小角色、囉嘍或跑腿等無關痛癢的人物。

現在大家耳熟能詳「A 咖」、「B 咖」、「C 咖」等說法，已經常見於報章媒體，又或者說：「你是什麼咖？」、「他很大咖哦！」這個「咖」字已經變成指稱一個人的代名詞了。

這個「咖」便是源自於台語的「跤」（ㄎㄚ kha），由於音近似，便索性以國語借音代之，久而久之則成為口語的使用方式了。台語的「跤」本意是腳的意思，但除了字面上的解讀、一樣有指稱人或事物的意涵，譬如「一跤皮箱」便是把這個「跤」字用在單位上的指稱，而又或者「筊跤」（ㄍㄧㄠ ㄎㄚ kiáu-kha）便是指一起賭博的賭友，「插一跤」（‧ㄔㄚ ‧ㄐㄧ ㄎㄚ tshap-tsıt-kha）本身便有加入融合的意思，該語彙原為賭博「筊跤」加入的意思，現在則不僅此局限，國語現在也常直翻為「湊一腳」。另外這個「跤」字亦有指示方位的應用，譬如「樹仔跤」、「山跤」、「桌仔跤」皆為指出物體在下的方位，是故從這個「跤」字的各個面向來看，將其應用在人物角色的指稱，是非常適合的，也因如此漸漸有了「你當你大跤哦？」（你當你大牌哦？）、「你當你是啥物跤？」（你當你是什麼角色？）這樣的說法。2013年上映的電影《總舖師》，則有「水跤」一詞，在電影字幕為「水腳」，意思就是待在總舖師身旁幫忙的幫手，或許可以解讀為在湯湯水水之間，忙得不可開交的角色吧？而其它諸如「社會跤」、「酒店跤」、「○○跤」便可理解是指在某個領域環境走跳的人物。

所以「跤」的意思多少可以理解了，那麼要再說到後面加個「仔」字，意思就有點不同了。「跤仔」（ㄎㄚˊㄚˋ kha-á）是指小角色、囉嘍或跑腿等無關痛癢的人物，意指尚未成一個「跤」的階段，便以「跤仔」稱之。台語在名詞後面加個「仔」字，不是用在位階的差異表示，便是較親暱便捷的稱呼，譬如像「師仔」（ㄙㄞㄧㄚˋ sai-á）就是指學徒，尚未成「師」便以「師仔」稱之，這裡便是位階的差異；又小時候，媽媽常叮嚀：「小心不要隨便去那種拜『佛仔』的地方。」這邊的「佛仔」（˙ㄅㄨㄚˋ put-á）是指佛像，但若是尊稱的講法便會用台語直稱「佛」，若稱為「佛仔」則是指一些我們不清楚其來由的佛像神像，還是小心為妙。而「阿明仔」、「阿春仔」便是較親暱的稱呼，又或者「學生仔」也是從「學生囝仔」變化而來較親暱的稱呼，而稱呼物品時，也會加個「仔」字，譬如說「損槌仔」、「水梨仔」等等。從這邊來看「跤仔」，便多少可以體會小角色或跑腿的意思，譬如說：「佇遐只是做伊的跤仔爾爾，攏學無物件。」（在那邊只是做他的跑腿幫手而已，都學不到東西。）

　　附帶一提，「跤」的本意雖然有腳的意思，但台語漢字「腳」（ㄍㄧㄛ kioh）的發音卻截然不同，譬如在說一個人很有膽識，便會稱他極有「腳數」（ㄍㄧㄛˋ　ㄒㄧㄠˋ kioh-siàu），感覺就像是用腳的數量來譬如人的勇氣，其實也很好會意，想想看當雙方火拼或是鬥鬧熱時，戲棚子搭起來的演員數量，那人面排場不就可以從「腳數」多寡看出來嗎？人多自然勇氣都來啦！

　　很容易搞混的是角色一詞，台語發音「角色」（˙ㄍㄚ˙ㄒㄧㄛ kak-sik），所以會說：「你當你是啥物款的角色？」（你當你是什麼角色？）千萬不要講成「腳數」甚至「尻潲」（ㄎㄚˊㄒㄧㄠˊ kha-siâu）。「尻潲」

便是「尻川滫」，照字面上是指屁股上的精液，有著負面意涵，現多半常寫爲「咖小」，意思就是指你算是什麼東西？你算是什麼貨色？

　　也因爲「尻」跟「跤」同音的緣故，台語稱「跤仔」與「尻仔」兩者常相互隱射，「尻川」（ㄎㄚˋㄔㄥ kha-tshng）是屁股的意思，所以「尻仔」的意思，就像是把屁股當成工具般來稱呼。換句話說，如果我們說一個人是「跤仔」或「尻仔」都是一句負面詞彙，應盡量避免。

　　不過從上述也可多少瞭解，台語漢字及其音義，和單純使用國語來借諧音字表達，的確很容易錯失其背後隱藏的意涵，如果可以多少裡解這漢字眞實傳達的意思，相信在使用上，便更能夠小心斟酌了。

爾爾 niā-niā

釋義

如此而已、僅止於此。

從小就對國文跟作文這個科目很感興趣，還記得小時候還要求去上作文班、享受在稿紙上爬格子的樂趣，不過一直到了高中之後，印象中除了國文之外，又多了一本叫作「文化基本教材」的課本，大家都習慣簡稱它爲「文教」，班上比較調皮的同學則以台語戲稱爲「粉鳥」（ㄏㄨㄣ ㄐㄧㄠˋ hún-tsiáu）爲鴿子的意思，可見有希望把這本「文教」給「放粉鳥」，哈哈！

總之，大約從那個時期開始，就必須開始吸收大量的名詞註釋，或許是這樣，很多人只要一攤開這本「粉鳥」便開始登入「周公ONLINE」，跟周公神遊下棋去了。我也不例外，只不過在神遊之餘，當時難免胡思亂想起來，總會好奇古人當時是用怎樣的語言講出這些話的，譬如孔子是魯國人，魯國當時通行的語言，大概在當時就是魯話吧？總之不可能是今天的國語。那麼又不曉得是對應今天的哪種語言，又或者是否已經消失了呢？事隔多年後的今天，因爲開始與禾日香進行一系列的台語圖文創作，又開始激發了這個疑惑，譬如孔子說：「學而時習之，不亦說乎？」這邊的「之」跟「乎」是否就是當時孔子說的某一種語言發音？就好比台語說：「我食飽矣。」（我吃飽了。）如果單純照國語字面解讀，恐怕也得用個名詞註釋寫上「食：吃的意思。矣：與『啊』同義，語尾助詞。」如此照本宣科的記憶背誦。

想了一下，台語還有一個詞彙，也是非常有「文教風格」，那就是

口語上常出現的「爾爾」（ㄋㄧㄚˇ ㄋㄧㄚˋ niā-niā），有如此而已、僅止於此的意思。譬如說：「我拄仔食飽爾爾。」（我剛吃飽而已。）又或者說：「我身軀只有十箍爾爾。」（我身上只有十元而已。）甚至常做為口語上表達不過如此的說法，台語便會說：「嘛不過按呢爾爾。」（也不過這樣而已。）這樣應該很好理解，這個「爾爾」可以置於句末，用來感嘆事物有形或無形的範圍。

「基本上不只這些字很文教風吧？」禾日香搖搖頭，「如果沒學過，幾乎看任何的台語、客語或廣東話漢字，就會很有文教風。」經過她這麼一說，我倒是頻頻點頭。

「就譬如說台語的『爾爾』，對應在客語就是『定定』（ㄊㄧㄥ ㄊㄧㄥ tin-tin）。」禾日香說。

照她這麼解釋下來，也就是說台語說：「一屑仔爾爾。」（一點點而已。）對照客語則為：「一息仔定定。」的確無論哪一種版本，若完全沒有概念之下看起來，都會很像當年翻開「文教」般的感覺吧？但某種程度也證明了，這些語言文字化並不奇怪，只是我們沒有學習過，而比較陌生罷了。至於這個「一屑仔爾爾」在廣東話裡，則又成了「少少啫」（ㄒㄧㄨˊ ㄒㄧㄨˊ ㄗㄟ siú siú jē），試著想像一下，若是放在課本裡，條列成一排排的名詞註釋，然後幾百年後用另一個語言唸出來背誦，不也就跟當年翻開那本「文教」的感覺差不多嗎？

「換個角度想，如果這些語言都保存著，或許在理解這些古文，就會更容易多了。」禾日香若有所思的做了個結語。

也沒錯，用台語唸出「一屑仔爾爾」去理解，遠比用國語唸出這五個字，再死背字面上的字義來得輕鬆有意義多了，想到這裡，再繼續看著這些台語漢字，越來越喜歡它們了。

殕 夂
phú

殕 夊
phú

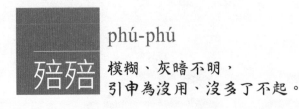

phú-phú

殕殕　模糊、灰暗不明，
　　　引申為沒用、沒多了不起。

釋義

　　不管什麼語言，多少都會有很容易搞混的用詞，或許對熟悉這個語言的人來講，是難以想像的，可以對於剛接觸，或是相對較陌生的人而言，明明兩個很相似的發音，竟有截然不同的意思，這才難以想像。但一個音節之差，意思可能就差十萬八千里，就好比國語的「洗頭」跟「溪頭」，明明只是一個字的一個音節不同，但卻有完全不一樣的意思。

　　進行台語圖文一陣子了，禾日香與我彼此教學相長，在與禾日香的台語對話之間，也無意讓我替自己進行了更深入的語言思考，以致於這段日子下來，無論在語言或設計構圖的程面上，我們倆都有相對顯著的成長。不過有一些台語詞彙，禾日香到現在還難免會轉不過來，其中一組容易搞混的便是「殕殕」（ㄆㄨˊ ㄆㄨˊ phú-phú）跟「普普」（ㄆㄛˋ ㄆㄛˋ phóo-phóo），這兩個對我而言就像「洗頭」跟「溪頭」一樣簡單易懂的詞彙，但對禾日香而言卻是吃足了苦頭。

　　「殕殕」照字面上是指模糊、灰暗不明的意思，譬如「殕仔色」就是灰色的意思，但「殕殕」一詞又有沒有作為、沒有用，例如有句諺語說：「你看我殕殕，我看你霧霧。」意思就是指你看沒用，我倒也覺得你沒多了不起，兩個「殕殕」跟「霧霧」除了押韻外，亦是把字面上接有模糊不清、沒什麼長才地位的意思，進行了雙關的應用。「殕」這個字若單獨使用，亦有發霉、不潔的意思，譬如「臭殕」（ㄔㄠˋ ㄆㄨˋ tshàu-phú）便是指發霉或有霉味，例如普洱茶在台語的稱呼則為「臭殕

茶」，意思便是將茶的味道以特殊味道的「臭
殙」做詮釋。

「普普」則爲普通略微、大致上而言
的意思，譬如我們常說：「這基本常
識，咱普普仔攏知影。」（這基本常識，
我們大致上都知道。）這邊便是指大致上，
一個概括性的範圍，不過若是說：「我看
伊的穿插，嘛是普普仔爾爾。」（我看他的穿
著，也是普普通通而已。）這邊便是用在普通、沒什麼特殊之處，從這兩個
例子，不難發現「普普仔」在一句話裡的使用方式，是很靈活的。

而「殙殙」跟「普普」之所以容易搞混，還有一個原因，就是這兩
個詞彙皆有「殙殙仔」跟「普普仔」的使用方式。譬如我們會說：「莫
當我恬恬，著看我殙殙仔，莫遐過份！」（不要當我沉默不語，就當我是無
用之人，不要太過份！）假設這兩個詞彙一起套用在句子裡，則變成：「我
普普仔知影，你不時看我殙殙仔！」（我大概都知道，你常常當我是無用之人。）
如此的使用方式，如果對該語言不熟悉者，還眞容易搞混。

另外在台語裡面「咱」跟「阮」也是很容易搞混的，雖然都是指「我
們」的意思，但這兩個詞彙確有微妙的差異。「阮」是指沒有包含聽話
者的「我們」，譬如我跟店家老闆說：「阮台南來的。」（我們從台南來
的。）這邊便沒有把店家老闆包含在內；而「咱」則是包含聽話者的「我
們」，譬如我跟禾日香說：「咱愛繼續打拼畫落去。」（我們要繼續打拼
畫下去。）這裡便是指我們的創作，於是將聽話者亦包含進來，當然「咱」
跟「阮」這兩個詞彙的差異跟使用方式還不只這樣。「阮」本身也可以

用在自謙，也就是取代「我」這個詞，譬如這樣說：「阮想好勢矣，這擺計畫書著按呢寫！」（我想好了，這次計劃書就這樣寫！）看出來了嗎？這裡是台語謙遜的使用說法，意思就是把這件功勞不全獨攬於自身，而是用包含聽話者的「阮」來取代單獨的「我」，這個說話藝術真可比敬語啊！另外還有「咱」，也有類似的謙遜、拉近關係的用法，用來取代單獨的「你」，譬如當父母親可能孩子說：「咱若出去外口，著卡好禮矣。」（你出去外面，就有禮貌一點。）這裡的「咱」便是指「你」，又或者上司私底下對部屬親切地說：「咱做代誌著卡認眞矣。」（你做事情就認真一點。）這裡的「咱」也是指「你」，而之所以用「咱」，便是刻意把自己劃分進屬於包括自己與對方的「咱」之中，借此拉近距離。另外還有一個有趣的細節，譬如接到一通陌生的電話，尤其家中是做生意的，那麼嘴巴要甜一點，可以避免直呼對方「你」，而可用「咱」來稱呼，這邊便有類似國語「您」的意思，例如：「請問咱佗位揣？」（請問您哪裡找？）這裡的「咱」就是用來取代直呼對方爲「你」的稱呼方式了。

　　說到這裡，禾日香似乎研發了一套記憶方式，關於「陪陪」跟「普普」的記法，便是把「普普」先想成「普普通通」，再回過來選擇「陪陪」，又或者是從「你看我陪陪，我看你霧霧。」回過來選擇「普普」，雖然我是不太能理解、這樣子會比較好懂嗎？不過目前看起來是還滿通順的。

　　禾日香說：「至於『咱』跟『阮』的區別方式，『咱』等於自己開口說話、說給對方聽，所以有包含對方，至於另一個『阮』就相反！」聽她這麼講，我反而快被她搞糊塗了，不過只要她能記起來就好，「咱」還是用原本「台語自然學習歷程」吸收而來的記憶方式吧！

碍虐
ㄍㄞˇ ㄍㄧㄛ
gāi giȯh

gāi-giȯh

釋義

碍虐　彆扭、尷尬。

台語有不少「只可會意，難以言傳」的詞彙，若硬是要翻譯，也只能說出個大概，其中有一句相當經典傳神，那就是「礙虐」（ㄍㄞˋ ㄧㄛˋ gāi-gioh），意思是彆扭、尷尬。

　　可是它可以應用的範圍可廣了，絕對不是只有翻譯的意思如此而已，譬如當正處於曖昧的兩人，在路上不期而遇，其中一方紅著臉說不出話來，便可以說這叫「礙虐」；當心頭有件事擱著沒說出來，卻又得面對當事人時，這時候也可以用「礙虐」來形容；其它諸如氣氛冷場，看某人怎樣都不順眼，聽了某句話覺得很不爽，只要任何事物讓你感到在心頭彷彿有股氣憋住，那麼都可以用「礙虐」來形容。

　　「礙虐」的「礙」字，本身就有妨害、阻礙的意思，所以「礙胃」（ㄍㄞˋ ㄨㄧ gāi-uī）就是傷胃，有則眾所周知的飲料廣告「止口渴又不礙胃」，一句經典台詞便讓大家朗朗上口，胃如果不舒服，馬上便能清楚體會這個「礙」字的精髓，好像有一股氣窒礙在肚子裡翻滾，難怪人家說「憋了一肚子氣」，那口氣壓抑久了，我看簡直都快生胃病了。由此可知，這個「礙虐」便像是有塊搔不到癢處的疙瘩、懸而未決的掛在心頭，無論是看到、聽到若讓心情不自在的事情，那麼便可以說：「按呢予我感覺誠礙虐。」（這樣讓我感覺到很不舒服。）

　　另外一句跟「礙虐」有差不多意思的詞，便是「枷笴」（ㄍㄟˋ ㄍㄜˋ kê-kô），意思比較接近疙瘩、心頭怪怪的感覺。譬如說：「昨昏交伊冤家，今仔閣感覺枷笴枷笴。」（昨天跟他吵架，今天還覺得有疙瘩。）這裡是指人與人之間的疙瘩，但如果換個說法，譬如：「你鼻仔邊有飯粒仔，感覺足枷笴。」（你鼻子旁邊有飯粒，覺得很礙眼。）這裡則是指事物牽引心裡層面的疙瘩，就好比書本沒有照順序，上下擺放好位置，這種會看了

渾身不對勁，想要動手調整一番的事物，那麼便可以用「枷笥」來形容當下的心情。

「枷」本身有枷鎖的意思，台語有句話叫「夯枷」（《ㄧㄚˊ《ㄟˊ giâ-kê）字面上是指扛著枷鎖，也就是沒事自己拿枷鎖往身上擺放，引申為自找麻煩的意思。而「笥」字則有竹籃竹簍的意思，那麼或許「枷笥」就像是一件看不出來像什麼器物的東西，看了讓人反而心生猜疑恐懼，最後便衍生為疑心生暗鬼的不自在吧？

由上述可知，「礙虐」比較偏向害羞、不知如何是好的情緒，而「枷笥」則較屬於不自在，想把某事某物移除掉的感覺。突然到了一個陌生的環境，需要認識初次見面的人，那麼這時的感覺比較偏向「礙虐」，而若如此行經一條大馬路，看到整條路旁兩側的路樹都被修剪砍成不自然的光禿造型，卻又留了一棵枯樹在其中存在著，那麼這時感覺則為「枷笥」。

還記得小時候上兒童美語班，每隔一段時間就得輪流上台獨自表演一小段英文兒歌，邊唱邊比劃些手舞足蹈的模樣，當時唱什麼歌、怎麼比劃手勢都忘得一乾二淨了，但那種「礙虐」的不自在感覺，倒是記得清清楚楚的。看樣子這種看似熱情奔放的教學方式，不是都適用於每一個孩子啊！像天生沒表演慾的，好比敝人在下我本人而言，反而會加速腦中記憶的流逝，如此嘩啦嘩啦、糊裡糊塗的表演了好幾次英文兒歌秀之後，唱些什麼單字沒記得半個，只要在台上表演的肯定忘，在台下聽講的倒記得起來。

反倒深刻體會了什麼叫「礙虐」，又什麼叫「枷笥」，這也算是最大的意外收獲吧？

低ㄍㄟˊ 路ㄌㄨ

kē　lōo

kē-lōo

低路

釋義
有不中用、低能或低層次的意思。

　　2013 年的電影《總舖師》預告裡，分別介紹了三種「師」，取其諧音，照字幕所示分別為「憨人師」、「鬼頭師」、「蒼蠅師」、「虎鼻師」，以上幾種都很好理解，「憨人師」應為「戇人師」，有愣頭愣腦、憨厚之意；「鬼頭師」則有鬼頭鬼腦、精明之意，先前曾提過，台語在形容人鬼靈精怪時，也會說「伊誠鬼」、「伊誠精」其意思則有精明奇巧，若命名為「鬼頭」顯然為「憨人」的對比；「蒼蠅神」則為「胡蠅」（ㄏㄨˊㄒㄧㄥˊhôo-sîn）與「神」字台語的諧音雙關；至於「虎鼻師」在台語則有嗅覺靈敏之意，又作「好鼻師」，無論是「虎鼻」、「好鼻」都可以從字面上理解鼻子肯定很好囉！不過最後又有一句台詞，那就是還有一種師，叫做「低路師」，什麼是「低路師」呢？

　　「低路」（ㄍㆤˇㄌㄡˊ kē-lōo）有不中用、低能或低層次的意思，若照現在的說法，則近似「落漆」（ㄌㄚˋㆍㄘㄚ lak-tshat）又常直接照字面意思寫作「掉漆」。不過當我們形容一個人很沒品的時候，也會用「低路」來形容，這時候便不適合用「落漆」置入其中，譬如說：「你做人序大，莫講遐無水準的歹聽話，實在有夠低路矣。」（你當人家長輩的，不要說那些沒水準的難聽話，實在有夠沒品的。）在這種形容一個人沒品、行事不合宜時，用「低路」來形容是最恰當的，不過也有另一種使用方式，譬如說：「你哪會遐低路？遐簡單的代誌嘛袂曉。」（你怎麼會這麼不中用？這麼簡單的事情也不會。）這邊便是用在做事情笨手笨腳、無能不中用的意思。

至於「落漆」，則已經常被置入於國語裡，甚至直接翻譯以國語音讀爲「掉漆」，不過這個詞彙，以我個人的感受來講，好像沒有其它被國語化的台語詞彙順口？如果聽到有人以國語講出「掉漆」這兩個字，還是會下意識認爲是指物體表面的烤漆脫落，沒辦法很直覺跟台語「掉漆」的失面子作連接。台語的「落漆」照字面上解讀，其實就是掉漆的意思，就好比一輛新車或手機外殼的烤漆被刮傷，原本亮麗的外表多了道刮痕，那麼掉漆便有丟臉出糗的意思；又或者這個東西本身的品質不好，它原本塗抹在外層的漆容易斑駁脫落，如此一來又可以暗指東西劣質、失去光彩的意思，從上述應該可以很清楚理解，「低路」跟「落漆」兩者的異同之處了。

由此可知，這個「低路師」本身就是一個「落漆兼突棰」的脫序天兵，「突棰」（˙ㄊㄨ ㄘㄟ ˊ thut-tshuê），又常以國語寫作「出槌」、「凸槌」等等，意思就是出狀況、出差錯的行爲狀態，特別是發生不合理的突發事件，更會用這個詞來形容。這個「突棰」的「突」字，在台語本身便有偏離常軌的意思，突然走偏、歪斜都會用這個字表示，而「棰」字義則有木桿等棒狀物或有攻擊某點的意思，也就是說「突棰」照字面上解讀，本身就有攻擊失了準，簡單講就是打靶偏離靶心的意思，而後延伸爲做事失去準則的突發事件，則不難想像了。

還記得當時看完電影《總舖師》後，從戲裡不斷出現的台語詞彙，勾起了許多曾經聽過，但感覺既熟悉又陌生的記憶，特別是這一句「低路師」還眞是經典，現在大都很直白的說「無路用」了吧？這也是爲什麼聽到這種雋永的台語詞彙，會讓人如此著迷的緣故了。

sok-kiat

束結 「極簡」或所謂「簡約洗鍊」的意思。

釋義

近年來，無論是舉目所見的產品設計或是海報包裝等平面設計，皆吹起了一股「極簡風」，這股風潮也影響了網頁板型設計，例如從幾年前所謂的 web2.0 風潮開始，吹起了一陣圓角風格，簡單俐落的設計，除了影響平面設計外，手機 ICON 風格也受到影響。然而這股「極簡風」絲毫沒有停歇，越演越烈的是，手機 ICON 風格撤除了先前圓角極簡但「略微擬真」的圖示之後，現在又掀起了一波「扁平化」圖示的「極簡再極簡」風潮，將圖像放棄所有修飾效果，諸如陰影、透視感或紋路的部份，改以純 2D 效果呈現出乾淨俐落的風格，這股扁平化圖像設計，一樣也影響到了平面設計跟網頁板型，真不曉得未來還能再「極簡」到什麼地步？是更加簡化，亦或是反彈回更加繁瑣華麗呢？

台語其實早就有關於「極簡」或所謂「簡約洗鍊」的意思，那就是「束結」（ㄙㄨㄟ˙ ‧ㄍㄟ sok-kiat）。

「束結」的意思為麻雀雖小、五臟俱全，在小巧玲瓏的外觀之下，包藏著合宜的內容，可以應用在各種人事物的層面上，譬如說：「昨昏新買的電視，看起來誠束結。」（昨天新買的電視，看起來很簡約別緻）無論體積大小，都可以做此形容；小則如筆、手機，大則如汽車、房子等。除此之外，「束結」還有另外一種意思，譬如說：「袂穤啦！厝免偌大間，簡單束結上蓋讚！」（不錯了啦！房子不用多大間，簡單高雅最棒！）這句話便是把「束結」拿來做心裡層面的聯想，認為房子重質不重大，簡單俐落，亦能有溫馨的空間。

平常最常聽到「束結」的個詞彙，是在替客戶製作名片或海報文宣時，客戶常會說：「想欲設計卡束結淡薄。」（想要設計典雅一點。）這邊的「束結」是指排板跟文字色塊彼此的協調，希望不要過於突兀、俗豔。

那麼如果是指一個人的外型,是否也能用「束結」來形容呢?

可以,不過通常用來形容當一個人穿著某件服裝時的外觀,譬如說:「你今仔穿按呢,看起來誠束結。」(你今天穿這樣,看起來很挺拔。)如果單純是形容一個人的體態,想要形容短小精幹、結實的外型,那麼若要形容男人,則要說「鐵骨仔生」(ㄊ一ˋㄍㄨㄚˋㄙㄟˋ thih-kut-á-senn)意思是外觀看似精瘦,但身體硬朗有力,而若要形容女生嬌小玲瓏,那麼則會說「細粒子」(ㄙㄟˋˋ·ㄌ一ㄚㄐ一ˋ sè-liap-tsí)字面上來講是小粒籽,不過這邊則表示人的外貌小巧精緻。

「束結」這句話本身也可以用在抽象事物,譬如形容一個人講話扼要,抓重點說,那麼也可以說他講話很「束結」,不拖泥帶水、夠乾脆。就好比台語中的許多諺語,便是展現了「束結」的特色,利用簡單幾個字,甚至一個字就可以表達某個特定的語意,就好比「譀」(ㄏ尤ˋ hàm)這個字,有離譜、虛幻及誇張不實的意思,不過只要一個字便可以形容整件事的誇張程度,譬如:「你按呢有夠譀。」(你這樣有夠離譜的。)從這個例子,便可以充滿顯示出台語中「束結」的特色囉!

不過「束結」也是要有一定的限度,無論是人事物皆然,譬如在設計上,若於「束結」是否給人有較冰冷的感覺?又或者「束結」到最後,許多該讓使用者會意的符碼若都捨去了,那不就捨本逐末、矯枉過正了嗎?又說到語言上的「束結」,若過於簡略,是否會一樣給人冰冷、嚴肅的印象?有些該加上去的詞「請、謝謝、對不起、麻煩了」這些可「束結」不得啊!

舒ㄕㄨ 步ㄅㄛ
soo poo

soo pōo

舒步　舒服、輕鬆的狀態。

釋義

　　週末借了DVD回家，泡好一壺熱烏龍茶，準備好預先買的炒栗子，再將記憶抱枕、懶人被毯也準備就位，打開電腦，坐在桌前的椅子，以上幾個熟悉的步驟就續後，便進入了電影世界。

　　這時候在一旁埋頭苦畫，堅持百分之百純手工繪圖的禾日香，稍微輕咳了幾聲說：「你按呢誠『舒適』哦…」（你這樣很享受哦…）也進行了台語圖文創作好一陣子，她現在已經搞清楚台語「舒適」跟「爽勢」的差別了。

　　「…這其實已經不只是『舒適』而已了。」我認真思考了一下自己的情況，一邊隨著電影劇中的步調，發出笑聲。

　　「無骨體、貧惰骨之類的吧？」禾日香邊說邊開始削她的色鉛筆，手上的那根色鉛筆已經短到比她小姆指的指節還短了，根據她作畫習慣，便是要把每一根色鉛筆或顏料弄到最後一點都不剩。

　　「我坐的椅子可是傳統木椅，一點也不無骨體、貧惰骨。」我稍微提起身上的懶人被毯，露出屁股下的木椅，椅背讓我坐的直挺挺的，雖然舒服了點倒是真的，「嚴格來講，要形容我現在的舒服程度，應該要說『舒步』。」

　　「舒步」（ㄙㄨˊㄅㄛˊ soo-pōo）的意思是舒服、輕鬆的狀態，簡單講就是「過太爽」，譬如說：「遐好？你過著誠舒步哦！」（這麼好？你過很爽哦！）無論是身體或心靈上的舒適愉悅狀態，都可以用「舒步」來形容。它可以是此時此刻的舒服程序，也可以指一個人的一生，譬如「舒步人生」便是指悠哉闊綽的人生，或許拿指報章雜誌常見的多金富二代，便可以派上用場。這句「舒步」是我在「台語自我學習歷程」在家學習到的詞彙之一，通常除了表示實際的舒服輕鬆狀態外，也會拿來

表達不要好逸惡勞的警告，譬如說：「毋通想講暑假，著遐呢舒步，睏遐晚！」（不要想說暑假，就這麼好逸惡勞，睡這麼晚！）這裡的「舒步」就是拿來表示一個大方向的「過太爽」，也就是說這個「舒步」已經超越了「舒適」的程度太多，似乎光從「舒步」的音調就可以想像一個人的表情，有多享受的畫面了。

「舒適」本身的意思就只是一切就定位、安排得宜的程度，台語有另一個說法接近其義，那就是「好勢」（ㄏㆦ˙ㄙㆤ˫ ho̍-sè）。「好勢」本身照字面就有好的意思，這個好除了用在舒服、舒適之外，亦能拿來形容好不好意思，事情發展進程的順利與否，譬如當我們說：「這擺搬厝的新環境，閣好勢好勢。」（這次搬家的新環境，算滿舒適的。）這裡便是用來指環境的狀態好壞，跟台語的「舒適」同樣意思。如果我們說：「這擺代誌愛處理好勢。」（這次事情要處理好。）這裡便是用在事情發展的進程，有著妥當、順利的意思。另外最後一個使用方式，則好比說：「做人序大閣食人夠夠，你遐好勢？」（做人長輩還吃人夠夠，你還真好意思喔？）這裡便是用在心態上是否有歉意、是否好意思如此行為。

「哦…那我懂了、那我懂了。」在我講解完的同時，禾日香也削好了一打色鉛筆，她站了起來，「那你聽聽看，我這個造句對不對。」

「嗯。」我滿意的點點頭，準備聽完後，再次沉浸到電影的世界中。

「看我畫圖，家己佇遐『舒步』看電影，你遐好勢？毋卡趕緊將這篇記錄起來！」（看我畫圖，自己在那邊爽爽看電影，你還真好意思？還不快點把這篇記錄下來！）

嗯，真是舉一反三，其實這樣的學習才是最快的啊！

阿ㄚ 西ㄙㄟ
a se

a-se

阿西　形容一個人楞頭楞腦、愚笨之意。

在以前台灣南部，有一群生活於這塊土地上的古老民族，叫作「西拉雅族」，現在被歸類為「平埔族」的其中一族。後來因為漢化，失去了民族自身的語言跟習俗，不過話雖如此，文化總有自己的生存之道，現在仍然可以在台語的語彙中，見證到殘存西拉雅語的影子。

「阿西」（ㄚ ˊ ㄙㄟ ˋ a-se）一詞據說便是源於「西拉雅族語」，現今在台語仍持續被廣泛運用，形容一個人楞頭楞腦、愚笨之意，接近台語的「戇人」、「孝呆」、「槌槌」、「癮頭」、「脫線」、「拍代」等等，上述都有傻瓜的意思，不過意思較接近的，個人認為是「阿黜」（ㄚ ˊ ˙ㄊㄨ a-thuh）簡單而言，「阿西」與「阿黜」雖然跟上述都有笨蛋的意思，但這兩個詞感覺更能單獨使用，直指一個人的天生傻氣樣貌，但程度又還沒到白癡的地步。這樣說好了，當一個父親要指責孩子時，通常會說：「你阿西哦？天氣遐寒，閣褪腹裼。」（你傻瓜嗎？天氣這麼冷，還打赤膊。）又或者這樣說：「日頭遐炎、閣穿甲遐厚，你正港阿黜。」（太陽這麼炎熱、還穿這麼厚，你真的是傻傻的。）這邊很容易理解，做父親的要指責孩子這點程度的事情，使用「阿西」、「阿黜」就夠了，這語感帶有點莫名其妙且莞爾的味道。

而「阿西」、「阿黜」若要加重語氣或做為強調程度，則會說「阿西阿西」或「阿黜阿黜」，譬如我們常說：「你看伊，看起來著阿西阿西。」（你看他，看起來就笨笨的。）在台語裡，重覆某個詞彙做為強調程度解，是很常見的使用方式，譬如說「肉肉肉」可以指一個人身材豐腴都是肉，又或者食物的肉質肥厚；而說「卵卵卵」則是指蛋黃飽滿、色澤豐富，尤其是吃海鮮時看著螃蟹或魚卵豐碩的「卵仁」則能如此使用；其它還有形容一敗塗地的「土土土」、清澈無暇的「清清清」、油膩不

已的「油油油」等等，幾乎難以盡數，都可以做為程度上的強化，特別再提一個解釋，就是「滇滇滇」（ㄅ一ˊ ㄅ一ˇ ㄅ一ˊ tīnn-tīnn-tīnn），意思則為將液體填充至標準線，絲毫不差，當我們去加油站替汽機車加油時，記得要說：「請幫我加予滇。」（請幫我把油加到止住。）而非「請幫我加予滿。」（請幫我把油加到滿出來。）台語的用詞從這裡即可看出其精密程度，「滇」是到盡頭即止，「滿」則是滿而溢出的意思。

再說回跟「阿西」有關的另一個詞彙，就是上述提及的「拍代」（ㄆㄚˊ ㄅㄞˋ phâh-tài），這個詞就跟另一個已經國語化，源於日文的台語「秀逗」差不多，無論是「頭殼拍代」或「頭殼秀逗」都有腦子壞掉、神經不正常的意思。而「拍代」跟「秀逗」可以用來形容事物不正常、故障，這是比較全面性的用語，譬如說：「電腦閣秀逗矣。」（電腦又不正常了。）、「車又閣拍代去矣。」（車子又故障了。）可以應用的範圍極廣。可以知道的是「秀逗」是源於日文，但「拍代」一詞則未知，不曉得是源於日文或西拉雅語？也成為了這些有趣且發音極有特色的台語詞彙，一大神秘難解的謎。

從台語中窺見「西拉雅族」的語言痕跡，不禁令我遙想，那個曾經遍佈在台灣南部的民族，就這樣無聲無息的融合在台灣人之中。譬如台語詞彙有妻子之意的「牽手」也是源於西拉雅的婚姻習俗，母系社會的西拉雅族，男女情投意合之後便牽手以成配偶；而祭祀「地基主」亦是因西拉雅而來，因當時漢人已祭拜「開基主」，與西拉雅族通婚後，則祭拜有別於「開基主」的「地基主」了。

「西拉雅族」肯定是還存在的，如此龐大的族群數量，怎麼可能憑空消失？靠著通婚，他們的血源肯定仍一代傳著一代延續下去，只不過當一個文化的語言，若幾乎消失怠盡，的確會面臨族群認同跟文化延續的問題。文化儀式或許可以透過經典複製再造，也可以透過學習模仿儀式慶典，但語言的學習必須透過時間累積，更何況透過家庭跟教育所習得的語言類別亦有差異，所以語言一旦遭破壞則其傷害是難以抹滅的，我也相信一個文化儀式跟語言的牽連是緊密相扣的，包括祭司、歌曲、口號等儀式內容，這些都令人惋惜。

幸好從 2000 年開始，台南平埔族西拉雅文化協會便開始進行西拉雅語復育計畫，並在 2008 年出版了《西拉雅詞彙初探》一書，而後 2010 年在台南新化口碑國小還有學童的西拉雅文朗讀比賽，如此種種好消息，更讓人期待未來台灣語言的多樣性及豐富的語言資產有得已復甦的一天。

從西拉雅語反思台語，語言隨著時代變化、潮起潮落的更迭之快，讓人反應不及，幾個世代的流動，就足以影響一個文化語言的延續或消失，這時候再想想這系列的台語圖文創作，更覺得有其必要跟重要性了。

檀 ㄏㄨㄣˋ 闊 ㄎㄨㄚˋ
hùn　khuah

hùn-khuah

檀闊　拓寬，可用在道路拓寬上面。

釋義

自從因緣際會看了洪惟仁教授的著作《台灣方言之旅》，就像是打開了沉封已久的記憶寶庫般，對於書中關於台灣語言變化的詳加描述，除了百看不膩之外，該書所記錄的不但是一趟語言記錄旅程，似乎也象徵著台灣語言更迭的旅程，更是間接開啟我與禾日香的一趟台語圖文創作旅程。

　　其中有一個詞彙讓人印象深刻，那就是「楦闊」（ㄏㄨㄣˋㄎㄨㄚˋ hùn-khuah），本身是拓寬的意思，可用在道路拓寬上面。記得小時候，某次回阿公家，聽到大人們正在討論附近道路拓寬一事，其中便用到了「楦闊」這個詞彙，只不過時過境遷，或許受到國語影響又或者是語言習慣的改變，現在似乎多半都變成直呼國語「道路拓寬」四個字，若以台語稱呼，也只是直白的口語說出「造路」（ㄗㄜˋㄌㄡ tsō-lōo）二字。只不過「造路」為開路、建造道路等所有關於道路工程都包山包海涵蓋在內，拿來表示「道路拓寬」固然沒問題，只不過若以台語精準的程度而言，講出「楦闊」似乎更加精妙。

　　「楦」本身有模子的意思，譬如「鞋楦」就是製作鞋子或建模的模型，而另一個意思便引申是擴大、擴散之意，譬如「楦膿」（ㄏㄨㄣˋㄋㄤˊ hùn-lâng）就是化膿，台語有另一個說法為「孵膿」（ㄅㄨˋㄋㄤˊ pū-lâng）。印象中小時候學騎腳踏車「犁田」（ㄌㆤˊㄑㄢˊ lê-tshân）跌倒，腳部破皮好幾天是固定流程，接下來便聽從大人指示靜待傷口「孵膿」兼「堅疕」（ㄍㄧㄢˊㄆㄧˋ kian-phí）囉！「堅疕」便是結疤、結痂的意思，這個階段若發癢千萬不能抓，但所有的發生皆有其美好的安排，摔個一兩次跤，腳踏車便學會了，傷口破了不要抓，反倒讓成長中的「台語自然學習歷程」永遠記得上述的詞彙。

　　所以「楦闊」一詞用在道路拓寬上，更是恰到好處，在一個既定規格內的框架之下，把固定尺寸撐大、變寬，那麼使用「楦」跟「闊」來形容，則非常生動傳神。一座城市的道路寬度就好像水管粗細，影響著水流的流暢度，如果道路是水管，那麼路上的汽機車數量便是水流量，道路拓寬或許短時間內可以改善交通狀況，但其付出的成本也不得不重視。譬如說老街兩旁皆為歷史建築，那麼這個時候道路拓寬所付出的代價是否合理？也就是說，用歷史建築來換這條道路未來可以湧入更多的汽機車流量，這是否划算？道路拓寬之後的未來，是否就能夠永遠應付的了源源不絕的私有運具流量？歷史建物一去不復返，道路拓寬也永恆輪迴般的重覆進行下去，將再帶入更多新生的私有汽機車。

　　其實最好的方式是採取大眾運輸分流，道路本身的負荷量才能適中，如此一來用路人的交通安全品質也能相對提升，而非無止盡的「楦闊」下去。

烏又 昏ㄥ 面ㄅㄧ
oo hng bin

烏
昏面
oo-hng-bīn

形容一個人很不友善、臉色難看、擺臭臉
或是難相處的個性。

「烏昏面」（ㄨ ㄏㄨㄥˊ ㄇㄧㄢˋ oo-hng-bīn）是形容一個人很不友善、臉色難看、擺臭臉或是難相處的個性。這個詞本身是由「烏昏」加上一個「面」字而來，「烏昏」本身就是黑色暗沉的意思，所以若用來形容臉色陰沉，多少也能夠從字面上的意思理解。

對於這個形容詞，印象最深刻的就是常聽台語用「烏昏面」來形容一個人看起來難相處、臉色難看，譬如說：「彼間店的頭家有夠烏昏面，後擺莫閣去交關矣。」（那間店的老闆看起來很不友善，下次不要再去消費了。）當然以上只是舉例其使用方式，另外也可以單獨用「烏昏」來做形容，譬如說：「欲去人兜著較好笑神淡薄，莫按呢激烏昏烏昏的面充。」（要去人家就要有笑容一點，不要這樣擺一張臭臉。）

前陣子網路上有一則名為〈Bitchy Resting Face〉的外國短片，後來經由網友翻譯的中文字幕版本則命名為〈你是否有張機掰臉〉。內容大致上便是說，有些人天生有張嚴肅、漠然，好像有什麼不愉快的情緒，其實這就跟所謂的「烏昏面」大同小異。不過這些人，只是天生看似冷酷、沉默，常常給人有一種難以親近的先入為主印象，其實搞不好只是性格比較害羞內向而已，有這種表情的人其實也非刻意，他們也沒有心情不好，套句台語常講的一句話就是：「父母生成的。」（天生的、純屬自然。）

長大後也漸漸了解，每個人在生活中或多或少都有屬於自己無形的壓力，或是保留某部份屬於個人或家庭之間的隱私，有時候我們無意間在與人互動時，踩到對方的地雷而不自知，看到人家突然臉色驟變卻誤解對方的心情，其實一切都是環環相扣的結果。

所以相互同理、尊重，真的是人與人之間相處交流的最基本原則，搞不好那個「烏昏面」的人，其實只是「閉思」（ㄅㄧˋ ㄙㄨˋ pì-sù）害羞而已啦！

拍觸衰
phah tshik sue

拍觸衰 phah-tshik-sue

指觸霉頭。

「拍觸衰」（ㄆㄚˋ・ㄑㄧㄙㄨㄟ phah-tshik-sue）是指觸霉頭，通常在與人互動時，對方若潑你冷水或說出不吉利的話，那麼就可以用「拍觸衰」來形容。

台語這個「衰」字，已經被習以爲常的置入於國語之中了，國語本身並沒有這種說法，「衰」本身的意思爲倒楣、運氣差。譬如台語的「衰尾」、「衰運」、「帶衰」等等，現在也常直接用國語唸出，成爲完全融入國語的台語詞彙，由此可知台語的生命力之旺盛，以及母語是如何不知不覺巧妙影響我們的語言交流，往往在各個細微的詞彙表現上，都可以見到母語親切的影子。

比較特別的是，除了「拍觸衰」之外，也有較簡略的使用方式。還記得國中時常聽同儕之間把這句話掛嘴邊：「莫按呢甲我觸衰。」（不要這樣觸我霉頭。）或者是「這擺眞正觸衰矣。」（這次真的倒楣了。）這裡的發音則和「拍觸衰」不同，爲「觸衰」（ㄘㄨˋㄙㄨㄟ tshù-sue），至於是否如上述例子般，將「拍觸衰」國語化，直接以國語發音「觸衰」置入於台語語句之中，又或者這是台語發音的變化，這點則未知，不過就成長過程中，這句話的交流是確實存在的，也在此做如實的呈現。

另外，台語有一句話叫「落衰」（・ㄌㄨㄛ ㄙㄨㄟ loh-sue），意思是走霉運，照著字面來看，就好像是跌落進衰運之中，感覺非常傳神貼切；而「假好衰」（ㄍㄟˋㄏㄛˋㄙㄨㄟ ké-hó-sue）則是貓哭耗子假慈悲、假好心的

意思，小時候第一次聽長輩說出這句話時，還以爲是在說「假好勢」（ㄍㄟˋㄏㄛㄥㄟˇ ké-hó-sè）呢！不過這樣想起來，「假好勢」好像跟「假好衰」都可以硬是解讀成「假好心」的意思，也難怪當時可以馬上理解其義，哈哈！

　　不過想一想，這也是我們這一輩的成長過程中，「台語自我學習歷程」的魅力所在，在懵懂的過程中，不斷累積各個詞彙的知識，讓每個一個詞彙都貼上屬於自己記憶的標籤吧？

酸 ㄙㄥ sng
蜜 ㅁ bit
甘 ㄍㄤ kam
甜 ㄉ tinn
苦 ㄎㄨ khóo
鹹 ㄍㄤ kiâm
辛 ㄒㄤ siam
澀 ㄒㄧ siap

酸甘蜜甜
鹹辛苦澀

sng-kam-bit-tinn
kiâm-siam-khóo-siap

釋義

各種味覺的程度。

我們常說的酸、甜、苦、辣，在台語其實也有專屬的說法，還不只是四種味道、而是用八種更細膩味道分類，分別是「酸、甘、蜜、甜、鹹、辛、苦、澀」。

　　小時候就常聽父母跟阿公阿嬤、外公外嬤等長輩，將這些味道的說法掛在嘴邊，除了用來形容具體的味道外，也用來形容抽象的事物，譬如人生百態等等。這些說法百分之百是道地，在家至今還持續在使用的說法，跟各位分享哦！

　　以下粗略作個簡單的說明：

　　酸（ㄙㄥ sng）：酸。

　　甘（ㄍㄤ kam）：甘甜、回甘的味道。（這裡需注意後面要閉口音）

　　蜜（˙ㄇㄧ bit）：甜如蜜的味道。

　　甜（ㄉㄧ tinn）：甜。

　　附帶一提，蜜餞的台語說法，有「酸甘甜」（ㄙㄥ ㄍㄤ ㄉㄧ sng-kam-tinn）

　　「鹹酸甜」（ㄍㄧㄤˇ ㄙㄥ ㄉㄧ kiâm-sng-tinn）兩種說法，如實傳達鹹酸中帶甜味的特性，好像光說出這三個字，口水就不斷分泌出來了。

　　鹹（ㄍㄧㄤˇ kiâm）：鹹。（這裡需注意後面要閉口音）

　　辛（ㄒㄧㄤ siam）：辣。（這裡需注意後面要閉口音）

　　附帶一提，這裡的「辛」字，就是取自於「鹹辛」（ㄍㄧㄤˇ ㄒㄧㄤ kiâm-kiâm），跟「鹹汫」（ㄍㄧㄤˇ ㄐㄧㄚˋ kiâm-tsiánn）是一樣的用法，都有味道鹹淡意思，譬如說：「菜愛摻寡鹹辛。」（菜要攪伴一點鹹淡滋味。）

　　另外台語中，關於辣的說法有：「辣」（˙ㄌㄨㄚ luah）跟「薟」（ㄏㄧㄤ hiam），我們比較常聽、常講，關於辣的台語說法便是「薟」這

個字的發音。而「辣」與「薟」的組合，有一種形容詞就叫做「薟辣辣」（ㄏㄧㄤ·ㄖㄨㄚ·ㄖㄨㄚ hiam-luah-luah），又或者可以用「辣熱熱」來思考。

苦（ㄎㄡˋ khóo）：苦。

澀（·ㄒㄧㄚ siap）：澀。

台語這串「酸、甘、蜜、甜、鹹、辛、苦、澀」，又常拆解為「酸、甘、蜜、甜」或「鹹、辛、苦、澀」兩組單獨使用，也曾聽過其它的說法，譬如「糖、甘、蜜、甜」以及「鹹、酸、苦、澀」，大致也是做同樣的使用方式。

kuài- kî

怪奇 釋義 非常奇怪，超乎一般常理。

　　台語關於奇怪的說法，除了「奇怪」直翻之外，也有「怪奇」（kuài-kî《ㄨㄞˋ《ㄧˊ）的說法，而且有非常奇怪，超乎一般常理的語感。

　　其實在台語的詞彙之中，有許多恰好和國語是顛倒的組合，例如：風颱、寸尺、人客、鬧熱、久長、慢且、慣習、謎猜、運命、歡喜、頭前、利便、雞母、雞公、意愛、童乩、軟心、退後、進前、面會、嚨喉、買收、塞鼻、歌詩、曆日、氣力、棄嫌、韃靼等等…

　　相關的顛倒詞彙可以說是難以計數，所以台語是無法全然用國語去思考，直翻的，以上種種還是與禾日香聊天之餘的結果，相信文章看到這裡，各位心理也會有個譜吧？沒錯，禾日香的話夾子打開後，果然問了一個我早在心裡準備好答案的問題。

　　「那喜歡跟歡喜呢？」禾日香問。

　　「台語的喜歡是『佮意』（《ㄚˋ・ㄧ kah-i），而『歡喜』本身則單純是高興快樂的意思啦！」我說。

　　其實值得一提，有趣的是，台語除了有許多跟國語顛倒，但意思一樣的詞彙，也有許多是跟國語顛倒，意思也截然不同的詞彙呢！例如：喜歡≠歡喜、詛咒≠咒詛、命相≠相命、帆布≠布帆、驚嚇≠嚇驚等等…

　　除了喜歡跟歡喜已經解釋過之外，詛咒的台語是「咒讖」（ㄐㄧㄨˋ ㄔㄚˋ tsiù-tshàm），若唸成「咒誓」（tsiù-tsuā ㄐㄧㄨˋ ㄗㄨㄚ）則是發誓之意；而台語的「相命」（ㄒㄩㄥˋ ㄇㄧㄚˇ siòng-miā）是算命的意思，與包

含各種算命風水之術的命相意思有所差別；帆布的台語爲直翻「帆布」（ㄆㄤ ˊ ‧ㄅㄛ phâng-pòo），若顛倒唸爲「布篷」（ㄅㄛˋ ㄆㄤ ˊ pòo-phâng）則爲帳篷的意思；而驚嚇與嚇驚也是截然不同的意思，台語「嚇驚」（ㄏㄟ ˋ ㄍㄧㄚ heh-kiann）爲使人驚嚇、懼怕之意，是一種行爲動作，與受驚嚇的意思是不一樣的。

　　也就是說，台語跟國語的詞彙關係，並非絕對的顛倒或是直翻可以做爲轉換的，還是得靠學習才能夠一步步慢慢認識，了解這語言豐富有趣的多樣化面貌。

　　「那我曾經看過台南小吃攤上面寫著『米粉炒』，也是同樣的意思囉？」禾日香問。

　　「那當然，就是把『炒』這個動作置後，成爲專有名詞啦！除了『米粉炒』之外，還有…」我邊說邊思考其它的例子。

　　禾日香連忙揮揮手打斷我的話：「…還有『蚵仔煎』、『白菜滷』、『糯米炸』、『苦瓜封』對吧？不要忘了，我美濃外婆家可是賣吃的，說到這個我可是很有自信呢！」

　　哇！說到吃，還真能夠舉一反三啊？

pián-sian-á

江湖郎中、術士騙徒。

　　台語有許多詞彙聽起來非常古典，有些甚至本身就算有負面涵義，乍聽之下，還會以爲是什麼好話哩！譬如像這句「諞仙仔」（ㄅㄧㄢˊㄒㄧㄢˊㄋㄚˋ　pián-sian-á），可不是什麼待編至仙班的修道中人，它的意思就是所謂的江湖郎中、術士騙徒。

　　記得第一次聽到這個詞彙，是小時候在新聞報導裡聽到的，只記得新聞畫面裡的人物笑著說：「就是諞仙仔矣…」（就是一個騙子啊…）當時印象深刻，乍聽之下，兜上前後文跟新聞事件後，便能理解是句負面意涵。這句「諞仙仔」又常寫作「騙仙仔」，或許跟腔調的發音差異也有關係吧？不過若作爲「騙仙仔」解，望文生意，應該搞混的可能性就會降低很多了。不過其實這個「諞」字本身就能單獨使用，本意爲詐欺、拐騙的意思，譬如說：「莫予人諞去！」（不要被人拐騙走！）當然現在多半用「騙」或「拐去」的口語說法，不知是否也因爲如此，這句「諞仙仔」的發音，還眞的越聽越像「騙仙仔」了。

　　曾經在電視的台語連續劇，聽到劇中演員用激動的語氣大罵：「你眞正是騙子！」（你眞是個騙子！）整句話已經等同於將國語直翻成台語了，或許對於有些人的解讀會認爲這對台語會有不良的影響，譬如「國語化」之類的隱憂，又或者認爲台語是否詞彙跟不上時代，必須跟國語借詞彙了？但其實對於這樣的情況，我認爲並沒有好壞之分，只能說語言會隨著環境跟時代不斷變化，將國語詞彙直接以台語音讀出，如上述

的「騙子」（ㄆㄧㄢˋ ㄗㄨˋ phiàn-tsú），這樣的方式其實就等同於把日文漢字用台語讀出，例如「注文」、「便當」、「口座」，是差不多的形式，嚴格來講都算是台語中的外來語吧？

從這個面向來思考台語中的外來語，我們不難發現，所謂外來語的形式基本上應分為如下列形式。

1. 直接置入外來語：這種形式就好比在一整串台語裡，直接唸出「高鐵」兩個字的國語，譬如這樣說：「我欲坐『高鐵』轉去過年。」（我要搭高鐵回去過年。）這裡的「高鐵」兩字雖是國語，但我們仍不能否認這整個語句是台語結構，就例如台語會夾雜著源於日文的外來語，諸如「歐巴桑」、「歐吉桑」、「歐都拜」等日文詞彙直接置入唸出時，也會將其理解成台語的一部份。另外就好比現代人國語參雜了英文，這樣說：「不要跟我 argue，請把總 total 告訴我。」（不要跟我爭論，請把總數告訴我。）雖然把英文單字雜夾在內，但我們仍能夠理解說話者是在說國語。

2. 將外來語用唸出：這種形式就好比國語的「漢堡」、「咖啡」、「沙發」、「可樂」等詞彙，大家應該都能理解這是國語了吧？那麼相對於台語，便是用文讀音去讀出各種詞彙，譬如「皮蛋」（ㄆㄧˊ ㄉㄢˋ phî-tàn）、「高鐵」（ㄍㄛ・ㄊㄧ ko-thih）、「火車」、「電視」等等現代化專有名詞，事實上這就是台語利用文讀去處理新式詞彙的方式，所以上述提的「騙子」一詞，若以這個角度來看，其實就是以文讀去處理外來語的思維。

3. 將外來語意譯：舉個簡單的例子，Computer 在國語叫做「電腦」而非「康普特」，那就是將外來語做意義上的翻譯，若像「咖啡」這類

的外來語則爲音譯，取其近似的發音做爲翻譯。那麼以台語來講，經典的例子就是台語將「滑鼠」稱之爲「鳥鼠仔」（ㄋㄧㄠ ㄑㄧˋ ㄚˋ niáu-tshí-á），另外還有「美國割包」、「阿鳳仔」、「豬哥仔車」、「怪手」等等，猜猜看這些是在講什麼？

由此可知，無論是「諞仙仔」或「騙仙仔」，甚至是將「騙子」二字直接用台語文讀唸出，若是能夠保留台語完整架構並忠實呈現要表達的意思，那麼又有何妨呢？我認爲每一種語言，走到現今或多或少都有著文化融合的痕跡，也很難去追溯一個完全百分之百，最古老原汁原味的用詞，畢竟文化及語言，皆是人類集體創造出來的，語言是被當代人所使用的，若一個語言有著交融變化的穿插，其實都是好的。

現在是過去的未來，也是未來的歷史，那麼這個語言若能持續進化延續下去，它所累積的詞彙量跟使用方式，必然也會有所不同，我們要做的便是繼續開口將這個語言說下去就對了。

豐^ㄥ 沛^ㄒ
phong phài

phong-phài

豐沛　指菜色豐富。

看著滿桌的菜餚，我跟禾日香忍不住食指大動。

說到烹飪，我們都沒幾撇，但說到吃呢，我跟禾日香絕對是行動派的，才剛說完關於國台語的詞彙顛倒例子，而講到一堆美食之後，我們便來到一間可以同時品嘗多項台南小吃的餐館，來祭祭五臟廟。

「今天這一頓還真是『青臊』。」禾日香看著桌上的筍乾控肉，眼睛都發光了，「只是這樣會不會吃不完啊？」

我露出不予置評的表情，指了指我的肚皮，這個向心力十足的成果，就是每次遇到諸如此類的情況之後，便由我負責收拾善後啦！再繼續這樣下去，我想大郎頭這三個字，可能得更名為大肚郎才對。

不過說實在的，美食當前，何樂而不為呢？

「光是『青臊』不夠形容，還要再加一句『豐沛』啊！」我笑著說。

台語的「青臊」（ㄑㄟˋ ㄘㄠ tshenn-tshau）跟「豐沛」（ㄆㄥ ㄆㄞˇ phong-phài）都是指菜色豐富的意思。當看到滿桌豐盛菜餚的時候，我們便可以用這兩個詞彙來加以形容，譬如「今仔晚頓有夠青臊！」或者說「感謝你請這頓豐沛的！」如此這般，都可以精確的形容整桌菜色的豐富。

「你說『豐沛』，這兩個字的台語音，感覺就像是澎湃呢！」禾日香說。

「照你這樣說，那『青臊』不就是『青草』了？那再讓你猜猜，你覺得『物配』是什麼？」我問，一邊用筷子指著桌上的菜餚，作為暗示。

「先說好，不要聽成『棉被』喔。」我說。

「說真的，我一度有這麼猜測，不過既然你的暗示都這麼明顯了…」禾日香理所當然的繼續說，「麵皮類做的食物吧？」

「…」我差點將正喝進嘴裡的湯噴出來。

　　台語的「物配」（ㄇㄧ˙ㄆㄨㄟˇ mih-phuè）是指下菜用的配菜，當我們要去夾自助餐時，可以說「夾寡物配。」（夾點配菜、菜餚）這樣的說法，遠比單純說「夾寡菜。」（夾點菜）來的精確多了，畢竟不是只有單純夾青菜，而是檯面上的菜色都包含在內。

　　另外關於台語「棉被」的說法，則有兩種，一種是「棉被」（ㄇㄧˊㄆㄨㄟˇ mî-phuē）另一種則是「棉糒被」（ㄇㄧˊ˙ㄐㄧㄜ ㄆㄨㄟˇ mî-tsioh-phuē）曾經看過其它的寫法，諸如「棉石被」、「棉績被」、「棉漬被」等等，不過可以確定的是，都是在講同樣的東西。

　　只不過不管是把「物配」的音聽成「棉被」或「麵皮」，也都突顯了台語讀音只要稍稍有所變化，就會有天差地遠的差別，若換個角度想，這又何嘗不是一件有趣的事呢？

撲撲跳 phut-phut-thiàu

釋義

生氣或開心的時候不停的直跳腳，
說活蹦亂跳的樣子。

　　打從一年前開始，我們便著手創作一系列的圖文
作品，我們創作的角色便是以粉紅色兔子－「大香香」
為主，這次以台語為系列的創作便可以看到這兩隻可
愛兔子的蹤影，說到這裡，應該會被猜測我們之所以
會將兔子入畫，肯定是有養可愛的兔子當寵物吧？

　　但其實，錯！我們是有養寵物，只不過不是兔子，
而是一隻既可愛又喜歡裝無辜表情的狗－「溜逗」。

　　「溜逗」為台語發音，音同「撩著」（liô-tioh）意思
是很棒、很讚，溜逗也如其名般，是一隻活力旺盛、
貪吃又愛撒嬌的巴哥犬，打從他出現在我們家的第一
天起，四處東奔西竄是家常便飯，甚至曾經有從鐵籠
子的上方掀蓋處，如鯉躍龍門般之姿，一躍而出的紀
錄，而這一切都只是為了尋找食物。

　　這時候我就會說：「閣開始撲撲跳矣！」（又開始活
蹦亂跳了！）

　　台語的「撲撲跳」（˙ㄆㄨ ˙ㄆㄨ ㄊㄧㄠˇ phut-phut-
thiàu），正字為「𫏋𫏋跳」，是指生氣或開心的時候不
停的直跳腳，又或者是說活蹦亂跳的樣子。

而溜逗還有一個絕招，就是裝可憐無辜的樣子，只要他「撲撲跳」之後做錯事了，譬如把眼前的紙張瞬間撕咬成碎片，這個時候每當我們衝去案發現場，溜逗便會若無其事的轉身坐下、然後轉過頭露出水汪汪大眼睛，一付就是祈求我們原諒他的樣子，不可諱言的是，這樣的動作跟神情也間接刺激了我們許多創作的靈感，如果仔細觀察我們這系列創作圖，相信應該可以找到他的蹤影喔！

　　其實除了「撲撲跳」之外，台語有許多生動的形容詞，譬如「怦怦喘」（ㄆㄟ\ ㄆㄟ\ ㄘㄨㄢ\ phēnn-phēnn-tshuán）、「咻咻叫」（ㄒㄧㄨ\ ㄒㄧㄨ\ ㄍㄧㄜ\ hiu-hiu-kiò）、「金金相」（ㄍㄧㄣ ㄍㄧㄣ ㄒㄩㄥ\ kim-kim-siòng）、「硞硞傱」（˙ㄎㄡ ˙ㄎㄡ ㄗㄨㄥ／ khok-khok-tsông）、「拋拋走」（ㄆㄚ ㄆㄚ ㄗㄠ\ pha-pha-tsáu）、「嘛嘛吼」（ㄇㄚ\ ㄇㄚ\ ㄏㄠ\ mà-mà-háu）、「欶欶叫」（ㄙㄨ\ ㄙㄨ\ ㄍㄧㄜ\ suh-suh-kiò）常寫成「皮皮銼」的「呧呧掣」（ㄆㄧˇ ㄆㄧˇ ㄘㄨㄚ\ phih-phih-tshuah）以及國語化成「嚇嚇叫」的「削削叫」（ㄒㄧㄚ\ ㄒㄧㄚ\ ㄍㄧㄜ\ siah-siah-kiò）等等，甚至許多疊字的形容可以交替變化使用。例如「金金相」也可以說「金金看」，而「怦怦」後面也可以加上各種狀聲詞形容，好比是「怦怦叫」，也就是說是難以計數、千變萬化的，但若掌握其邏輯，便能夠應用出各種傳神生動的詞彙了。

　　在創作這張圖之前，我們討論過是否要畫溜逗本尊，不過就像當初創造出粉紅色兔子的過程一樣，因為討論夢境而談到一段關於夢到粉紅色兔子的連續夢，索性將這兩隻在夢中不斷出現的形象給畫出來。

　　這次講到我們的愛犬溜逗，講著講著就聊到台灣山區常見的果子狸與鼬獾。果子狸又名白鼻心，台語稱為「果子猫」（ㄍㄨㆤ\ ㄐㄧ ㄇㄚ／ kué-tsí-bâ）、「白鼻心」（˙ㄅㆤ ㄅㄧˇ ㄒㄧㄣ pe̍h-phīnn-sim）、「鳥跤香」（ㄡ

ㄎㄚ ㄏㄩㄥ oo-kha-hiunn），特徵是臉上有一條額頭至鼻樑明顯的白色記號，以及身體呈黑灰色；鼬獾的台語則為「臭羶貓」（ㄔㄠˋ ㄏㄣˋ ㄇㄚˊ tshàu-hiàn-bâ）、「悶田豬」（ㄅㄣˋ ㄔㄢˊ ㄉㄧ būn-tshân-ti），特徵則是臉上那條白色印記是中斷的，兩者雖然外貌相近，但若仔細觀察仍是可見其差異的。

　　所以最後這隻在畫面中，從瓶罐之間「撲撲跳」而出的是什麼動物，仔細觀察看看，猜出來了嗎？

←粉紅色兔子大香香（圖右）今日與國王（圖左）盡釋前嫌，似乎先前國王登報道歉起了作用。（大郎頭／禾日香 現場直擊）

哩哩硞硞
li-li- khok - khok

零碎且瑣碎的事物

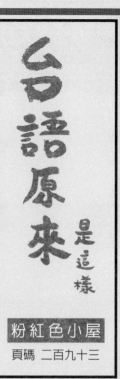

大郎頭 / 禾日香 現場直擊

前陣子心血來潮，決定把房間徹底打掃一番，據說空間裡的物品會散發出振動頻率般的共鳴，特別是太久擱置沒用，累積一層厚厚的灰塵，這樣的東西如果已經好久沒碰它了，不妨可以考慮清除丟棄。

「共鳴？我看是悲鳴吧？」禾日香說，一邊指著書架跟長條型的書桌，只見上面擺滿了一些水晶球跟公仔模型之類，塵封已久的裝飾品，「像這種『落個瑣個』的東西…」她拿起一根從日本大阪環球影城買來的手指造型不求人，狐疑的說。

「這不是『落個瑣個』，也不是『有的無的』，是『哩哩硞硞』。」我特別更正。

「有什麼不同嗎？你之前也說過…」禾日香放下那根不求人，同時拿起一隻多年前買某牌手錶附送的三角龍造型底座，當然共同處也是積滿了灰塵。

台語原來是這樣

粉紅色小屋

頁碼 二百九十三

「哩哩釦釦」（ㄌㄧˊ ㄌㄧ ㄎㄡˋ˙ㄎㄡ li-li- khòk - khòk），又寫作「哩哩硞硞」，的確本身意思跟「落個瑣個」、「有的無的」大同小異，都有零碎且瑣碎事物之意。不過「哩哩釦釦」本身與另外兩個詞彙略微差異的地方在於，它負面意涵較為輕微，比較偏向直觀述說著有零散物品四處堆放的畫面，貶低的意味較少。

譬如我們可能會說：「隔壁蹛一寡『落個瑣個』的人。」或「隔壁蹛一寡『有的無的』的人。」大意都是指龍蛇雜處、份子複雜的意思，這邊的「落個瑣個」跟「有的無的」則和「阿沙不魯」、「阿斯巴拉」有相同的意涵。我們不會說：「隔壁蹛一寡『哩哩釦釦』的人。」這樣會讓人聯想到好像支離破碎的可怕驚悚畫面，它沒辦法等同於牛鬼蛇神、出入複雜的解釋，從這個角度去思考，便能夠清楚理解到，在形容瑣事零散事物層面上，「哩哩釦釦」本身就只是忠實述說整個看到或感受到諸多瑣事的感覺罷了。

關於這個詞彙

「哩哩釦釦」前面的「哩哩」在台語裡，多少也有擴散、一件又一件的感覺，譬如有句「哩哩囉囉」（ㄌㄧˊ ㄌㄧ ㄌㄛˊ ㄌㄛ li-li-lo-lo）就是指說話斷斷續續、表達能力語意不清，「講話莫按呢哩哩囉囉，講卡清楚矣。」（講話不要這樣吞吞吐吐，講清楚一點。）另外還有耳熟能詳的「哩哩落落」（ㄌㄧˊ ㄌㄧ ㄌㄚˋ˙ㄌㄚ li-li-lak-lak）各種零零落落、凌亂失序的狀態都可以用到它，又常寫作「2266」。再說回「哩哩釦釦」

本字「哩哩硈硈」的「硈」字,「鈤」在台語裡作碰撞、敲擊解,是一個生動的詞彙,就好比物品彼此碰撞所發出的聲音,譬如說:「聽講你昨昏硈著頭殼。」(聽說你昨天撞到頭。)又譬如常聽到的「硬鈤鈤」,似乎可以感受到堅硬物體受到碰撞發出的聲響,後來便引申形容物體的堅硬程度。所以從上述不難理解,「哩哩鈤鈤」本身傳神的描述,除了散亂瑣事外,亦有這些零散物相互碰撞所發出的聲響狀態揣摩。

不過後來考量到這個「硈」字,若要作為流通,確實較為冷僻,於是便改以「鈤」字作為替代,而它的漢字本身也有堅硬、金屬物的解釋,因此最後決定以「鈤」為創作使用。

↑ 民調顯示,過半主婦表示:有哩哩鈤鈤的雜物,不妨先留著以備不時之需。

(大郎頭/禾日香 採訪)

「嗯,那這些『哩哩鈤鈤』的東西,你打算怎麼處理?」禾日香問。

我想了一下,決定快刀斬亂麻,先準備三個大垃圾袋,一個用來丟棄「落個瑣個」的垃圾,一個用來裝「有的無的」待贈送物,最後一個則用來暫時裝「哩哩鈤鈤」的小東西。

　　有了這個清楚分類後，花了一點時間，總算把東西歸納完畢，頓時之間書架木桌等位置也重現本來面貌，灰塵的痕跡無所遁形，也趁勢來個徹底清掃，抹布吸塵器全員出動，總算把房間這個工作的場所整理乾淨，整個心情也舒暢不少，我想所謂的振動頻率應該是在說這種煥然一新的感覺吧？

　　至於那三袋「落個瑣個」、「有的無的」、「哩哩釦釦」的袋子，分別被我拿去丟棄回收、捐贈出去、最後留下來的裝飾品再重新「上架」，感覺真是踏實，也像是一個全新的開始。

每 日 連 載　匿名投稿　禾日香／繪

讀一本好冊
卡贏聽謅仙仔練痟話
毋管心情有偌切
好冊永遠袂嫌濟

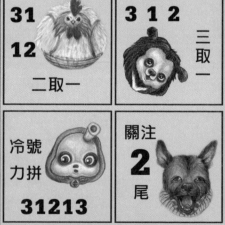

31
12
二取一

3 1 2
三取一

冷號
力拼
31213

關注
2
尾

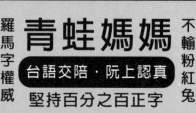

羅馬字權威　**青蛙媽媽**　不輸粉紅兔
台語交陪・阮上認真
堅持百分之百正字

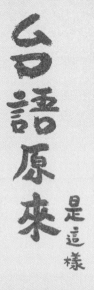

花哩囉貓

hue-li-loh-niau

色彩繽紛、多彩多姿的意思，
但也可用來形容一蹋糊塗。

大郎頭 / 禾日香 現場直擊

有陣子沉迷於水晶的收集，從第一串紫水晶手環開始，開始有了各式種類的水晶手環或掛飾，諸如粉晶、茶晶、黑曜岩、異象水晶、彩色碧璽、鈦晶等等，還不止如此，最後一路開始收集起河石、原礦、紫晶洞、五行水晶球、晶柱與晶簇，也不為別的，當時只是認為這東西美觀，看了心情好，便如此糊里糊塗收藏了起來，後來也不曉得又是從什麼時候開始停止，不過現在仍可看到當時的戰利品「花哩囉貓」（ㄏㄨㄟ ㄌㄧ· ㄌㄛ ㄋㄧㄠ hue-li-loh-niau）的出現在家中各個角落。

「花哩囉貓」本身有色彩繽紛、多彩多姿的意思，但是褒是貶得看當時的語義而定，也常用在形容事物一蹋糊塗之意，有時候當孩子吃飯吃的滿嘴都是飯粒時，這句話也派得上用場。同樣的意思在台語裡，各地也有不同的說法，以我個

台語原來是這樣

人經驗就曾聽過「花巴哩貓」、「花巴哩囉」還甚至有「花巴哩囉貓」的說法呢！還記得當時我剛買了彩色碧璽，便被禾日香笑說：「你這手環太花哩囉貓了啦！」這邊便是指色彩繽紛之意，然後小時候每當吃飯吃的整個碗都是飯粒時，爸媽總會說：「哪會食甲按呢花哩囉貓？愛食予清氣。」（怎麼會吃成這樣亂七八糟？愛吃乾淨。）這邊便是表示飯粒附著在碗壁的凌亂情景，至於形容一踏糊塗時，更讓我印象深刻了。從國小開始，我們這些當學生的每

→粉紅色兔子大香香表示，已完成階段任務，目前並沒有參選寵物家人代表的意願，但也具體表示，未來不排除各種可能性。稍後，在熱情支持者簇擁之下，登上宣傳車離開。

（大郎頭／禾日香現場直擊）

天便有打掃時間，某次聽到導師指責起正在拖地的學生：「你怎麼拖成這樣？拖的花哩囉貓的？」還記得當時的畫面，同學柚子沒有把拖把擰乾，便一口氣像在地上揮毫，整個教室水花四濺的情景令人印象深刻，也難怪導師會大吃一驚說出「花哩囉貓」了，這裡便是用在形容一蹋糊塗的意思。

還有另一個同義詞

　　至於這個形容一蹋糊塗的「花哩囉貓」在台語也有另一個同義詞，那就是「糜糜卯卯」（ㄇㄧˊㄇㄧ一ㄇㄠˋ˙ㄇㄠ mi-mi-mauh-mauh）也有另一種說法是「糜糜摸摸」（ㄇㄧˊㄇㄧ一ㄇㄛˋ˙ㄇㄛ mi-mi-mooh-mooh），皆可用來形容事物慘不忍睹、毀壞不堪的情況。譬如台語會這樣表達：「叫你煮麵爾爾，哪會煮甲按呢糜糜卯卯？」（叫你煮個麵而已，怎麼會煮的一蹋糊塗？）又或者說：「花園的花予人破壞，糜糜摸摸、去了了矣！」（花園的花被人破壞，慘不忍睹，一切都完了！）值得一提的是，以我個人經驗而言，爸媽若要表達一件事物沒有、消失或是結束了，則會用「摸摸」（ㄇㄛˇㄇㄛˇ mooh-mooh）來形容，「彼擔好食的麵擔收起來，摸摸矣。」（那攤好吃的麵攤收起來、結束了。），顯然是「糜糜摸摸」的簡稱，若以現在網路術語就叫做：「那個麵攤 GG 了。」，這個「GG」原指「Good Game」意思為遊戲結束時講的禮貌用語，表示無關輸贏、這都是場好遊戲，後來漸漸引申為事物結束，取代 Game Over 的說法，所以換個角度想，搞不好那句台語的「摸摸」

曾經一度也是很「潮」的用語啊！

　　這幾天，看著這些「花哩囉貓」的水晶，它們在上一次大清掃房間被我納入「哩哩釦釦」的類別，重新上架之後，再度還給它們本來清澈的面貌，或許乍看之下當時的收藏只是個無意義的過程，但我相信凡所有發生過的事情，皆有最美好的安排，最起碼看著它們讓我勾起關於這句詞彙的記憶。

　　台語圖文創作不知不覺進行到一個段落了，就像是每個階段有屬於它一個階段該有的名稱，就好比上述那段回憶便在大腦貼上了一則「水晶收集歲月」的標籤，那麼我與禾日香的這段台語圖文創作呢？自從看了《賽德克巴萊》後，加上某日意外從日文漢字與平假片假的獨特美感啓發，意外敲開了這個台語漢字在平面圖像表現的旅程，乍看之下我好像是在對禾日香覆誦著自己本來就儲存在大腦的台語，但事實上，「說」、「看」、「想」三種力道同時在這段時間迸發，教

就在大香香發表聲明的同時，溜逗已悄悄貼上寵物家人的競選海報。
（大郎頭／禾日香 採訪）

學相長，讓我們意外體悟了許多那種發自內心的靈光乍現，「台語原來是這樣啊…」

希望在事隔多年，可能是十年、甚至百年，再次打開這本書或透過數位典藏等任何管道取得目前字裡行間資訊的人們，也能夠跟我們一樣有此共鳴，如果能夠因此能夠因此刺激到…有麼一點點的感受或回憶，那麼一切也就足夠了，如此關於我們這段日子的標籤，各位是否明白了呢？

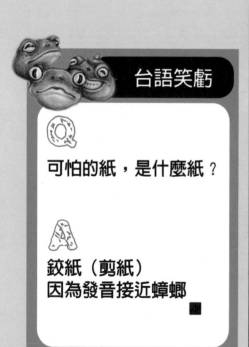

台語笑虧

Q

可怕的紙，是什麼紙？

A

鉸紙（剪紙）
因為發音接近蟑螂

每 日 連 載　　匿名投稿　禾日香／繪

我親像烏白的

但其實呢

是水紅色的

是按怎欲號作水紅

請繼續看落去

卡早海上有一塊島嶼[sū]

名號作鯤島

佇[ㄉㄧˋ] 伊的[ㄍㄞˋ][ㄏㄠˊ]

被[sui]的又人

搭[tah]的

興[sū]

美麗婧[sui]閣

叫作

歡喜閣快樂

彼[ㄅㄧ ping]的山水

他恁[lin]講家己的話唱家己的歌嘛[ma]這搭

著[khok]是美麗島

人間天堂

（香爐上刻：鯤島　風調雨順　合境平安）

水紅色的（ê）兔仔是啥物色

著是粉紅lah

咱的父母

精彩neh

〔矣ah〕緊來看

色

〔莫mài〕問閣

話實在講

話話實在

水色緻

〔誠tsiânn〕

〔恁ín〕

知無？

色水色緻

就「顏色」本身，台語的說法有「色緻」
（·ㄒㄧㄜ ㄅㄧˊ sik-tī）跟「色水」（·ㄒㄧㄜ ㄗㄨㄟˋ
sik-tsui）兩種。

而關於多樣化的五顏六色，台語包括了本身
獨有的說法外，還有以生活中的事物比喻色
彩，例如直接透過蔬菜水果或動物譬喻；另外
則是因受日語及國語的影響，直接以台語音讀出該
色彩名，如源於日文的「紺」（ㄎㄨㄥˋ khóng）或水色，以
及其它直譯顏色名稱的說法等等。

常聽過類似的疑問，色譜上的顏色幾乎可以說難以
計數，那麼又該怎麼用台語稱呼這些色譜上的顏色呢？

烏
niáu
鼠
tshí 仔
色
sik

肉色　菜頭色　水色　鹹菜色　桃仔色　土色

豆油色　豬肝色　草仔色　磚紅色　茄仔色　柑仔色

　　其實就跟國語一樣，主要以一個顏色本身的色相名稱為主，譬如紅、白、綠等等，這也是我們描述事物色彩時，最具體的溝通方式，接著才是以彩度做為細分，譬如紅、淺紅、深紅，台語也是如此。淺色系除了直接以「淺」字直翻外，也有在詞彙前加個「水」字的說法，譬如淺紅色或粉紅色也可以說成水紅色，其它各種淺色也是如此類推。倒是深色系的台語說法，則是琳瑯滿目，除了置入「深」字的說法之外，譬如深藍也可說紺色；深紅有重紅、沉紅、黑紅、黑透紅等等。

　　關於顏色的稱呼方式，最有趣的莫過於是生活化的譬喻了。

茄仔色
kiô á sik

 肉色
 菜頭色
 水色
 鹹菜色
 桃仔色
 土色

 豆油色
 豬肝色
 草仔色
 磚紅色
 鳥鼠仔色
 柑仔色

色水色緻

記得有一次與禾日香討論到某件衣服時，禾日香說：「哦？就是那件鳥鼠仔色的啊！」

我先是愣了一下，不過隨即勾起回憶，記得小時候也常聽大人用「鳥鼠仔色」來形容灰色，鳥鼠仔是老鼠的意思，利用老鼠的顏色作為形容，的確是很生動，只不過逐漸長大後，家裡不知怎地，便改以另一個說法「殕仔色」來指稱灰色。

「那妳有聽過殕仔色嗎？」我問。

「是那句『你看我殕殕，我看你霧霧』的殕殕嗎？」她反問。

沒想到她還真會舉一反三啊？

豆 tāu 油 iû 色 sik

| 肉色 | 菜頭色 | 水色 | 鹹菜色 | 桃仔色 | 土色 |

| 鳥鼠仔色 | 豬肝色 | 草仔色 | 磚紅色 | 茄仔色 | 柑仔色 |

鳥

這倒是激起我從沒想過的問題，以前只是下意識地把「殕仔色」直接與灰色聯結，從沒思考過「殕」本身的意思。「殕殕」（ㄆㄨ ㄆㄨˋ phú-phú）本身就是指模糊、灰暗不明的色彩，全句「你看我殕殕，我看你霧霧」則意指你看不起我、我也瞧不起你。照這樣說，的確有可能「殕仔色」的「殕」本身就是在形容一種誨暗不明的色澤，所以最後便用來形容灰色了吧？

至於「鳥鼠仔色」嘛，後來經我們討論的結果，認爲單純在形容顏色時倒沒什麼問題，但如果像是在討論衣服的情況之下，講「鳥鼠仔色」，總還是覺得怪怪的，或許這個時候就該切換成「殕仔色」比較妥當。

桃 ㄊㄜ
thô 仔 ㄚ
à 色 ㄒㄧㄜ
sik

肉色　菜頭色　水色　鹹菜色　茄仔色　土色

豆油色　豬肝色　草仔色　磚紅色　鳥鼠仔色　柑仔色

色水色緻

另外還有一次有趣的小插曲，在討論繪畫作品的時候，禾日香問：「你覺得這邊上『茄仔色』怎樣？」現在她已經習慣國台語穿插了，尤其是在這種詞彙的時候應用，某種程度也彷彿有在整句話加上螢光註記的功能。

「茄仔色？還真生活化。」我說，畢竟從小到大所聽到的台語說法，幾乎都是直翻紫色，茄仔色雖然陌生，但也很好理解。

「我們家紫色都是說『茄仔色』，因為『茄仔』的顏色就是紫色。」禾日香得意地說，不過我當然知道茄子的顏色是紫色啦，只不過…我笑說：「哈哈，那這樣我就該講『紅菜色』才對囉？因為我們家茄子都是說『紅菜』，而不是『茄仔』。」

水 ㄗㄨㄟˋ
tsuí
色 ㄒㄧㆬˋ
sik

肉色　菜頭色　豆油色　鹹菜色　桃仔色　土色

鳥鼠仔色　豬肝色　草仔色　磚紅色　茄仔色　柑仔色

淡

沒錯、身為台南人的我，茄子的台語就是講「紅茱」（因為「茄仔」在台南有隱喻男性生殖器的意思），不過若在其它地方，「紅茱」則是指紅鳳菜，可不要搞錯囉！但我想，如果要把紫色稱「紅茱色」，好像乍聽之下會被字面影響，認為是紅色的吧？

「那食物都可以用來形容顏色嗎？」禾日香問。「這個…我覺得不一定吧？」我一邊回答，腦中快速翻找著關於顏色的詞彙，「像形容黑色的『豆油色』三個字唸起來很通順好懂，若是用什麼烏醋色、海苔色、醬瓜色…來形容，很奇怪吧？」

「這樣講有點淪為『本來就是這樣』的盲點。」禾日香說，「譬如像粉紅色可以直接用台語講出這三個字，我也聽人家說過『水紅色』這樣的說法啊！其實應該說是習慣問題吧？」

柑仔色
kam-á-sik

肉色　菜頭色　水色　鹹菜色　茄仔色　土色

豆油色　豬肝色　草仔色　磚紅色　鳥鼠仔色　桃仔色

色水色緻

朱

　　我想了一下，也深感同意，或許很多原本被認為「這樣好奇怪哦！」、「有人這樣講嗎？」只是習慣跟時間累積的問題，或是在過去，各種詞彙的形容說法，也都曾經面臨諸如此類的質疑吧？

　　「有道理，所以粉紅色、桃色，除了水紅色之外，也有『桃仔色』的說法。」我邊說邊接下去問，「那你覺得那個水紅色的『水』字，代表什麼？」

　　禾日香嘿嘿笑了幾聲，接著拿起畫筆沾了幾滴桌上畫具旁的水盆，滴在原本塗上粉彩顏料的畫紙上，一邊說：「大概是這樣的意思吧？」只見畫紙上的紅色顏料逐漸擴散變淡，「講到關於色彩的部份，我可是很會舉一反三的。」

　　「還有食物。」我說。

豬 ㄉ
ti 肝 ㄍㄢ
kuann
色 ㄒㆦ
sik

肉色　菜頭色　水色　鹹菜色　桃仔色　土色

豆油色　鳥鼠仔色　草仔色　磚紅色　茄仔色　柑仔色

菜
tshài

頭
thâu

色
sik

沒錯，不過水紅色的那個「水」字，除了冠在各個顏色名稱之前，可用來表示淡色色彩之外，本身單獨的「水色」也拿來指稱為淡藍色。水色本身的界定，從幾乎接近白色的淡藍色，一直到顏色稍深的天空藍都在範圍內。不過也可以因此確定，這樣的水色，肯定不會是汙濁的河水，或許這也透露出，人們嚮往的水，是怎樣的顏色。

「關於用食物來形容顏色的，　我還想到一個最簡單的，就是『柑仔色』。」禾日香接著說。

肉色　柑仔色　水色　鹹菜色　茄仔色　土色

豆油色　豬肝色　草仔色　磚紅色　鳥鼠仔色　桃仔色

色水色緻

　　橘子的種類除了「柑仔」之外，還有一種耳熟能詳的是「椪柑」（ㄆㄥˋㄍㄤ phòng-kam），還有一種較小型、稱之為「茂谷」（‧ㄇㄡ‧ㄍㄡ boō-kok），又有「茂谷柑」的說法；另外，「柑仔蜜」（ㄍㄤˊ ㄇㄚ‧ㄇㄧ kam-á-bit）則是指小番茄，可別跟禾日香一樣以為是裹了蜜糖的柑仔。

　　「還有好幾個啊，像是『豬肝色』、『茱頭色』還有『鹹茱色』。」我也想到了，這幾個顏色的特別之處。

鹹茱色
kiâm tshài sik

肉色　菜頭色　水色　豬肝色　桃仔色　土色

豆油色　鳥鼠仔色　草仔色　磚紅色　茄仔色　柑仔色

台語原來是這樣

譬如「豬肝色」的顏色界定其實有點模糊，大致上偏暗紅、棕紅色，有時候除了聽人家講豬肝色之外，也有豬肝紅的說法。不過如果豬肝煮熟之後，那顏色不就變成灰色了嗎？或許這就是為什麼要特別加註「豬肝紅」這種說法吧？

另外像「菜頭色」的菜頭，就是蘿蔔的意思，便是指白色。附帶一提，像紅蘿蔔的台語，除了「紅菜頭」之外，也有源自於日語的講法「にんじん」（Ninjin），通常我們一講到菜頭時，不用特別說是紅或白，下意識便會聯想是白菜頭，而以台語表示紅蘿蔔時，才會特別強調是紅菜頭。或許這跟過去以にんじん、菜頭，區分紅菜頭、白菜頭有關吧？

草仔色
tsháu á sik

 肉色
 柑仔色
 水色
 鹹菜色
 茄仔色
 土色

 豆油色
 豬肝色
 菜頭色
 磚紅色
 鳥鼠仔色
 桃仔色

色水色緻

紅

　　至於「鹹菜色」則為土黃、略微偏綠的顏色。

　　有趣的是，台語稱鹹菜、國語則稱酸菜，一酸一鹹，對於味道形容截然不同，某種程度也間接顯示出對於食物評判準則的差異。

　　「所以大致上都是食物的稱法，那有不是食物、又很生活化的顏色形容嗎？」

　　「有啊，像除了提過的『鳥鼠仔色』之外，還有『草仔色』、『磚紅色』、『肉色』、『土色』。」

　　「草仔色」是綠色的意思。不過綠色其實也有另兩種說法，譬如口語中最常聽到的「青色」（ㄘㄟˊ・ㄒㄧㄝ tshenn-sik），另一種是文讀說法「綠」（ㄌㄧㄝˋ lik），像綠豆湯的綠，便是如此發音。

磚
tsng

紅
ang

色
sik

三一五

肉色　菜頭色　水色　豬肝色　桃仔色　土色

豆油色　鳥鼠仔色　草仔色　鹹菜色　茄仔色　柑仔色

台語
原來是
這樣

至於「磚紅色」則是早期窯燒製成的磚瓦，都是呈現一種褐色偏紅的質感，所以在形容這樣的顏色，又會稱「磚仔色」。或許台灣古早的磚頭色澤，的確很難用一個顏色名稱定義，或許也是因為如此，才會直接拿來當顏色的形容吧？

而膚色的台語講「肉色」，或者說「皮膚色」，但不會以「膚色」作為直翻。不過或許也是最本位主義的稱呼吧？以黃種人而言，當然就是指近似於我們皮膚上的顏色，「這個裸膚色。」但我們不會把這樣的指稱，聯想到其它人種的膚色，這也是最特別的地方。

最後「土色」則是指褐色或茶色。無論是土壤或是茶的顏色，一般印象中的確都很接近褐色，可以確定的是，這裡的土跟茶，不是紅土、也不是紅茶。

肉
bah
色
sik

草仔色　柑仔色　水色　鹹菜色　茄仔色　土色

豆油色　豬肝色　菜頭色　磚紅色　鳥鼠仔色　桃仔色

色水色緻

茶

　　「嗯，講這麼多，我反而覺得以前形容顏色的台語說法，非常豐富，現在似乎越來越少新創的台語顏色形容了？」

　　「例如剛剛舉例的烏醋色、海苔色、醬瓜色嗎？」

　　禾日香接著說：「對啊！比方說近幾年流行的『馬卡龍色』、『糖果色』，或許台語也可以來個『糖霜丸仔色』、『虹色』（ㄎㄧㄥ・ㄒㄧㄜ khīng-sik）。」

　　「這是指糖果色跟彩虹的顏色嗎？」我接著補充，「甚至可以把漸層色定義 成這兩種說法。」不過這得靠習慣跟時間的逐漸累積，在生活中應用流通，這個語言才會像拼圖一樣，透過使用的人們集體創作，形塑出豐富的樣貌。

土氣
thóo
色 sik

| 肉色 | 菜頭色 | 水色 | 豬肝色 | 桃仔色 | 磚紅色 |
| 豆油色 | 鳥鼠仔色 | 草仔色 | 鹹菜色 | 茄仔色 | 柑仔色 |

來

緊

做

[食 ㄐㄧˋ]
tsiah

來 ˙jioh

好
料

[伙剌]
nué

趕
緊

喬上

舒 ㄐㄨ

若食若講

適的

的 毋ㄇ通

拖ㄊㄨㄚ
拖ㄊㄨㄚ
沙

位

客
內
人
客 ㄌㄤˊ

[沙 ㄒㄨㄚ]
sua

食 ㄐㄧㄚ tsiàh
龍 ㄌㄧㄥ lîng
眼 ㄧˋ gíng

幸 ㄒㄧㄥ hīng
福 hok
若 ㄋㄚ ná
海 ㄏㄞˋ hái
湧 ㄧˋ íng

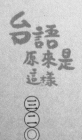

若食若講 ● 龍眼

說到龍眼，其實有 lîng-gíng 跟 gîng-gíng 這兩種腔調。

小時候吃龍眼跟吃瓜子一樣，都習慣先把果肉除去、放在一個小碗裡，等到搜集到一定份量時，再一口氣把果肉全吃進肚裡，隨著年紀增長，反倒沒那種閒情逸緻啦！現在吃一個、就剝一個，其實這樣不知不覺也就吃了一大堆，或許偶爾可以「復古」一下，再回味這種搜集果肉的吃法啊！

這句「食龍眼，幸福若海湧」，原本應為「食龍眼，趁錢若海湧」。「趁錢」（ㄊㄢˋㄐㄧㄥˊ thàn-tsînn）為賺錢的意思，不過後來想想，與其以賺很多錢做為祝賀語，倒不如祝福對方過的幸福吧。畢竟每個人在每個階段的幸福定義都有所不同，孩子的幸福、學生的幸福、成年人的幸福感覺⋯都不一樣，那麼就直接祝福每一個人、在每一個人生的階段都能夠如海湧般的幸福吧！

食 ㄐㄧㄚˋ
tsiah

蒜 ㄙㄨㄢˋ
suàn

頭 ㄊㄠˊ
thâu

你 ㄌㄧˊ
lí

上 ㄒㄩㄥ
siōng

敖 ㄍㄠˊ
gâu

食

三二一

不曉得大家小時候有沒有難以辨識的食物呢？

　　小時候最困擾我的食物就是「蒜頭」、「蒜仔」、「蔥仔」了，這幾種名詞很容易被搞混，譬如當被告知：「請順道幫我買大蒜回來。」一直都難以理解「大蒜」究竟是「蒜頭」還是「蒜仔」呢？另外印象最深刻的一次是曾經幫媽媽買「蒜仔」差點買成「蔥仔」，有位路過的歐巴桑看到一臉「青損損」的我，當場教學怎麼分辨「蒜仔」跟「蔥仔」，也因此再也忘不了啦！

　　「蒜仔」（ㄙㄨㄢˋ ㄗㄚˋ suàn-á）就是蒜苗，而蒜仔過了採收期之後，便會成為「蒜頭」（ㄙㄨㄢˋ ㄊㄠˊ suàn-thâu），也就是那顆球狀物。至於最容易被搞混的就是「蒜仔」跟「蔥仔」，不過其實分辨的方式很簡單，「蒜仔」上端呈深綠色的部份是扁平狀、「蔥仔」的上端則為淺綠色圓柱狀，這兩個特徵乍看之下很容易忽視，但若仔細觀察，還是可以發現差異的唷！

　　我跟禾日香的飲食習慣大致上都一樣，愛吃的東西也都雷同，要說唯一不同的，就是我特別愛吃蒜頭，而禾日香則是最害怕蒜頭了。台語「敖」（ㄠˊ gâu）的意思為能幹、有本事、厲害，所以這句「食蒜頭，你上敖」，一開始是禾日香對於我能夠接受蒜頭的刺激味道，佩服不已的評語。之後無意間聽說蒜頭有其營養價值，禾日香也漸漸開始嘗試吃一點點蒜頭，這時候這句「食蒜頭，你上敖」就換成是我對她的鼓勵啦！

食 ㄐㄧˋㄚ tsiah
發 ㄏㄨㄚ hua̍t
財 ㄗㄞˊ tsâi
發 ㄏㄨㄚ hua̍t
閣 ㄍㄜ koh
粿 ㄍㄨㄝˋ kué
好 ㄏㄜ hó
過 ㄍㄨㄝˋ kuè

食

三二三

發粿、又稱發糕。

這個小點心根本就如同小蛋糕般的存在，既小巧又可愛，就好比現在的杯子蛋糕，讓人不禁懷疑以前的人，其實是非常懂得品味生活的。

因為其本身的名稱，所以有發財、步步高升的意思，而且據說越發越大，象徵越吉祥、中間如同花朵盛開的皺折也會更明顯，是一道除了名稱涵義吉祥之外，外觀造型也很喜氣的傳統食物。

馬來西亞導演黃明志的作品《鬼老大哥大》，裡面有一位華人幫老大的角色，有幾句台詞掛在嘴邊：「發啦！」、「興啊！」當時看這部電影時正逢過年，發粿更是不可獲缺的應景食物，於是乎這句吉祥話：「食發粿，發財閣好過。」便在腦中浮現了，感覺非常應景呢！

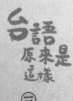

因為麻糬的黏稠狀，感覺就是可以把各種東西都黏過來一樣，所以才會衍生出這句吉祥話：「食麻糬，好麻吉。」

「麻糬」（muâ-tsî）一詞，源於日文的外來語「餅」（もち mochi）音譯過來的，附帶一提，客家話的麻糬則稱為「粢粑」（ㄐㄧˇ ㄅㄚˊ qiˇ baˊ）。而「麻吉」也是源於日文的外來語「マッチ」（machi），有匹配、相襯的意思，延伸為死黨、好朋友的意思。

所有的麻糬中，大家最喜歡吃什麼口味呢？一般麻糬為黑、黃、白三色，分別為芝麻、花生、紅豆或芋頭口味，現在又有衍生許多相關產品，譬如像抹茶口味的、或者像裡面有包草莓的新吃法，下次不妨跟三五好友、死黨麻吉，一起品嘗麻糬吧！

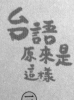

食　ㄐㄧㄚˊ tsiáh
瓜　ㄍㄨㆤ kue
子　ㄐㄧˋ tsí

講　ㄍㆲˋ kóng
話　ㄨㆤ uē
若　ㄋㄚˋ ná
聖　ㄒㄧㄥ sìng
匕日　ㄐㄧ tsí

若食若講 瓜子

台灣人熟悉的零嘴、泡茶時可能會出現在桌上的點心之一。

以前總是習慣用開瓜子的小工具先蒐集一整盤的瓜子肉，再一口氣吃完，不過後來則是喜歡一邊喝茶、一邊啃瓜子，不知不覺就可以跟親朋好友把瓜子一整包配茶、配話吃光光。附帶一提，台灣人耳熟能詳的一句話：「食果子拜樹頭。」意指飲水思源，不過這裡的果子（ㄍㄨㄟˋ ㄐㄧˋ kué-tsí）是水果的意思，而瓜子的台語則是「瓜子」（ㄍㄨㄟ ㄐㄧˋ kue-tsí），可不要跟瓜子的台語發音搞混了唷！

有句話說：「喝咖啡、聊是非。」但說實在的「吃瓜子哈茶」，應該可以聊更多是非、哈哈！而香港有句話說：「食住花生等睇戲。」（吃花生等著看好戲。）意指隔山觀虎鬥、看好戲，我倒覺得如果要符合台灣人的習慣，或許可以改成：「食瓜子等看戲。」會更貼切哦？

這張圖的角色就是國王，正好符合了這句：「吃瓜子，講話若聖旨。」以前聽過這樣的說法：「皇帝喙」就是指嘴巴怎麼說，事情就怎麼發生。如果真的是這樣，那麼真可以說是台語形容心想事成最傳神的說法了。

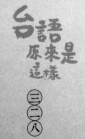

食 tsiàh
土 thôo
豆 tāu
好 hó
頭 thâu
腦 náu

食
三二九

台語的「土豆」，就是花生。

小時候最喜歡吃路邊流動販賣的「土豆」，每當在家，遠遠地就聽到廣播叫賣聲，就會忍不住流口水，甚至還會學那段口白：「土豆，好食的土豆來囉！這是阿桐伯的土豆，蓋甜、蓋好食的土豆，土豆、土豆，蓋甜、蓋好食的土豆，用炊的唷！炊到QQQ、軟歟歟、爛喂喂，人人攏食有法的土豆，人人攏愛食的土豆，新產的土豆、營養的土豆，這是阿桐伯的土豆，阮的土豆，是用炊的唷！炊到氣味非常的芬芳，炊到芳絲絲、又甜物物，來唷！逐家來試食看覓咧！阿桐伯的土豆，土豆、土豆，這是阿桐伯的土豆，最甜、最好食，小弟弟、小妹妹、阿公、阿嬤，大人囡仔逐家攏食有法的土豆，來唷！阿桐伯的土豆，上蓋好食的土豆來囉！」這就是記憶中，小時候下午常會聽到的叫賣聲，其它還有燒酒螺、茄苳雞、修理紗窗、拖把掃把販賣等等…

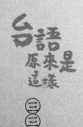

　　不要小看這些口白，仔細反覆思考，便可以觀察到其中的詞彙運用，其實是非常利害傳神的，還有許多台語獨特的形容用語，搭配整體節奏，真是非常成功的廣告行銷啊！像是形容花生嚼勁的QQQ、就是「虯虯虯」（ㄎㄧㄨˊ ㄎㄧㄨˊ ㄎㄧㄨˊ khiû khiû khiû），還有意指軟棉棉的「軟歁歁」（ㄋㄥˋ ㄒㄧㄣˋ ㄒㄧㄣˋ nńg-sìm-sìm），以及「爛喂喂」（ㄋㄨㄚˋ ㄨㆤˋ ㄨㆤˋ nuā-uê-uê），另外有特別形容香氣的「芳絳絳」（ㄆㄤˊ ㄍㄨㄥˋ ㄍㄨㄥˋ phang-kòng-kòng）跟指味道甜美的「甜物物」（ㄉㄧㄋˊ ·ㄇㄨ ·ㄇㄨ tinn-but-but）這些都是生動的台語疊字形容詞，在一連串叫賣聲之中，大量出現，突顯整段口白的生動有趣。

　　不過隨著時間的流逝，這樣的叫賣聲似乎也越來越少了，但這代表台灣街頭古早的聲音，將永遠留在我們的記憶之中。

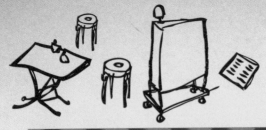

黏 ㄌㄧㄢˊ
liâm

逐 ㄉㄚˋ
ta̍k

做 ㄗㄜˋ
tsò

家 ㄍㄝ
ke

伙 ㄏㄨㆤˋ
hué

食 ㄐㄧㄚˊ
tsia̍h

甜 ㄉㄧ
tinn

粿 ㄍㄨㆤˋ
kué

「甜粿」（ㄉㄧㄢˊ ㄍㄨㄟˋ tinn-kué）就是年糕，跟麻糬一樣，給人都有黏稠的特性及印象。

過年過節的應景食物之一就是甜粿，這句：「食甜粿，逐家黏做伙。」也是因此而產生，大家邊吃邊笑著評論著吃進嘴裡的甜粿，是多麼地黏牙美味，也象徵著當下團聚在一塊的圓滿美好，「逐家黏做伙」算是透過這塊小小的甜粿，產生的話題跟氣氛，把平時忙碌的家人都黏在一起了。

其實除了甜粿之外，當然也有鹹粿。譬如菜頭粿、草仔粿、芋粿等等，吃完鹹的、再品嘗甜的，整個年味也因此被粿給佔滿滿，所以只要品嘗到粿香，好像瞬間就能回到過年的和樂氣氛呢！

至於甜粿的吃法有三種：其一是冰在冷凍庫，待要吃的時候再端出來切片，吃起來冰涼有嚼勁；其二則是放在電鍋裡蒸，可以品嘗甜粿的彈牙口感；再來則是裹粉後下煎，可以吃到那外酥內軟的美味。

食ㄐㄧ̍ㄚ̍ tsiảh　好ㄏㄛ hó
煙ㄧㆣ ian　人ㄌㄤ lâng
腸ㄑㄧㆣ tshiân　緣ㄧㆣ iân

若食若講 八 煙腸

「煙腸」（一ㄢˊ ㄑ一ㄢˊ ian-tshiân）就是香腸。

對於香腸的記憶，一直以來都很鮮明。小時候，有一陣子便利商店推出了烤香腸，於是晚上只要有出門散步的時候，爸爸都會帶我去買一根烤香腸，過沒多久，漸漸長大了，烤香腸也從便利商店消失了，但我好像還依稀記得，當時在櫃檯排隊等待買烤香腸的盛況。

另一段對烤香腸的記憶是，有一段時期，我們全家週末有出遊的習慣，回程時都會繞去東山休息站走走，那裡有一座巨大的老樹讓我們很嚮往，除此之外，就是休息站內的烤香腸，更是必吃的囉！所以烤香腸的記憶，對我來講，就是一種屬於家人親情的溫暖，只要每次吃到、聞到香腸的味道，就可以讓我回想起那些跟家人相處的點點滴滴。

當然香腸的吃法也是值得一提的。譬如加蒜頭跟蒜仔，這兩樣簡直就是香腸的好搭擋，或是搭配糯米腸，也就是所謂的大腸包小腸，再搭配台灣獨有的微甜醬油膏，台灣美食榜上，絕對少不了這麼一味。

食

三三五

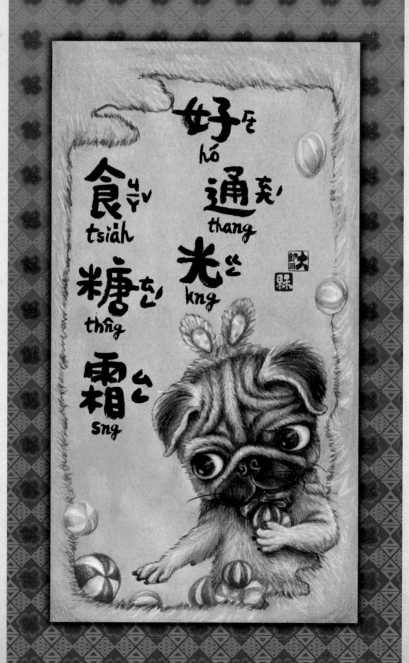

台語的「糖霜」（ㄊㄥˊ ㄙㄥ thîg-sng）就是指冰糖。至於「通光」（ㄊㄤˊ ㄍㄥ thang-kng）則是指消息靈通，當然若照字面上直譯，也指透明的或光線照明良好的意思。如果把冰糖放大、拿起來詳細端倪一番的話，外觀的結晶跟透光質感，的確可以跟「好通光」聯結在一起。

想到「糖霜」，第一直覺便是聯想到草莓。這也是有原因的，就像各種食物、水果總是有其專屬的沾醬：

蕃茄：一直以來，習以為常的蕃茄切盤吃法，又稱薑糖蕃茄。整盤蕃茄加上古早味沾醬（薑末、糖或甘梅粉、醬油或醬油膏），不過如果這時候出現的是醬油膏，基本上就不會是小吃攤那種帶有甜味的醬油膏了，反而會是那種口味鹹的醬油膏。很有趣吧？或許是因為蕃茄本身就酸甜，透過另一種味道的反差更能突顯出它的美味。無論是牛蕃茄或是柑仔蜜，都很適合沾古早味沾醬，有時候在家臨時找不到這種醬料，則會用蒜頭充當薑末，現在有時候在歐式自助餐的冷盤區，偶爾也能看到這種沾醬。

芭樂：台語稱「林菝仔」或「菝仔」，國語是番石榴，基本上就是沾甘梅粉（台語稱梅仔粉），一樣會非常提味，當初發現這件事的人，真是厲害啊！

蘋果：這拿來當冷盤或沙拉時，通常會沾美乃滋（台語稱白醋），這種吃法現在有逐漸減少的趨勢，甚至美乃滋漸漸以優格替代。

再說回那個薑糖沾醬吧，有時候也會拿來沾芒果跟酪梨，酪梨的台語為「阿木卡羅」（ㄚ˙ㄇㄨ ㄎㄚ˙ㄌㄡ a-bú-kha-lok）以及魷魚，如果沒辦法調配 這種醬時，通常一樣會用蒜頭充當薑末。

那吃草莓呢？就是「糖霜」登場啦！通常都會沾砂糖或冰糖，有時候也會以糖漿取代，讓草莓的口感變得更甜美。不過為什麼在這邊，草莓卻不是沾醬油來提味呢？或許大概是因為，草莓的酸味多於甜味，所以更適合以「糖霜」來做為提味吧？又或者是因為蕃茄本身的族群界定模糊，究竟是蔬菜還是水果？還是既是水果也是蔬菜，所以才適合沾醬油嗎？

台語的「粿仔條」（ㄍㄨㄟˋ ㄚ ㄅㄧㄠˊ kué-á-tiâu）就是河粉、粄條，至於客家話則稱爲「面帕粄」（ㄇㄧㄢˋ ㄆㄚ ㄅㄢˋ mien pa ban˙），「面帕」顧名思義爲毛巾，「面帕粄」三個字直譯則爲毛巾粄。

口袋的台語說法有「褲袋仔」（ㄎㄨˋ ㄅㄟˊ ㄚˋ khòo-tē-á）、「橐袋仔」（ㄌㄚˋ ㄅㄟˊ ㄚˋ lak-tē-á）、「通櫃仔」（ㄊㄨㄥ ㄍㄨㄧ ㄚˋ thong-kuī-á）。「褲袋仔」跟「褲底」的音，要特別注意，否則很容易鬧出笑話，至於「通櫃仔」則爲鹿港的專屬說法。

粿仔條的吃法有乾有溼，乾的叫炒粿條，溼的除了以粿仔條做爲湯麵的形式之外，也有獨立爲一道湯品的粿仔湯。

學生時代，有一陣子的早餐很喜歡吃「菜頭粿」，也就是蘿蔔糕。早餐店那煎的金黃酥脆外皮的蘿蔔糕，一直以來都在記憶裡佔據了很完美的形象，每次想到那畫面，只能用金光閃閃、銳氣千條來形容啊！所以囉，一講到粿仔條或粿仔，很自然地就將這句：「粿仔條，褲袋仔滿金條。」聯想在一起了。

花枝、魷魚、透抽、章魚，對於台灣人而言，應該可以說是耳熟能詳吧？

花枝的台語稱爲「花枝」（ㄏㄨㄟ ㄍㄧ hue-ki）或「墨賊仔」（·ㄇㄚ ·ㄗㄚ ㄉㄚˋ bàk-tsàt-á），也就是所謂的烏賊；魷魚的台語爲「鰇魚」（ㄉㄨˊ ㄏㄧˊ jiû-hî），客家話則稱爲「鰇仔」（ㄧㄛˇ ㄟˋ iuˇeˋ）；透抽也就是「小管仔」（ㄒㄧㄛ ㄍㄥ ㄚˋ sió-kńg-á）；至於章魚的說法，台語則習慣直接以 TAKO 稱之，源自於日文的タコ。

有句話說：「小管花枝，無血無目屎。」形容冷酷無情、沒血沒淚。也可以從這知道，這些食材的特色，所以除了有熱炒花枝、花枝意麵之外，有做冷盤沾醬料理的花枝吃法，甚至也有所謂的冰鎮花枝，小管仔也能在街頭巷尾、菜市場夜市的鹹酥雞攤位上見到，成爲台灣國民點心的要角之一。在美濃，則是以魷魚爲主要菜色，而這道菜的名稱就叫「鰇仔」，便可以享受到新鮮可口的魷魚啦！而美濃「鰇仔」的吃法，就是以汆燙的方式切盤，然後沾上美濃客家的古早味沾醬，一種以味增做基底、醬油、醋、薑末泥爲輔的酸甜滋味，不管是形容「食鰇仔配搵料」或「食搵料配鰇仔」都很恰當啦！

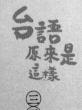

薑 ㄍㄧㄥ Kiunn
絲 ㄒㄧ si
炒 ㄘㄚˋ tshá

大 ㄉㄨㄚ tuā
牽 ㄎㄢ khan
手 ㄑㄧㄨˋ tshiú

行 ㄍㄚ Kiânn
久 ㄍㄨ kú
長 ㄉㄥ tńg
腸 ㄉㄥ tńg

食

三四三

薑絲炒大腸，是一道著名的客家菜，客家話則習慣直接講「炒豬腸仔」（ㄔㄠˋ ㄗㄨˊ ㄘㄨㄥˇ ㄟˋ cauˋ zuˊ congˇ eˋ），國語及台語則直接以「薑絲炒大腸」稱之。

其實台灣有許多菜色名稱很有意思，有的是已經約定俗成、只能用固定語言說的，譬如碗粿、蚵仔麵線、筒仔米糕…都是習慣用台語直接發音的。而有的菜色名稱則是有兩種以上的說法，一種國語的講法、一種原本道地的講法，例如薑絲炒大腸的客語為「炒豬腸仔」、粄條的台語為「粿仔條」，客語為「面帕粄」、而台式糖醋魚的台語則稱為「五柳居」（ㄡˋ ㄌㄨˋ ㄍㄧ ngóo-liú-ki）等等…

光是菜色的名稱就有這麼多不同的說法，所以日常生活中，有許多知識都是等待我們細心觀察跟發掘的。

好膣 hó
牌 pâi
仔 á
韌手 khèh
著 tiòh
食 tsiáh
溪 khe
蝦 hê
仔 á

溪蝦仔，是一種帶殼的小溪蝦，最常見的料理是鹹酥溪蝦、炒溪蝦。

台語關於拿的說法有好多種，譬如「挈」（‧ㄎㄟ khèh）、「提」（‧ㄊㄟ thèh），拿東西可以說「挈物件」、「提物件」，而還有「攑」（‧ㄌㄧㄚ giàh），好比舉起東西就是「攑物件起來」，但特殊的是，好比拿筆，台語也是講「攑筆」，抬頭則可以用「攑頭」來形容。

另外台語還有一種專門形容動作粗魯、隨便拿的說法，就是「捎」（ㄙㄚ sa）像是「捎物件」就是指胡亂拿東西之意，單就一個拿字，台語的分工精密，也能從這裡看出端倪。

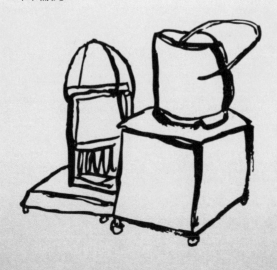

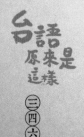

再會!!

國家圖書館出版品預行編目(CIP)資料

台語原來是這樣 / 大郎頭著、禾日香繪 -- 臺北市：
前衛, 2015.1
352面； 17x23 公分
ISBN 978-957-801-744-3 (平裝)
1.臺語 2.讀本 3.文化研究

803.38　　　　　　　　　　103011318

作　　　者　　大郎頭
繪　　　者　　禾日香
責 任 編 輯　　黃紹寧
美 術 編 輯　　大郎頭、禾日香、nico
出 版 者　　前衛出版社
　　　　　　10468 台北市中山區農安街153號4F之3
　　　　　　Tel：02-25865708　Fax：02-25863758
　　　　　　郵撥帳號：05625551
　　　　　　e-mail：a4791@ms15.hinet.net
　　　　　　http://www.avanguard.com.tw

出 版 總 監　　林文欽
法 律 顧 問　　陽光百合律師事務所
總 經 銷　　紅螞蟻圖書有限公司
　　　　　　11494 台北市內湖區舊宗路二段121巷19號
　　　　　　Tel：02-27953656　Fax：02-27954100
出 版 日 期　　2015年1月初版一刷｜2024年9月初版八刷
定　　　價　　新台幣 450 元

＊請上「前衛出版社」臉書專頁按讚，獲得更多書籍、活動資訊
http://www.facebook.com/AVANGUARDTaiwan

徇徇

站 勢　大縣印　跤仔　殕殕　東結

指指揆揆　爾爾　砛迌虐　舒步

低路　檜閣　拍觸衰　阿西

舊　烏昏面　辛　澀止　怪大奇

蜜　甜　鹹　苦

蹛蹛跳　大縣印　論仔 仙仔　哩哩告告哩石

舊市　花貓囉

原是　語 來 這 樣

豆油色　豬肝　茄仔色

磚　色紅　艷紅

柑仔色

草仔色　鳥仔　鼠仔　色

粉紅色　紅色

小屋

鹹菜　咸

土色　菜色

麻糍

良　瓜仔

桃仔色

菜頭色　土豆

溪蝦仔　甜

煙

肉色　大腸　粿仔條　糖

水色　蒜頭　龍眼　發粿　鰇魚　薑絲